古事記研究

西郷信綱

未來社

古事記研究　西郷信綱

古事記研究　目次

古事記研究

稗田阿礼

——古事記はいかにして成ったか——

一　稗田阿礼は男か女か

「(稗田阿礼を)今頃まだ男か女かの点からきめて行くようでは、日本の史学も甚だ心細い繁栄だと言わなければならぬ」と柳田国男がいったのは昭和二年のことである。(1) それ以後、かれこれ半世紀近くたつ。ところがまたぞろ私は、阿礼が男か女かを問おうとしている。というより問わざるをえないのだが、これは「日本の史学」がその後も「甚だ心細い繁栄」を続けているせいであろうか。あるいはそうかも知れぬが、しかし根本的には稗田阿礼が柳田国男の考えていたよりずっと不透明で難解な人物であるのにそれはもとづくと思う。現にいま読み返してみると彼の「稗田阿礼」という一文は、示唆深いものであることに変りはないけれど、さすがにやや鮮度が落ち、説得力を充分もっているとはもはやいいがたい節がある。

それはとにかく稗田阿礼を男と見るか女と見るかによって、古事記の理解のしかたにかなり重大なずれが生じるのは確かである。私がここに阿礼をとりあげるのも、古事記の読みと交叉する、そういう問題としてであって、たんに好奇心をくすぐったり、それに媚びたりするためではない。そして結論をさきにいえば、私は柳田国男とともに阿礼をやはり女と考える。それだけでなく、阿礼男性説――これにも後に見るように、種々色あいがあるけれど――に拠って古事記を読むかぎり、その読みは肝心なところで的が外れる仕儀になると考える。こういうといささか脅迫めいて聞えるが、実は私は古事記の読みそのものからいって阿礼が女、それも具体的には宮廷の巫女でなければならぬゆえんに説き及んでみたいのであり、その成りゆき上、阿礼男性説を素通りすることができぬまでの話である。まず、このことが従来どんなふうに論じられてきているか、ざっとふり返っておくのが順序だろう。

阿礼を女だと最初に断じたのは平田篤胤である。篤胤は平気で逸脱もやる代り、時々ハッと思わせるようなことをいう人である。問題になるのはいうまでもなく太安麻呂の書いた古事記の序の次の一節である。

時有二舎人一。姓稗田、名阿礼、年是廿八。為レ人聡明、度レ目誦レ口、払レ耳勒レ心。即、勅二語阿礼一、令レ誦二習帝皇日継及先代旧辞一。

（時ニ舎人有リ。姓ハ稗田、名ハ阿礼、年ハ是レ廿八。人ト為リ聡明ニシテ、目ニ度《ワタ》レバ口ニ誦ミ、耳ニ払《フ》ルレバ心ニ勒《シル》ス。即チ、阿礼ニ勅語シテ帝皇日継及ビ先代旧辞ヲ誦ミ習ハシム）。

これにつき篤胤はいう。後々必要な資料がふくまれているので要点を抄出する。

「舎人は、刀禰《トネ》と訓べし。稗田氏は、姓氏録に見えず。天武天皇紀に向二乃楽《ナラ》ニ一至二稗田ニ一と見えたり。然れば、大倭国の地名と聞えたり。彼地より出たる姓なるべし。〔師云、今添上郡に稗田村あり、是なるべし。〕さて弘仁私記序に、天鈿女命《アメノウズメ》ノ後也と見え、西宮記裏書に、貢二猨女一事。延喜廿年十月十四日、昨尚侍ニ令レ奏サ、縫殿寮申ス、以二稗田福貞子一ヲ、請レ為《フムト》二稗田海子ガ死闕ノ替一トとあり。此を合せて案《オモ》ふに、阿礼は実に天宇受売命の裔にて、女舎人《ヒメトネ》なると所思《オボエ》たり。……さて女刀禰《ヒメトネ》ならむには、命婦または宮人など書べきに舎人と書れば、なほ男刀禰なるべく思ふも有べけれど、稗田氏にて、宇受売の裔なれば、女と言ざらむも、女なること、其世ノには分明《ケヤケ》き事なれば、通《ツネニ》用《モチ》ふる字を書るならむ。然るは、宇受売命の裔は、女の仕奉る例なればなり。名のさまも男とは聞えず(2)」。

阿礼を女と見ていい根拠は、これでほぼ出そろっている。ただ冒頭の「舎人は、刀禰と訓べし」というのは、やや武断に過ぎるであろう。延喜式（中務式）にも「宮人」を「比売刀禰」と訓むとあるから、猨女のぞくしていた縫殿寮（これは中務省の所管である）の女官（漢語でも宮人は女官を意味する）がヒメトネと呼ばれていたのは確かだが、さればといって舎人をトネと訓まねばならぬとは限らない。舎人はやはりトネリでいいと私は思う。もっとも、そこに阿礼男性説のつけこむ隙があるわけで、「舎人」という文字は中国でも日本でも女を指した例がなくすべて男を意味する、というのが即ちそのいいぶんである。しかしこれは、文脈ぬきに字面だけを追いすぎているとのそしりを免れまい。

周知のようにこの序は「邦家の経緯、王化の鴻基」つまり天皇による国政の根本を後の世に伝えようとする主旨のもので、序というよりは上表文の体裁をとっており、絢爛たる漢文で以て綴られている。そういう晴れがましい文脈中に「時有二宮人一」などと果して書けるものだろうか。女を意味する宮人という一語をこの文中に挿入するならば、一滴の油が水面に落ちた恰好になること必定である。まして「時有二猨女一」とあるがままに書ける道理がない。それはもう完全なぶちこわしで、つまり「宮人」も「猨女」もこの上表文の語彙としてふさわしくないということになる。天照大神の天の岩屋戸ごもりとスサノヲとの誓《ウケ》いの話を「懸レ鏡吐レ珠」と表現し、葦原中国平定のことを「論二小浜一而清二国土一」と片づけているこの安万侶の文体のもつ儀式性を念頭において「時有二舎人一」を読まねばならぬ。そういう角度から眺めるならば、「舎人」という語の蔽いの下から巫女としての、猿女としての稗田阿礼の姿がおのずと立ちあらわれて来ないだろうか。

宣長は、「此序は、本文とはいたく異にして、すべて漢籍《カラブミ》の趣を以て其文章をいみじくかざりて書り、いかなれば然るぞといふに、凡て書を著《ツク》りて上に献る序は、然《シカ》文をかざり当代を賛称《ホメ》奉りなどする、漢《カラ》のおしなべての例なるに依れるなり、……如此《カクノゴト》きことどもいはでは、文章みだてなきが故なり、抑此ノ序にかかる語どものあるを見て、ゆくりなく本文の旨を莫《ナ》誤《アヤマ》りそ」(古事記伝)といっている。私はこの序の重要さを認めるにやぶさかでないが、少くとも序の方から本文を読むのではなく、本文に照らして序を読むべきである。従来はともすれば、序のことばが本文との構造的な連関なしにそれじたいとして抽象的に詮議されすぎているように見うけられる。だから阿礼を女性と見なしさえすれば片づくといった問題でこれがないことも明白である。篤胤は阿礼女性説をとなえはしたけれど、古事記本文の読みにそれを生かした気配がほとんどないのにひきかえ、宣長は阿礼を稗田老翁《ノヲヂ》としたにかかわらずその読みは非常にすぐれている。

阿礼が女かどうかが決め手なのではなく、問題はもっと深いところにあることがわかる。それに阿礼男性説といっても、前言したように一色でない。そのなかでいちばん始末が悪い——そう私が思う——のは、そして今なお根づよいのは、阿礼を学者に見たて、序に帝皇日継(帝紀)と先代旧辞を「誦習」したとあるのはつまりそれを訓読したのだと考える説である。やや古いけれどその代表として、問題点をあらわにうち出している高木敏雄の説を左にあげておく。

「阿礼と云う者は学者であって、古い本であるとか、新しい本でも当時の漢文或は漢文と日本文と折衷したような難しい文章でも能く読んで、そうして此漢字は是は音で読むとか、是は訓で読むとか云うことを能く覚えて居った人間であったから、其事に携ったのであろうと思う。唯だ普通の説のように昔のことを、其当時は書物が無かったから古代の習慣に従ってそれを暗記して、何十年の間古い伝説を伝えて来たのだ、と見るのも一理あるようだけれども、何うも其当事に於てはそんな必要はなかった筈である。其当事に於ては、方々に記録もあれば、又皇室には記録の官吏があったのでありますから、其官吏にやらして差支えない。何を苦んで紙もあれば筆もあり、或は特に其記録を読む所の学者もある時代に於て、特別に暗誦者を求むる必要がありましょう(3)」。

国学の系統を引く学者のあいだで素朴な暗記説が信じられていたのにたいし、これが一つの有力な反措定であったことはいうまでもない。宣長なども稗田老翁と見ていること前述のとおりだが、やはり暗記説であった。かくして阿礼を女と見るか男と見るかという視点に、暗記か訓読かという問題が交叉し、事態はなかなかこみいってくるわけだが、大ざっぱには、暗記説は女としての、訓読説は男としての阿礼をそれぞれ志向しているとほぼ類別できる。そして今日では訓読説の方が遙かに優勢である。確かに高木敏雄の指摘するように、すでに「記録」もありそれを読む「学者」もいる時世にわざわざ「暗誦者」を求める必要がどこにあるだろうかというのは、国学者風の素朴な暗記説への有効な批判であり、この点を無視して阿礼を論ずることはもはや許されない。記紀研究に一期を劃したと称される津田左右吉なども、もとより訓読派にぞくする。というより訓読説は彼によって堅められ仕上げられたと見るべきであろう。

だが訓読説が果してそうすんなりと成りたつかどうか、そこではある重要なことがらへの考慮がこぼれ落ちているのではないかと私は疑う。柳田国男が右の一文で「日本の史学」を「甚だ心細い繁栄」と評したときも、それと名ざしてこそいないが紛れもなく津田左右吉の記紀研究を念頭においていたはずである。

(1) 「稗田阿礼」(『妹の力』所収)。
(2) 『古史徴開題記』。
(3) 『日本神話伝説の研究』。ただし、倉野憲司『古事記序文注釈』による。この本は古事記序にかんするもっとも包括的な注釈であり、私もその恩恵に浴したことをいっておきたい。

二 アメノウズメ

男性=訓読説に釘をさし、阿礼が宮廷の巫女であるゆえんをあらたに説こうとしたのが、最初にあげた柳田国男の「稗田阿礼」だが、この論の功績は、序の文を古事記の内容と関連させて阿礼女性説をうち出した点にある。「古事記は其体裁や資料の選択から、寧ろ伝誦者の聡慧なる一女性であったことを推測せしめるものがあるのである。例えば美しい歌物語が多く、歌や諺の由来談を中心にして、屢と公私の些事が記憶せられ、政治の推移を促したような大事件が、却って折々は閑却せられ、………。言わば史実としてよりも、心を動かすべき物語として、久しく昔を愛する者の間に相続せられて居た事情を考えさせられる」。

「古事記の最も精彩あり且つ重要なる天孫降臨の一段が、殊に丁寧に天宇受売の功労を叙述して居ることを考えると、其伝承者が稗田氏の阿礼であったという事実を、偶然のものとは認めることが出来ぬ。寧ろそういう女性があった故に、最初から舎人として御左右に奉侍して居たのかも知れぬのである」。

阿礼女性説は必ずしも卒然とよみがえったわけではない。篤胤の説は伊勢の木野戸勝隆という学者の手でいっそう充実せしめられ、さらにそれが井上頼圀『古事記考』(明治四二年)にひきつがれるという形で命脈を保っていたのであって、柳田国男もそれに立脚して論をたてた。そのさい彼は学問では「ひきつぎ」が大事であるといい、右の引用にも見るごとく阿礼のことを新たに古事記の本文と結びつけて説いたのだが、私も柳田国男の説を受け、それをもっと展開させ、できれば阿礼の何ものであるかを突きとめてみたい。

さて、阿礼女性説にとってまず千鈞の重みをもつのは、篤胤の一文中にも引いてあるが弘仁私記序に阿礼を「天鈿女命之後也」といっている点であろう。

稗田姓の家には有髯の男子は生れなかったのか、これだけでは阿礼が女である証にはならぬというような議論も古来なされているのだが、しかし、弘仁私記序のことばを、やはり篤胤の一文中に引く西宮記裏書の、縫殿寮にぞくする猿女の稗田海子の死闕した代りに稗田福貞子なるものを以てしたいという記事とをかさねあわせて眺めるならば、稗田姓の阿礼が猿女であり、したがってウズメの子孫であることは、ほとんど疑う余地がないと思う。平安朝はもう猿女がすっかり衰退に向った時期に他ならぬが、それでもしかし稗田姓の女がかく欠かさずその職を受けついだのは、猿女というものが宮廷儀礼になくてかなわぬ存在であり、それが「神代」このかたの深遠な伝統に根ざしていたためである。

猿女の出仕する宮廷儀礼は鎮魂祭と大嘗祭との二つである。平安朝の記録（貞観儀式）によってうかがうに、まず鎮魂祭では御巫が宇気槽《ウケフネ》を踏んでその上に立ち、桙で以てその槽を十回突く、その間、女官が天子の御衣箱をふり動かす、終って御巫と猿女とが舞を演ずるとある。猿女の影は薄れていっているけれど、猿女の祖アメノウズメの、天の岩屋戸の前での狂おしい神態をしのぶよすがにはなる。古語拾遺にいうとおり、「凡そ鎮魂の儀は、天鈿女命の遺跡」であった。次に大嘗祭だが、そこでは猿女は中臣や忌部らとともに大嘗宮に出入する天皇の左右に前行することになっている。(1)これも退化現象といわねばならぬが、アメノウズメが五伴緒の一人として天孫降臨にさいし前駆をつとめたという記紀の話とそれが遙かこだましあう儀礼であることは疑えない。

だがこのような点を今さら指摘したところで、しょせん外面を掠めたことにしかならない。私は古事記の本文そのものの分析を通して、ウズメや猿女が何であり、それが稗田阿礼といかにかかわるかを解き明かしてみたいのである。そこでさっそく本文に即くことになるが、次に引くのは有名な天の岩屋戸の段の一節である。

天宇受売命《アメノウズメ》、天の香山《カグヤマ》の天の日影を手次《タスキ》にかけて、天の真拆《マサキ》をかづらと為て、天の香山の小竹葉《ササバ》を手草に結《ユ》ひて、天の岩屋戸に汙気《ウケ》伏せて踏みとどろこし、神懸りして、胸乳を掛き出で、裳緒《モヒモ》を番登《ホト》におし垂れき。ここに高天の原動《トヨ》みて、八百万の神とともに咲《ワラ》ひき。

まず、ここに出てくる「神懸り」のことから考えてゆく。いうまでもなく神がかりとは、神霊が人に憑くこと、乗りうつることだが、このウズメの神がかりにはしかしそういった一般論では律しきれぬものがある。他の例ではたいていある特定の神がかかって託宣したことになっている。「神明《カミ》（大物主神）、倭迹《ト》迹《ト》日《ヒ》百襲《モモソ》姫命に憑《カカ》りて曰はく、云々」（崇神紀）、「月神、人に着《カカ》りて謂《カタ》りて曰はく、云々」（顕宗紀）、「高市郡大領高市県主許梅《コメ》、忽に口閉《ツグ》びて言ふこと能はず、三日の後に、方に神に着《カカ》りて言はく、云々」（天武紀）、「神有《マ》して皇后に託《カカ》りて誨《ヲシ》へまつりて曰はく、云々」（仲哀紀）等々みなそうで、これが神がかりの普通の形である。ところがウズメのばあいには何の神がかかったともなく、託宣のことも記されていない。

「巫」について説文に「女能事二無形一、以レ舞降レ神者也」とある。そして日本語ではそれをカムナギ（後にはミコ）という。カムナギはおそらく神をなごめる意であろう。説文にいう意味でウズメも「巫」であることは、まず動くまい。しかしウズメを、そして猿女をカムナギまたはミコと呼ぶだけですむかどうか疑問である。神祇官にぞくし諸祭に仕える女をミカムナギ（御巫）といい、祈年祭祝詞に「座摩《ヰガスリ》の御巫」「御門の御巫」「生嶋の御巫」等の名が見えているが、この御巫と猿女とではその性格を異にしていたと私は考える。貞観儀式や延喜式などでも両者を区別して扱っている。猿女が神祇官にではなく縫殿寮（中務省）に所属せしめられたのも、それが御巫とはおのずと異なる職掌にあずかっていた次第をものがたる。かくして、ふつう巫女といいならわしているもののなかにも二つの種類があったわけで、私は一方を女司祭（priestess）、他方をかりにシャーマンと呼んで区別することにしたい。古代琉球王国の聞得大君とか各間切のノロなども前者にぞくする。かりにといったのは、シャーマンという語にこだわるつもりはないからで、他にもっと適切な術語があればそれに乗りかえてもいい。巫女のなかの特殊なものというだけでいいのかもしれぬ。私はウズメの特質をとり出したいまでである。

ごく広い意味でなら両者をシャーマンと称して差支えないだろうけれど、ここでは区別の方が大事と考えるので、猿女だけをシャーマンと呼ぶことにする。この見解では、たんに神が憑くこと、つまり憑霊現象がシャーマンの本質のすべてではなく、むしろ自己の魂を霊界に遊ばせる術を体していて、逃げた魂をつれもどすことによって患者を治癒したり、悪霊たちを退散させたり、あるいは未来を予言したりする秘儀能力をもつもののみがシャーマンだということになる。

ふつうシャーマニズムはウラル・アルタイ系の原始宗教で、その分布はベーリング海峡から西はスカンジナビアあたりまで、東は海越しにアメリカ大陸にまで及ぶといわれる。こうした分布図からすると、日本のシャーマニズムも当然この系統にぞくすると見てほぼいいわけだが、しかし今日ではギリシャの古典時代以前や太平洋諸島の宗教などにかんしてもこの語は用いられているようだから、日本のシャーマニズムも何系かということにあまりこだわらなくてよかろう。少くとも北方系とか南方系とかいうことばを不用意に使いたくない。文化系統論が民族学上の一つの主題であるのはわかるが、何々系といった牛刀でもって鶏を斬ることに、今のところ私はあまり興味がない。かりに同系統でも、具体的な存在形態、それのもつ意味は地域ごとに異なるものがあるはずで、右に引いた古事記の一節にあらわれたアメノウズメの姿にとくと目を向けることに私は集中したい。

まず、ウズメという名が問題だが、最近の注釈書がなお名義不詳としているのは、学問的怠慢とのそしりをまぬがれない。つとに江戸の橘守部が「髻華《ウズ》をさし給ふを以て称へたる名也(2)」と指摘しているのを正解とすべきである。ウズは木の枝葉や花などを頭に挿したもので、「斎串《イクシ》立て、神酒《ミワ》坐ゑ奉る、神主部《カムヌシ》の、ウズの玉蔭《タマカゲ》、見れば羨《トモ》しも」(万葉・一三・三二二九)とあるのでわかるとおり、ウズメとは神女の意に他ならぬ。書紀に記す天鈿女の「鈿」もカンザシの意である。ただウズメの名義は平安初期すでに不明に帰していたらしく、古語拾遺に「古語、天乃於須《オス》女《メ》。其神、強悍《ツヨ》く猛固《タケ》し。故、以て名とす。今俗に強き女をば、之を於須志《オスシ》と謂ふ」といっており、古事記伝などもそれに従っているのだが、これは古語拾遺お得意の民間語源説にすぎない。しかし「オゾシ」（おそろし、おぞましの意）という語が平安朝の物語類に用いられているから、この語源説は正しくはないけれど、まんざらでないということにもなる。少くとも平安初期、ウズメがおぞましく強悍な神女と受けとられていたことは確かで、これは以下見るごとき彼女のふるまいからも納得できる節がある。

ヒカゲを襷にかけ、マサキをカツラにし、竹葉を手草にゆい云々は、シャーマンとしての出でたちを叙したものである。次に「汗気《ウケ》伏せて踏みとどろこし」のウケは空笥《ウツケ》、つまり中がからっぽの槽のことで、それをどんどこ踏み鳴らすのは魂をゆり起すためだといわれる。確かにさきに示した鎮魂祭次第はそういう意図のもとに行われており、だからタマフリと呼ぶのであろう。私も従来そのように考えてきた。しかし右の古事記の本文によくよく照らしてみるに、この見解はどうも一面的ではないかと疑われる。祭式は一種の比喩行為であって、その意味は多義的・多旋律的である。一義的に明快であるなら、それはもう祭式としての意味を失っているとさえいえる。それに祭式は楽譜のごときもので、歴史的にその解釈や演出のしかた、アクセントの置きかたは変ってゆく。したがって、平安朝の宮廷儀礼の角度からのみこの段をふりかえるだけでは、一種の矮小化に陥りかねない。

獅子舞の太鼓をオケドというらしいが、リズムの伴奏器としての太鼓の用は、かつて槽をもってそれにあてる時代があったのではなかろうか。少くともアメノウズメの踏み鳴らしたこの汗気《ウケ》は太鼓の原初形態であろうと思われる。「踏みとどろこし」（トドロコスはトドロカスの古形）といういいかたも、そのことを暗示している。そしてそれは忘我恍惚の境に入るための序曲であったはずで、だから「……踏みとどろこし、神懸りして」という具合に続くのである。神がかりするのには、どこでも笛や太鼓などのいわゆる騒擾楽器が用いられることは周知のとおりだが、このウケもそれだと見てほぼ誤らない。

それにしても、胸乳もあらわに裳ひもをホトにおし垂れて踊るウズメのこの神がかりにはどういう意味が蔵されているか。神がかりして我を忘れたため、このようなあられもない仕儀におのずとなったというだけではむろんないはずである。さっそく思いあわされるのは、書紀の方で、これと同じ所作が天孫降臨にさいしてなされている点である。資料としても必要なので少し長いが引用しておこう。

　已にして降《アマクダ》りまさむとする間に、先駆の者還りて白《マウ》さく、「一の神ありて、天の八達之衢《ヤチマタ》に居り。その鼻の長さ七咫《ナナアタ》、背の長さ七尺余り。また口尻《クチワキ》明り耀《テ》れり。眼は八咫鏡の如くして、てりかかやけること赤酸醤《カガチ》に似れり」とまをす。即ち従《ミトモ》の神を遣して、往きて問はしむ。時に八十万の神有れど、皆目勝《マカ》ちて相問ふこと得ず。故、特に天鈿女に勅して曰はく、「汝は是、目人に勝ちたる者なり。往きて問ふべし」とのたまふ。天鈿女、乃ちその胸乳をあらはにかきいでて、裳《モ》帯《ヒモ》を臍《ホソ》の下におしたれて、咲噱《アザワラ》ひて向きて立つ。云々。（紀一書）

天の八衢に立つ面貌怪異な神は、いうまでもなく猿田彦である。この神については言うべきことがいろいろあるが、それはしばらく保留し、ここにウズメを「目人に勝ちたる者」といっているのにまず注目したい。古事記の方にも「汝は手弱女《タワヤメ》人にはあれど、いむかふ神、面《オモ》勝つ神なり」とある。これは古語拾遺がウズメを「強悍《ツヨ》く猛固《タケ》」き女としたのとも一致する。ここには紛れもなくシャーマンとしてのアメノウズメの風貌の特徴が示されていると見てよかろう。ふつうのいわゆるミコ（巫女）がこんなぐあいに登場するとは、ちょっと考えにくい。別のところでもふれたことがあるが、[3] シャーマンの眼は異様にきらきら輝いているという。シャーマンは一種の千里眼で、闇のなかでも精霊たちを視つめる力をもつこととそれは関連するはずで、とくに紀一書の一文からはウズメがそうしたシャーマンであるゆえんがはっきりとうかがえる。そうだとすれば、「胸乳をかき出で、裳緒《モヒモ》を云々」が何か特定の意味を有する所作であり、たんに自然発生のふるまいでないこともほぼ確実である。

すでにいわれていることだが、それは悪霊たちを退散させようとする所作であったと私も思う。天照大神が岩屋戸にこもったとき、「ここに高天の原皆暗く、葦原中国悉に闇し。此れに因りて常夜《トコヨ》往く。ここに万《ヨロズ》の神の声《オトナヒ》は、狭蠅《サバヘ》なす満ち、万の妖《ワザハヒ》悉に発《オコ》りき」と古事記は記している。「万の神」とあるのは、むろん万の荒ぶる神たちのことで、つまり悪霊たちが五月の蠅の大群のように騒然と満ち、あらゆる妖が一時に起ったというわけだ。「狭蠅なす」がデモーニッシュな語義をもつことについては別に説いたところを参照していただきたいが、[4] とにかくそういった悪霊どもを退散させ禍をはらうべく、ウズメは右のごとき攻撃的な所作を演じたのである。これを猥らな踊と見て興がってはなるまい。天照大神が岩屋戸を細めに開け、高天の原も葦原中国もみな暗いはずなのに、なぜアメノウズメは「楽《アソビ》」をし八百万の神もいっしょに笑うのかといったとあるに徴しても、ウズメの所作がある特殊な意味をもつアソビ、すなわち魔術的祭式舞踊であったゆえんを知ることができる。天孫降臨にさいしウズメが同じ所作をやったと紀一書がしるすのも、その途上に悪霊が待ち伏せしているとの想定にたつものである。

隼人は天子の遠行に木綿鬘をつけて従い、その駕が国の境や山川道路の曲り角にさしかかると大声を発することになっていた。これはこの蛮族の発する異様な叫び声が邪霊をはらう力をもつと考えられていたからだろうが、それと、降臨途上でのこのウズメの所作の間には一脈通じあうものがある。猿女もまた後に見るように、文化的には一種の蛮族であったといえなくはない。

（1） この点については「大嘗祭の構造」（本書所収）を参照。
（2） 『稜威道別』。神名は物語と不可分の関係にある場合が多いから、それをあっさり名義不詳とするのは、神話を放棄するに等しいといえる。
（3） 『古事記の世界』第八章参照。
（4） 拙稿「古事記を読む」（「未来」一九七二・八）。

三　神々の笑い

さて次には、「ここに高天の原動《トヨ》みて、八百万の神ともに咲《ワラ》ひき」という一句が問題になるが、神話学者の説がすでに出ているので、まずそれをあげておく。「女陰の顕示は、分娩をやめた、怒れる〈自然〉に豊饒多産なることを想起せしむる方法である。不毛の悪魔を追い、宇宙の母をよろこばしむる力をこれに帰しておるのである。ギリシャ神話においても日本神話においても、舞者の行為の喚起する笑いはこれまた儀式的なものである。この笑いによって、一旦絶えたと思われた生が復活したのである」(1)。この要約には示唆するところが多い。以下、これを本文にそくしもっと具体化していってみたい。

天孫降臨にさいしアメノウズメが胸乳もあらわに「咲嚧《アザワラ》ひて向きて立つ」と紀一書にあるのは前に見たとおり

である。アザワラフはむろん嘲り笑うことだが、しかしたんに鼻さきでフフンと笑うのではなく、大笑するのをいう。この点をまず、しかと押えてかからねばならぬ。次に引くのは例の久米歌中の一首である。「宇陀の高城《タカキ》に、鴫《シギ》わな張る、我が待つや、鴫は障《サヤ》らず、いすくはし、鯨障る、前妻《コナミ》が、肴《ナ》乞はさば、立柧棱《タチソバ》の、実の無けくを、こきしひゑね、後妻《ウハナリ》が、肴乞はさば、柃《イチサカキ》、実の多けくを、許多《コキダ》ひゑね」（ええ、しやこしや、こはいのごふぞ、ああ、しやこしや、こはあざわらふぞ）。古女房がサカナをといったら、ちょっぴりくれてやれ、いとしの若女房がサカナをといったら、どっさりくれてやれというほどの意で、いかにも爆笑をさそう饗宴歌なのだが、その大いなる笑いが敵への嘲笑としてはたらいているのを見るべきである。(2) はやし詞の「ええ」も声を引いて発音せよと注しているから、エエでなくエーである。「こはいのごふぞ」「こはあざわらふぞ」はその説明句である。イノゴフは攻撃的態度を示威すること。それを前掲「あざわらひて向きて立つ」の脚注として読むならば、ウズメの笑いがいかなる性格のものであったかわかる。かの女が「面勝つ神」「目勝つ神」とされるゆえんである。古事記には八百万の神がともに笑ったとあるだけでウズメの笑いについてはふれていない。が、こう考えてくるとウズメは、岩屋戸の前でも敵としての悪霊をはらうべくあざ笑ったのではないかと思う。

　八百万の神々が笑ったのはウズメの演戯がおかしかったからだが、しかし演戯という点にここでもう一度目を留めねばならぬ。そのことをはっきりかたるのは、書紀本文の次の一節である。「猨女《サルメ》君の遠祖天鈿女命、即ち手に茅纒《チマキ》の矟《ホコ》を持ち、天岩窟戸《イハヤト》の前に立たして、巧に作俳優《ワザヲキ》す」。ワザヲキとは滑稽わざを以てする宗教舞踊のことで、海幸彦・山幸彦の話でも、兄、犢鼻《タフサギ》（ふんどし）して赤土を掌や顔に塗り弟に、吾、汝の俳優者《ワザヲキヒト》たらむといったとある。つまりワザヲキはヲコな演戯のいいに他ならず、「俳」や「優」は、辞典にも「戯也」と出ており、書紀には俳優のことを俳人と記している。かくしてウズメは職業的シャーマンとして滑稽なワザヲキを演じ、そこで八百万の神々もどっと笑ったということになる。「舞者の行為の喚起する笑いはこれまた儀式的なものである」というさきの考えも、これでほぼ納得できる。

しかしここでいっそう大事なのは、だからこそウズメは猿女と呼ばれたのではなかろうかという点である。サルメの「サル」は猿楽(散楽)の「サル」であり、つまり「戯《ザ》る」と同語である。平安時代には滑稽な言動をするのをサルガウ(動詞)といい、またおかしな冗談をサルゴウゴトと呼んだ。その「サル」という語を猿女は名に負うものと私は考える。すぐにも想い出されるのは、宇治拾遺物語に伝える次の話であろう。堀川院のときのことだが、神楽の夜、陪従《ベイジュウ》(近衛府の楽人)行綱が、まことに寒げなるけしきで、膝を股までかきあげ、細脛《ハギ》を出して、わななき寒げなる声で、「よりに〳〵夜ふけて、さりに〳〵寒きに、ふりちうふぐりを、ありちうあぶらん」といって庭燎のまわりを十ぺん走りまわったので、天子をはじめ諸人どよめき笑ったという。そして本文には行綱を「これは世になき程のさるがくなりけり」と評している。この神楽の夜のどよめきは、高天の原での八百万の神神の笑いと、時をへだててこだましあっている。近衛の楽人の猿楽は大陸系といわれるが、右の行綱の猿楽の背後には、きわめて古い歴史が尾を引いていると見てよかろう。それは神楽の夜という全体の有機的な部分であり、たんなる付け足しではなかった。そのどよめきが私たちの耳にまで聞えてくるのは、ひとえにそのためである。

古代の支配階級の初期文化はまだあまり糞まじめでなく、儀式的に凝固しておらず、笑いや陽気さや猥褻の要素を多分にふくんでいた。天の岩屋戸の段の興味も、ゆゆしさと陽気さとが一所に並び存している点にある。そのまじめさは開かれたものであって窮屈に閉ざされたものでなく、つまりそこでは、宇宙的要素と社会的要素と身体的（下半身的）要素とが一体をなしている。

この神々の笑いが悪霊たちをはらう力をもちえたのは、それが突如爆発する大笑であったからだと思う。すなわちそれは陽気な爆笑によって悪しき現状を変化させようとするもので、胸乳あらわなウズメの踊りについてもほぼ同じことがいえるはずである。着物を脱いで裸になることは、着物を着ている日常性の否定である。しかも暴力的な否定である。旱魃にさいし裸祭りをやる風は世界のあちこちにあるようだが、それは人間の側の習慣を一時的に急に変えることが自然の急変を助けるゆえんと考えたのであるらしい。とにかくウズメの踊りは一種の猿楽であり、その惹きおこす大いなる笑いが荒ぶる神々を退散させたのであり、果してここに天照大神は岩屋戸から出て世界はふたたび照り輝いたという。

裸になることは着物を着ていることの否定であるといったが、しかし忘れてならぬのは、それはたんなる否定ではなく、再生のための、復活のための否定であった点である。民衆文化における否定は、つねに新たな創造につながっており、たんなる否定に終らない。階級的閉鎖や儀式的固定化をとげる前の古代の祭式も、だいたい同じであったと見ることができる。書紀においてすでにこの神々の陽気な笑いは消えていっており、平安朝ともなると、猿女の仕える鎮魂祭や大嘗祭はもうすっかり特殊肥大をとげ、ただ型として過去を再現するにすぎぬ宮廷的な儀式になり終っていた。

大いなる笑いを誘発したり敵を攻撃したりする猿女の所作がそこに見られないのは当然である。それにたいし古事記に伝える岩屋戸の段での猿女の祖ウズメの活躍は目ざましく、日神を岩屋戸からおびき出したいちばんの手柄もウズメに帰せられる。ウズメはワザヲキによって、邪霊たちの横行するこの暗い世界を治癒したのだ。

ワザヲキの「ヲキ」は、「彼の神の象《ミカタ》（天照大神を象る鏡のこと）を図《アラハ》し造りて、招禱《ヲ》き奉らむ」（紀）、「その遠岐斯《ヲキシ》八尺の勾玉、鏡」（記）などのヲク、すなわち招く意であろう。そうだとすればこの段のワザヲキは、天照大神を、あるいはその魂をこの世に呼びもどし復活させんとするものであったことになるが、そのような復活が着物を脱ぐというあらわな否定を通してなされている点に、世のつねのミコとは異なるところがある。シャーマンは世界を治癒する独特な力を持つ。さきには宇宙的、社会的、身体的な諸要素が不可分な一体をなすといったが、危機に臨んでそれらの支点に立つものこそシャーマンであるわけで、天の岩屋戸の段のウズメには、その辺のことが彷彿とうかがえると思う。

猿女としてのアメノウズメについてかたるからには、猿田彦の存在を逸するわけにゆかない。猿田彦の面貌でもっともいちじるしいのは、周知のように眼光するどく長大な鼻をもっている点だが、その鼻は男根を象徴するのであろうか。フンドシの古語はタフサギといい、犢鼻と書く。これは漢語をもってきたものだが、「男根如二犢鼻一故云二犢鼻褌一」（下学集）とあるのに従うならば、おのずと右のごとき解釈に行きつかざるをえない。

猿田彦が道祖神や石神と習合されるようになるのも、性神の側面を持っていたからであろう。そういう猿田彦にたいしウズメは「胸乳を露《アラハ》にかきいで、裳帯《モヒモ》を臍《ホソ》の下に抑《オシタ》れて」（紀）向い合った。それが邪霊ばらいの所作であることは既述したが、しかし同時にそこにはヲコなるサルガウ（猿楽）めいた儀礼がほのめかされていなくもない。猿田彦のサルと猿女のサルは、ともに猿楽のサルであろう。

それにしても猿田彦の鼻の長い話が書紀にのみあって古事記の方にないのは、伎楽面の影響のせいではないかと思う。伎楽は百済の味摩之《ミマシ》によって伝えられたのだが（推古紀二十年）、そのなかに鼻高の赤い治道《チドウ》という面がある。仏会のとき行道の先頭に立って露払いの役をしたらしいが、そういう働きの似ていることもあって治道面に触発されて猿田彦の鼻は長くなったもののようである。

さてここで大事なのは、アメノウズメは、猿田彦といかなる間柄にあり、またいかなる素姓をもっているかという点である。

（1）松本信広『日本神話の研究』。

（2）久米歌にかんする詳細は「神武天皇」（本書所収）参照。

四　伊勢神宮との関係

新たな解釈を要求する記事が、ウズメにかんしていくつかある。天照大神、アメノウズメに詔りして「此の御《ミ》前《サキ》に立ちて仕へ奉りし猨田毘古《サルタビコ》大神は、専ら顕はし申せし汝送り奉れ。亦其の神の御名は、汝負ひて仕へ奉れ」といい、されば「猨女君等、其の猨田毘古の男神の名を負ひて、女を猨女君と呼ぶ事是なり」（古事記）とあるのがその第一である。猿田彦は実は天孫を迎えるべく天の八衢に参向していたのであったが、その猿田彦を「汝送り奉れ」となぜウズメは命じられたのか。しかもその命のままウズメは猿田彦を「送りて、還り到りて、云々」とあり、どこに送りどこに還ったとも書いていない。で諸注、うやむやにお茶を濁している始末だが、古事記伝は「還」は「罷」の誤りとし「マカリイタリテと訓べし、伊勢に到れるなり」といっている。

だが、誤字説をとるには及ばぬと私は考える。次に説くように猿田彦もウズメもその本貫は伊勢であり、つまりそこに「還」ったのだからだ。さきに引いた紀一書には、猿田彦はウズメにたいし、「天神《アマツ》の子は、まさに筑紫の日向の高千穂の槵触峯《クジフルタケ》に到りますべし。吾は狭長田《サナダ》の五十鈴の川上に到るべし」といい、また汝、我をそこに送るべしといったとあり、伊勢との関係をはっきりと見せている。古事記の方も右の引用の前後には伊勢にかんする記事がいろいろと配されているから、ウズメは猿田彦を送って伊勢に「還」ったのだと見てまず間違いない。伊勢といっても具体的にはそれは「五十鈴の川上」つまり伊勢神宮の所在地をさす。アメノウズメと猿田彦、ひいては稗田阿礼のことを考える上で肝心な問題がここにある。ウズメと猿田彦とは伊勢の土豪宇治土公《ツチギミ》の始祖ないしはその一族であった。

天皇との共殿共床を畏れて崇神天皇の世、天照大神を豊耜《スキ》入姫、後に倭姫に託けて大和から伊勢に遷した（崇神紀・垂仁紀）。大神宮儀式帳によると、宇治まで来たとき宇治土公の遠祖大田命なるものが、五十鈴の川上に好き大宮所があるとすすめたのに従い、天照大神はそこを勝地として鎮座したという顛末になっている。倭姫世記にはそれを「猿田彦神裔宇治土公祖大田命、云々」と記しているが、大田命は猿田彦の分身であり、猿田彦は大田命が記紀において神話化されたものと見ることができる。それが猿田になったのは、おそらく猿女の猿に牽かれたのであろう。猿女君氏も実は宇治土公の一族であった。ただこれはもはや伊勢に在住せず、別れて大和に移り住み宮廷に仕えていたわけで、前の引用に「その神（猿田彦）の御名は、汝負ひて仕へ奉れ」とあるのは、すなわちそのことをいったものである。そして稗田阿礼はこの猿女君氏にぞくする女であるという関係になるわけだ。

このへんのやや入りくんだ関係を解く鍵が、古事記の次の一文にかくされている。私の主題にどうしても欠かせないので、少し長いけれど引用する。天の八衢でウズメと猿田彦とが向いあったことを記した直ぐ後に、続く一文である。

爾に天児屋命（中臣の祖）、布刀《フト》玉命（忌部の祖）、天宇受売命（猿女の祖）、伊斯許理度売《イシコリドメ》命（鏡作の祖）、玉祖命（玉作の祖）、幷せて五伴緒《イツトモノヲ》を支ち加《ワカ》へて、天降しましき。是にその招《ヲ》きし八尺の勾璁《マガタマ》、鏡、また草那芸剣、また常世思金神、手力男神、天石門別神を副へ賜ひて、詔りたまひしく、「此れの鏡は、専ら我が御魂《ミタマ》として、吾が前を拝《イツ》くが如いつき奉れ。次に思金神は、前の事を取り持ちて、政《マツリゴトセ》為よ」とのりたまひき。この二柱の神は、さくくしろ五十鈴の宮を拝《イツ》き祭る。次に登由宇気神、此は外宮の度相に坐す神なり。次に天石戸別神、亦の名は櫛石窻神《クシイハマド》と謂ひ、亦の名は豊石窻神と謂ふ。此の神は御門の神なり。次に手力男神は佐那県《サナノアガタ》に坐す。

これは古事記伝以来、その訓みと解釈がひどく混迷している部分で、私なりに訓み変えたものを右にかかげたわけだが、その理由を詳しくいうことは省略し、ここでは「この二柱の神は、さくくしろ五十鈴の宮を拝き祭る」という一句だけを取りあげ、その意味するところを究明したい。宣長はその原文「此二柱神者、拝ニ祭佐久久斯侶、伊須受宮ニ」を「此の二柱の神は、さくくしろ、いすずの宮に拝《イツ》き祭る」と訓み、二柱は天照大神の御魂代の鏡と思金神を指すとし、現行諸注も多くこれに従っている。これに対する反論もいくつかあるが、どれも納得しがたい。(1) 混乱のもとは「イツク」という語の誤解に発する。別途に論じたことがあるが、イツクとは、阿曇氏が志賀海神《ワタツミ》を、三輪氏が大物主神をいつき祭るごとく、いつく者と、いつかれる神とが系譜的に結ばれ、前者が後者の裔であるというばあいに用いられるのであって、たんにマツルことと同じでない。

イツクという語のこうした働きから見て、右の「此の二柱の神」が猿田彦とウズメをさすことは、ほぼ間違いないと私は考える。本文に就いてみればわかるが、右の引用の前だけでなくその後にもウズメと猿田彦の話が出ているし、全体の文脈からしても、そう解くのがいちばん妥当である。それに「拝ニ祭……伊須受宮ニ」を「五十鈴の宮に」と訓むのはどだい無理であり、どうしてもそれは「五十鈴の宮を」でないと落ちつかない。すなわちこの一句はウズメと猿田彦の二神が「五十鈴の宮を」いつき祭るという意味で、そしてそれは具体的には、伊勢の土着の神をいつき祭っていた宇治土公が天照大神をもいつくに至った消息をかたるものである。

さて、右引用中に「此れの鏡は、専ら我が御魂として、吾が前を拝《イツ》くが如いつき奉れ」とあるが、現にその鏡は宮廷にいつきまつられてきた。それが前に述べたようなわけで倭姫とともに伊勢に遷座した。垂仁紀にいう、「天照大神、倭姫命に誨へて曰はく、『是の神風の伊勢国は、常世の浪の重浪《シキナミ》帰《ヨ》する国なり。傍国《カタクニ》の可怜《ウマ》し国なり。是の国に居らむと欲《オモ》ふ』とのたまふ。故、大神の教の随に、その祠《ヤシロ》を伊勢国に立てたまふ。因りて斎宮《イハヒノミヤ》を五十鈴の川上に興《タ》つ」と。

前に引く儀式帳の一文とかさねて見れば、宮廷の祖神天照大神がいかに伊勢の土豪宇治土公の祖神を吸収し、それにとって代るに至ったか、その経緯のほどをほぼ読みとることができるだろう。宮廷による全国支配の確立をそれは宗教的に表現したものに他ならない。倭姫のヤマトは、倭建命のヤマトと同じ次元の語であり、そしてこの倭姫が伊勢神宮の最初のイツキノヒメミコ（斎宮）であった。宇治土公の身辺に並々ならぬ変化が生じるのは不可避である。

まず宇治土公の神は大土御祖神社という名のもとに地主神として伊勢神宮の摂社に再組織される。(2)今もそれは五十鈴川の、神宮と同じ右岸のやや川下の林のなかにわびしく残っているが、儀式帳にはその神は石体だと記してある。石である神と鏡である神との落差がいかに決定的であるかに想い及ばねばならぬ。石や岩が自然・大地のしるしとしていわゆる国つ神の神座《カミクラ》であったとすれば、鏡は文化の、しかも今来の文化の所産であり、光りかがやくものである。また「専ら我が御魂として、吾が前を拝《イツ》くが如いつき奉れ」とあるように、それは姿を写すものとして魂の象徴でもあった。怪しく光を放射する天つ神のこうした鏡の威力の前に石体の国つ神がひれ伏しその眷属となるのは、けだし当然の仕儀といっていい。

そして宇治土公は伊勢神宮の内人《ウチンド》という職を与えられた。内人は潔斎して宮内で神に近く仕えるものの意で、いろいろの職掌にわかれていたが、大内人というのに土公は任用されることになっていた。なおもここに伊勢神をいつき祭る宇治土公の伝統は存続しているわけだが、しかし斎宮がいるほか、内人の上には禰宜があり、さらにその上には宮司があるという具合に伊勢神宮の神職は階層化されていた。宇治土公は今や矮小な存在にすぎない。禰宜に任ずるのは荒木田氏であったが、アラキダ（新墾田）という名からも、またその系図で中臣と同祖を称している点からも、これが土着でなく宇治土公の抑えとして中央から派遣されてきた氏であることはほぼ間違いあるまい。(3)宮司（大神宮司ともいう）の職を独占したのは中臣氏であった。しかしもともとこれは中臣の世襲職ではなく、また狭い意味の神職でもなく、神宮の政務をつかさどる長官であった。そして古事記に「思金神は、前の事を取り持ちて、政為よ」（前引）とあるのが、すなわちこのことをかたったものだと私は考える。現に天の岩屋戸の段で祭りのことをあれこれと取りしきったのは、この思兼（金）神であった。それはまさしくマツリゴトの名にふさわしいものといえるはずである。儀式帳によっても、孝徳天皇の世に「神庤《カウタチ》」を造り「雑神政所」（くさぐさの神のマツリゴト所）と為すとある。[4] くさぐさというのは、祭りのことだけでなく神宮所領の管理のことなどもふくむからで、それらを思いめぐらし総括するので思兼神の名があるのだと思う。従来、このへんの解釈が躓いているのは、天の岩屋戸の段と右に引いた伊勢神宮にかんする記事との構造的連関を見て取っていないためである。伊勢神宮は縮図化された地上の高天の原だといえなくもない。

さて肝心のアメノウズメは、そのときどうなったか。古典に宇佐津姫・宇佐津彦（神武紀）とか阿蘇津姫・阿蘇津彦（景行紀）とか努賀《ノガ》姫・努賀彦（『常陸風土記』）とかいう名で出てくる地方土豪がいわゆる姫彦制を示すものであり、その姫と彦の間柄は夫婦でなく兄弟姉妹であることはすでによく知られているが、実はウズメと猿田彦の関係もそれに同じと見ていいはずである。そして地方土豪の姉妹が采女として宮廷に召し上げられたように、ウズメの子孫も宮廷祭祀に奉仕すべく一部大和に移住せしめられた。それが猿女君氏である。君（公）姓は飯高、阿蘇、火（肥）、大分とか、みな地方首長の姓である。この点からも猿女君が宇治土公の岐れであるのは確実で、男神猿田彦の名を負い女を猿女君と呼ぶとあるのは、つまりそのことを説話としていったものに他ならない。

それにしても、天照大神がなぜ伊勢に鎮座するに至ったかが問題になる。むろんそのいわれは単一でなく、たとえば、万葉に「御食《みけ》つ国、志摩の海部《アマ》」（六・一〇三三）とうたわれているごとく伊勢の海部は古くから宮廷に贄を献ずる関係にあった。ウズメが猿田彦を送って伊勢に「還」ったさい、海の魚たちをことごとく集めて、汝ら「天つ神の御子に仕へ奉らむや」ときくと、もろもろの魚たち「仕へ奉らむ」と答えた云々、とある話にすぐ続いて、「是を以ちて御世《ミヨミヨ》、島（志摩）の速贄（初物のこと）献る時に、猨女君等に給ふなり」と古事記にいうのも、そのことにかかわる。伊勢の海部をとりしまるのが、宇治土公の役であったらしい。こういった関係を、天照大神の伊勢遷座の下敷の一つとしてあげることができる。

しかし、伊勢が天皇の都する大和の東にあたっており、海から太陽の昇る国であるというコスモロジー上の問題が根本であって、さきに引いた垂仁紀に、伊勢国は常世の浪の重浪の寄せる「傍国のうまし国」というのも、そのへんのことを指すものと思われる。もとより、こうしたコスモロジーはたんに作為に出たものではなく、生活に根ざすところがあったはずだが、今やそれが一個の神学にしあげられ、大和の王権による全一支配のための宗教的基軸になってゆく。東における伊勢神宮の創立と、西における出雲大社の創立とは、——違った側面からいえば高天の原の至上神としての天照大神という神の成立と、その子孫に国譲りする大国主という神の成立とは、構造的に対応しているのである。それについては別途にのべたことがあるので繰り返さない。(5)

（1）宣長の説を最初に疑ったのは安津素彦「天孫降臨段の一考察——皇大神宮相殿神について——」(「国学院雑誌」昭和三七年九月)である。高藤晴俊「古事記〈天孫降臨段〉考」(「国学院雑誌」昭和四六年八月)はそれをさらに積極的に展開しようとしたものだが、そこでは本文中の「此の二柱の神」を手力男神・天岩門別神と見ている。イツクという語の意味から考えて、しかしこの解釈はやはり成りたちにくいように思われる。それにしても、右に引いた古事記の一段が人迷わせな、やや奇妙な文章であることは確かで、脱落または錯乱があるのかもしれない。宣長もすでに、ここに突如、外宮の登由宇気神が出てくるのは解しかねるといっており、鎌田純一「古事記登由宇気神記事について」(「国学院雑誌」昭和三七年九月)はこれを鎌倉期における伊勢度会氏による竄入ではないかと疑っている。それにもかかわらず、この一段にはかなり重要な問題がかたられていると私は考える。

（2）延喜式、大神宮儀式帳参照。

（3）前掲書で私は荒木田氏を伊勢土着の豪族と見たが、それは誤りであるらしいので本文のように訂正したい。

（4） マツリゴトについて一言する。「由紀《ユキ》須伎《スキ》二国の守を賞め給へる宣命」（天平神護元年十一月）に「大嘗の政事《マツリゴト》を取以ちて、供《ツカ》へ奉る……」とあるが、これは神祇令に「凡大嘗者、毎レ世一度、国司行レ事」と規定されているのに対応するものである。「思金神は、前の事を取り持ちて、政為せ」とあるのと考えあわせ、マツリゴトは「取りもつ」ものであった次第がわかる。郡で主政のことを、国で判官のことをマツリゴトヒトと呼ぶのも、ミツギモノその他のことを「取りもつ」からであろう。マツリゴトの意味については、マツリとの関係その他、なおいうべきことが多いが、ここでは右の一文を解するに必要なかぎりの注に止めておく。

（5） 『古事記の世界』参照。

五　シャーマン的世界

斎宮——これには未婚の皇女が卜定される——が神宮に遣わされたのと引き換えに、猿女は伊勢土豪の服従のしるしとして宮廷に召しあげられたのであろう。その猿女君氏の神話的祖神がアメノウズメである。「天《アメ》」を名に冠しているところから見て、ウズメの一族がすでに宮廷信仰に同化された存在であったことを知りうる。猿女すなわちサルガウする女という名も宮廷から与えられたものであろう。そしてそれは猿女がシャーマン的俳優として召しあげられたことを意味する。

采女《ウネメ》とはその点やや趣が違っている。かの女らも地方首長の姉妹としてかつては鬼道に仕える身であったはずだが、采女ともなるとしかしそれはもう後宮に仕える女官にすぎなかった。大化改新の詔に、郡少領以上の姉妹及び子女の「形容端正」なる者を采女に貢すべしとあるのも、采女が後宮の女官であったからで、かの女らは天皇の枕席にも侍った。

それに対し、「面勝つ神」「目勝つ神」であり、むくつけき踊りを演ずる猿女は、およそ美女ではありえない。同じく地方土豪の出であるとはいえ、両者はあきらかに類を異にする。采女がその呪力を奪われたのとは逆に、猿女はむしろそれを温存され、特殊な任を帯びた巫女として宮廷に貢されたのであろう。天の岩屋戸にこもった天照大神をアメノウズメがおびき出すことができたその独自な呪力の根源は、宇治土公家に由来するものと考えられる。猿女の仕える鎮魂祭と大嘗祭という二つの宮廷儀礼が、ともに天照大神とかかわっているのを見逃すべきでない。年中行事秘抄所収の鎮魂祭歌の一つに「上ります、豊日霊女《ヒルメ》が、御魂《ミタマ》ほす、云々」とあるが、この豊ヒルメは天照大神のことである。大嘗祭の方についていえば、そこで新たな王は「日の御子」つまり天照大神の子として誕生するわけだが、このように猿女が天照大神と深い因縁をもつのは、その出自が伊勢だということと切りはなせないはずである。さきに引いた「この二柱の神（ウズメと猿田彦）は、さくくしろ五十鈴の宮をいつき祭る」という古事記の一文も、この文脈において読まねばなるまい。物忌の名で呼ばれる伊勢神宮の巫女は、おそらく大和に出ていった猿女の、伊勢における歴史的残骸であろう。(1)

さてこの猿女があらたに定着したのが大和国添上郡の稗田村である。比売田《ヒメタ》神社（神名帳）というのがここに存するのもいわくありげだが、とにかく稗田阿礼がこの村の名を負う猿女であったことは間違いない。最初、篤胤のところで引いた西宮記裏書に「貢二猿女一事」として稗田福貞子や稗田海子の名が出てきたが、それらは阿礼の後裔であろう。阿礼という名もうっかり見逃せない。京都の賀茂社で斎院のことをアレヲトメという。アレとは神の誕生、出現のことで稗田阿礼のアレもそれであるとする柳田国男の説は動かない。(2)「橿原の、聖の御世ゆ、阿礼ましし、神のことごと」(人麿)、「天皇が御子の阿礼まさむ弥継継に」(宣命)等の古典の記載例からしても、稗田阿礼の「阿礼」という文字使いが何を意味するか想像にかたくない。稗田阿礼は男か女かという問いから私は出発したが、今のところ、どこをたたいても阿礼が男だとの兆候は出て来そうにない。

猿女君氏の名があるのは、女が主役だからである。その家には男子は生れなかったのか、という反論は阿礼女性説にたいし的外れである。後宮の女官となった采女でさえ、その職は伯母から姪へと受けつがれた。沖縄のノロもそうだが、猿女の職もたぶん同様であったと推測される。例の耶馬台国では、卑弥呼の死んだあと「宗女壱与」が後を継いだと倭人伝はいう。証明の手だてはないけれど、卑弥呼からすれば壱与はおそらく姪にあたっており、その職を継ぐべき女であったから「宗女」と記したのであろう。巫女の座が伯母から姪に、つまり兄弟の姉妹から兄弟の娘へと受けつがれるのは、男系社会にあって女の神秘的霊力を保有するための継承法であった。女の神秘的霊力は、家々の血の純血と関係するのではなかろうか。猿女君氏もこのようなやりかたで宮廷に猿女を貢していたはずで、そしてあたかも天武天皇の世に仕えた猿女が稗田阿礼に他ならぬ、という図形になっているのだと思う。

阿礼という名の暗示するところを、もっとはっきりさせておこう。

すでに見たように宮廷儀礼のうち猿女の仕えたのは大嘗祭と鎮魂祭とだが、新たな王の誕生を告知する大嘗祭が、まさしく一つのミアレであったことはいうまでもない。王は高天の原で生れ、そして地上に降臨する。したがってそこでは文字どおり、生れることは示現することであったし、このミアレの秘儀に猿女は参与した。他方、鎮魂祭も魂の再生と復活にかかわる以上、やはりミアレと呼びうる。というより鎮魂祭と大嘗祭はその祭日からしても、あきらかに連関しあう一つづきの儀礼であった。(3) 天の岩屋戸と天孫降臨の話に出てくる神々の名がほぼ共通するのも、そのためである。

序の「時ニ舎人有リ、姓ハ稗田、名ハ阿礼」という一句はこのような歴史的由緒を背負うのであり、そういう猿女としての稗田阿礼が古事記の成立にたちあっているのは、もはや疑えないことのように思われる。しかし実は以上の考察は、いくつかの点と点とのあいだに線を引いた程度の素描にすぎない。肝心なのは、そのことが神代の物語の構造といかに関連しているかにかかっている。それは古事記をどう読むかという問題と否応なく交錯する。

拙著『古事記の世界』で「葦原中《ノツ》国」と「高天原」との関係について記した部分を、問題展開の必要上、少しばかり繰り返すのを許していただきたい。そこで私は、「葦原中国」とは「高天原よりいへる号《ナ》」であるとした宣長の発見の重要さにふれ、「この一点を見のがすならば、この言葉の解釈につまずくだけでなく、古事記の本質は蔽われてしまうことになろう。これは一般にいうごとき日本国の歴史的な古称ではなく、高天原から名づけられた、そしてその限りにおいて存在した一つの神話的世界を意味する」といい、さらにそれは「ちはやぶる国つ神ども多《サハ》」(記)に蟠居し、あるいは「螢火のかがやく神、また五月蠅《サバヘ》なす邪《アラ》ぶる神」どもがいて「草木みな能く言語《モノイ》ふ」(紀)地であるとかたられているゆえんに言及し、「神話的範疇」として、高天の原の属性が善、陽、東、秩序、文化等々であるのにたいし、「葦原中国」は悪、陰、西、混沌、未開等々の属性をもつ、と解釈し、伊勢と出雲との対応も、その一環に他ならぬとした。

この考えかたは今も変っていない。ただそのさい私は、世界のこのような観かたを、たんに王権の志向一般に帰しすぎた嫌いがある。それときりはなせないのは確かだけれど、しかし同時にそこにはシャーマニズムの問題と包みあう側面があるのではなかろうかと思う。天の岩屋戸の話にふたたびたち戻り、そのへんのことを考え直してみたい。

スサノヲは高天の原で、天照大神の田の畔を切ったり、溝を埋めたり、また「その大嘗を聞看《キコシメ》す殿」に屎まり散らしたり、天照大神が忌服屋《イミハタヤ》で神御衣《カムミソ》を織っているとき、その屋の棟に穴をあけ天の斑馬《フチコマ》を逆剝《サカハ》ぎに剝いで落し入れたりした。それを見畏れて大神は天の岩屋戸にさしこもった。前に引いたところと一部かさなるけれど、印象をあらたにするとともに、その特異な文体に目を向けてもらうため、その続きを引用する。

ここに高天の原皆暗く、葦原中国悉に闇し。これに因りて常夜《トコヨ》往く。ここに万の神の声《オト》なひ、五月蠅《サバヘ》なす満ち、万の妖《ワザハヒ》悉に発りき。是を以ちて八百万の神、天安《アメノヤスノ》河原に神集ひ集ひて、高御産巣日《タカミムスヒ》神の子、思金神に思はしめて、常世の長鳴鳥を集めて鳴かしめて、天安河の河上の天の堅石《カタシハ》を取り、天の金山の鉄《マガネ》を取りて、鍛火《カヌチ》天津麻《マ》羅を求ぎて伊斯許理度売《イシコリドメ》命に科《オホ》せて鏡を作らしめ、玉祖命に科せて、……珠を作らしめて、天児屋《コヤネ》命、布刀玉命を召して、……(数行略)、天手力男神、戸の掖《ワキ》に隠り立ちて、天宇受売命、……天の岩屋戸に汙気《ウケ》伏せて踏みとどろこし、神懸りして、胸乳を掛き出で、裳緒《モヒモ》を番登に忍《オ》し垂れき。ここに高天の原動《トヨ》みて、八百万の神ともに咲《ワラ》ひき。

高天の原でスサノヲの犯した罪を大祓祝詞は「天つ罪」と呼んでいるが、それは宗教的タブーを破った罪(sin)であって、刑法上の犯罪(crime)ではない。前者は祓《ハラヘ》を科せられ、後者は刑を以て罰せられる。スサノヲも周知のように祓《ハラヘ》つ物を科せられて追放された。史料は省略に従うが、祓が科せられるのはほとんどすべて神事を冒瀆した場合にかぎられている。スサノヲにしても、「大嘗を聞看す殿」や「忌服屋」を犯したのであるから明らかに神事の冒瀆である。畔放《アハナチ》や溝埋は一般に農事妨害といわれるが、「天照大御神の営田《ツクダ》」を荒したのだから、それもやはりたんなる農事妨害ではなくて神事にかんするものと見なすべきである。というよりスサノヲは、もっとも聖なる大嘗祭を犯したわけで、右に引いた一文にも、こうして宗教上の禁が犯されたため、永遠の闇夜となり、悪霊たちが横行し、すべてこの世が不吉な恐怖にみたされた折の危機感が端的にあらわれている。

されぱこそシャーマンとしてのアメノウズメの活躍、その治癒力が期待されたのではなかろうか。前にいったようにたんなるミコとシャーマンとは区別する必要がある。「五月蠅《サバヘ》なす」悪霊たちを退治することによって人間界と超自然界との調和をとりもどすのが、シャーマンのになう固有な社会的役割であったと思う。つまりシャーマンという存在、その能力は、宇宙的秩序の破壊、それにともなう人間界の霊的危機と対応しているのであって、もっぱら個人の患者を扱う後世のイタコやユタ、あるいは験者などと同一視できぬものがそこにはある。それにつけても、右の一文の文体に注目したい。

その特徴は、「是を以ちて八百万の神、天安河原に神集ひ集ひて、……」に始まり「……裳緒を番登に忍し垂れき」に終る一つのセンテンスがきわめて長大で、しかも「……して」(原文は「而」)という助詞が実に重畳十九回にも及んで用いられている点である。すなわちそこには八人の神々が次々と登場して、鏡を作ったり、玉を作ったり、占ったり等それぞれ異なる職掌をとりおこなうさまが連鎖的にかたられている。やや似た文体は、山川や国土をゆるがして昇ってくるスサノヲにたいして天照大神が「我が国を奪はむと欲ふにこそあれ」といって男装し、「なにしかも上り来つる」と雄たけびする段にも現われている。宣長はこうした文体を「古格なり」といっているが、しかしたんに古格なのではなく、それは恍惚境におけるシャーマンの息使いや拍動のごときものの感じとれる特異な文体と見るべきではなかろうか。

日本書紀が純漢文で書かれているのにたいし古事記がいわゆる変体漢文で書かれている点を軽く考えてはなるまい。かれこれ似た内容の記事が相当あるけれど、この表現のしかたの違いは、過去にたいする、あるいは過去の伝承にたいする態度そのものの違いにもとづくのであって、狭く国語学上の問題に解消さるべきことではない。こうした文体上の特徴を無視して、たんに内容本位に古事記を読むならば、本質的な何ものかを逸することになろう。詳しくは「誦」のことを論ずる段まで保留するが、安万侶にしても稗田阿礼のいわば語りごとに耳を傾けねばならぬ何らかのいわれがあったはずで、少くとも天の岩屋戸の段に見られるごとき文体が、たんなる文筆のわざでないことは確実である。古事記の神代の物語の骨格はこのシャーマニスチックな視点から構成されており、神代紀の方も素材としてその要素をふくむといえる。前述したように「葦原中国」は「ちはやぶる神ども多《サハ》」に蟠居する地であるが、換言すればそこには、スサノヲが「天つ罪」を犯した後に出来したのとほぼ同じような状況が恒常化しているわけで、「ちはやぶる神」とはつまり邪霊のいいである。紀にそれを「五月蝿なす邪ぶる神」どもといっているのは、岩屋戸の段に「万の神の声《オト》なひ、五月蝿なす満ち」とあるのと、ほぼパラレルをなす。「葦原中国」の棟梁・大国主神が大物主神——「物《モノ》」は鬼である——と同格化され、また葦原醜男《シコヲ》という亦の名を有する点なども、こう考えればかなり自然に納得される。神代紀（下）一書には天忍穂耳尊、天の浮橋に立って下界を眺め、「彼の地は未平《サヤ》げり。いなかぶし凶《シコ》めき国か」といったとあるが、「葦原中国」は高天の原から見たばあい霊的にけがれたデモーニッシュな国であったのだ。

悪霊たちのざわめくこの混沌たる世界を克服し、その地に日の御子が降誕する、というのが神代の物語の主題である。これは歴史的には、王権以前の時代があったという記憶ともかさなっているであろう。そして「面勝つ神」「目勝つ神」としてその先頭に立って降ったのが稗田阿礼の祖アメノウズメである。阿礼の問題は、こういった文脈構造と不可分に結びついている。阿礼を男の学者にしたてることがいかに見当外れであるか、これでかなりはっきりするだろう。

（1）多くの猿の鳴きうめく声が異様に聞えたのを、時の人「伊勢神宮の使なり」といったという記事が皇極紀に見える。どういう意味かよく分らぬが附言しておく。

（2）柳田国男「稗田阿礼」（前掲）。

（3）「大嘗祭の構造」（本書所収）参照。

六　「誦」とは何か

ここで阿礼のなした「誦習」とは何かということを問わねばならない。記憶を新たにするため、もう一度古事記序を引く、「時ニ舎人有リ。姓ハ稗田、名ハ阿礼、年ハ是レ廿八。人ト為リ聡明ニシテ、目ニ度《ワタ》レバ口ニ誦ミ、耳ニ払ルレバ心ニ勒ス。即チ、阿礼ニ勅語シテ帝皇日継及ビ先代旧辞ヲ誦ミ習ハシム。」

序は非常に大事な一文なのだが、すでにふれたように古事記本文から離れて序をそれじたいとして扱うのは抽象的である。この「誦習」にかんしてもそうで、この語の意味を本文と無関係にあれこれ詮議するだけではらちはあかない。私は次の説が正しいと考える。

「『誦』は帝紀及先代旧辞をよむのに声に節をつけてよんだもので、それぞれよみ方があったのであろう。そのよみ方はただ発音するというだけのことでなくて、そのよみ声に上げ下げ長短があったであろう。現在古事記を見るに、はじめに多いが所々に上去の声のしるしがある。すると声の上げ下げを喧しく云ったもので、唯ずらずら読んだものではあるまい。そこで誦の字が生きて来る[1]」。

書契以前の伝承を阿礼がそっくり暗んじていたとする説は、あまりにも素朴であって論外だが、一方、訓読説はそのたんなる裏がえしにすぎぬように思われる。書紀と構造的に異なる古事記の独自性は何か、そのことに稗田阿礼がどうかかわりあっているか、という問いに訓読説は無頓着でありすぎる。それというのも、古事記を書紀に近づけ、両者を同じ平面で読んでいるからに他ならない。ひと口に記紀と呼ぶことが時に応じて必要なのはもとよりだけれど、しかし、ここでは両者の違いこそが問題である。

文体上の相違については既述したが、たとえば書紀が神代の伝承を「一書に曰く」という形でいわば資料化して扱っているのにたいし、古事記がそれを最も権威ある伝承として残そうとしている事実に目をやるだけでも、両者のよって立つ基盤、その志向の違いはおのずと明らかである。また古事記は仁賢天皇以降になると何ら記事らしいものもなく、ただ系譜をつらねているだけである。書紀の方でむしろその辺から記事が豊富になってゆくのと、これはすこぶる対照的である。そして古事記は推古天皇の代でもって終り、そこでも、書紀が力こぶを入れて説く聖徳太子の十七条憲法とか外交関係とかにはてんで興味を示さない。記と紀との間にこのような旋律的、構造的な差があることを見失ってはなるまい。

古事記の記事が推古朝で打ちどめになっているのは、古事記の原型の作られた時期を暗示するのであろうか。推古紀二十八年の条には、聖徳太子や蘇我馬子が「天皇記」及び「国記」等を録したことを伝えるが、それとの関係はわからない。蘇我氏の滅びるときそれらは焼かれ、僅かに「国記」の一部が救かったというから（皇極紀四年）、じかに関係はあるまいと考えられる。しかしこの「天皇記」という名はおろそかにできない。天皇の称号は推古朝に用いられるようになったといわれるが、これは推古朝が古代王権の歴史において一つの大きな折り目であったことを示す。そしてそういう一つの折り目にさいし、過去の伝承が「天皇記」とか「国記」とかの名のもとにあらたに録されるに至ったのだと見ていいだろう。それらと古事記や書紀とがどうかかわるかは、さっきいったように分らない。分らないがしかし少くとも、日本書紀の関心が続日本紀以下の六国史へと続いてゆくあるものに向けられているのとは逆に、古事記の関心は推古朝あたりで、ないしは律令制の開始とともに終るところのあるものへと向けられているとはいえる。古事記という書名じたい、すでにそうした消息を語っている。ただむろん、かりに推古朝に原型が作られていたとしても、現存の古事記がそれをそっくり踏襲したはずもない。推古朝から大化改新や壬申の乱をふくむ四分の三世紀にわたる激動期をへた奈良の元明朝に古事記は成ったのだから、その間、当然多くの手直しが必要とされたであろう。天武をして「朕《ワレ》聞ク、諸家ノ賷《モタ》ル帝紀及ビ本辞、既ニ正実ニ違《タガ》ヒ、多ク虚偽ヲ加フト」といわしめたゆえんである。さて天武天皇が「阿礼ニ勅語シテ帝皇日継及ビ先代旧辞ヲ誦ミ習ハシ」めたというのは、天皇系図と神話の欽定版を阿礼に誦習せしめた意と解することができる。そしてその阿礼の誦むところのものを太安万侶が撰録して古事記は成るわけだが、そこに稗田阿礼という巫女が立ちあうのは、神話伝承はいわば語りごととして表現され定着されねばならぬとの考えが働いているためである。

現存はしないが「宣命譜」なるもののあったことが知られている。(2) 宣命なども、ただずらずら読めばいいのではなく、音声の長短高低や曲節が問題であったわけで、古事記もそうであること、あるいはそうであろうとしたことは、さきに引いた山田孝雄の言のとおりである。そして私はそれをやや異なる角度から、たとえば天の岩屋戸の段の文体が典型的に語りごとであるゆえんについてふれたのだが、その点、宣長が「直《タダ》に書には撰録《シルサ》しめずして先ヅかく人の口に移して、つら〱誦ミ習はしめ賜ふは、語《コトバ》を重みしたまふが故なり」(古事記伝)といっているのは、さすがである。古事記を持ちあげ書紀を漢心として排した宣長のやりかたはすこぶる不評を買っているが、それは彼の言葉を文法的に受けとりすぎるからで、むしろ彼のいわんとしたところを、もっと汲みとってみる必要がある。その「誦」を「読」の意として、阿礼を学者官僚に見たてるならば、ことばと表現を飛びこし、たんに内容として古事記を読むことにしかなるまい。私は作品の読みかたを問題にしているのであって、古事記だけを天高く持ちあげようとするものではない。いずれにせよ、古事記と日本書紀とを同質化して読む視点は訂正さるべきである。たとえば、古事記と日本書紀とでヤマトタケルの描きかたがひどく異なり、すでにいわれるように前者ではヤマトタケルは独立性の強い英雄的人物としてあらわれるにたいし、後者では景行天皇のたんなる代理人として出てくるのだが、これはたまたまそうなのではなく、過去の伝承にたいする両者の態度の根本的な相違に根ざすものと見なければならない。その点、書紀を漢心の所産とする宣長のいいぐさが充分でないことも、またおのずと明らかである。

天武十年三月、天皇、大極殿に御し、川嶋皇子以下十二人の親王、諸王、諸臣に「帝紀及び上古の諸事を記定せしむ」とあるが、大極殿で詔しているのはそれが政府の公式の事業であることを示す。そしてこれは書紀の撰修にかんすることであり古事記とは関係がない、という説に私は賛成である。同年一月、やはり大極殿において律令制定の詔が下っている。書紀撰修は律令制定に並ぶ公的事業であったことがわかる。それにたいし古事記の編纂はこのような公的性格をもっていない。古事記のことが正史に見えず、書紀のように博士たちの講書の対象にならなかったのもそのためである。古事記はいわば一つの家、あるいは豪家のなかの豪家としての宮廷の物語であり、官僚的な意味での国家の物語ではなかった。況んや国家の史書ではない。天武天皇が「舎人」といういわば微賤な阿礼にみずから勅語し、太安万侶がその「稗田阿礼ノ誦ム所ノ勅語ノ旧辞ヲ撰録」して古事記が成るのもそのことと関連する。ここに「勅語」とあるのは欽定というにほぼ近いとしていいだろう。

問題の急所は、古事記と日本書紀という性質を異にする二者が同じ天武朝においてなぜもくろまれたかにある。もとより天武朝そのものの孕む矛盾や二重性がここには表現されている。文学史に照らしてみても、壬申の乱とともに何かが終り何かが始まった、とほぼ確認することができる。政治史に置き換えていえばそれは、天皇即国家の時代から天皇を国家組織のなかの首長にいただく律令制への移行とかさなるであろう。この過渡期を身をもって経験したのが天武天皇であったと思う。近江朝にたいする反逆者・大海人皇子は、壬申の乱の勝利者として今や天皇である。一般に天皇になることは皇子であることの否定であるが、天武朝に特徴的なのは、この否定が律令制という新たな体制への移行と否応なしにからみあわざるをえなかった点にある。そして神武天皇の庶兄タギシミミ以来、実力と内乱をもって王位を争うという王家の「豪族的」ともいえる時代はここに終焉するのである。天武の死後叛乱をくわだて、事あらわれて死ぬ大津皇子が悲劇的なのは――万葉所収の彼の歌は、それをいかんなく示していると思うのだが――滅びようとするものに命をかけたからで、したがってその死はたんなる事件ではなく一つの行為であった。

説得的であるにはこの過程はもっと細叙されねばならぬが、とにかくここで確実に何かが――それは神話時代であるといってもいいといってもいいし、シャーマニスチックな王権であるといってもいい――終り、何かが始まろうとしている。そして古事記の関心はその終るところのものへ向けられていたのであり、序の「今ノ時ニ当リテ、ソノ失ヲ改メズバ、未ダ幾年ヲモ経ズシテ其ノ旨滅ビナムトス」という天武の詔の一句にも、そのへんのことがこだましているように思われる。もっとも、聖徳太子の出た推古朝にそれはすでに終ろうとしていたというべきかも知れない。推古朝になって女帝が即位し摂政制が始ったのは、宮廷と国家、権威と権力、王権と官僚制との分離、その間にひろがる矛盾を調整し再統一しようとする試みに他なるまい。しかしその終焉を、外発的イデオロギーとしてでなく真に劇的に経験したのは、やはり壬申の乱を闘いそれに勝利した大海人皇子＝天武天皇であったはずである。「この過渡期における天武の官僚制君主と宗教的カリスマの二重構造が古事記成立の一つの鍵をにぎっている」(3)。とくに壬申の乱における大海人皇子と地方豪族との連帯は、律令制――それは法的機構をもとうとした最初の国家であった――とともに否応なく失われてゆくものが何であるかを彼に自覚させる一つの機縁となったであろう。古事記序が壬申の乱について多く言葉を費やしているのも、このことと無関係であるまい。とにかく過去の伝承が宮廷の権威の源としてあらたに想起され、そして活を入れられねばならなかった。

さて文字は神話の敵である。レヴィ＝ストロースのように、文字を書き記す術は人間を開化するよりむしろ搾取するのに役立ったとまでいえるかどうか知らぬが、文字で記すことが語られた言葉の疎外であり誤用であるという側面をもつのは疑えない。始めて文字というものが導入された世には、とくにそれはそうであったはずで、斎部広成の古語拾遺の序に「書契以来、古を談ずるを好まず、浮華競ひ興る」といっているのは、まんざら怨み言だけとはかぎらない。神話は本質として書契以前の文化形式にぞくする。したがって神話が神話としての面目と権威を真に保つためには、口誦という形式を通すことが必要であったのであり、稗田阿礼が古事記の欽定版を「誦習」せしめられたゆえんもそこにあるといわねばならぬ。さもなければ、「上古ノ時、言意並ビニ朴ニシテ、文ヲ敷キ句ヲ構フルコト、字ニ於キテ即チ難シ」という安万侶の言は宙に浮いてしまう。安万侶は自在に漢文の書けた男である。その彼がさんざん苦労せざるをえなかったのは、漢文では抽象されてしまう阿礼の「誦」を漢字という外来文字に定着させようと力めたためと見て大過あるまい。

右と関連して、ここで猿女のゆくえにつき一言しておこう。猿女が縫殿寮につけられたのは、天皇の服がそこで縫われるからではないかと思うが、それがすでに猿女君氏衰運のきざしといえなくもない。弘仁四年の太政官符によると、猿女は名のみ残り他氏をもってこれにあてるというような実情に及んでいた(4)。猿女はなお鎮魂祭と大嘗祭にその後も奉仕はするものの、それはもう形骸にすぎなかった。実質的には稗田阿礼が最後の猿女であったのかもしれない。国家体制がととのい、神祇官を中心に宮廷祭祀が整序されるに応じ、中臣、忌部等がこれを牛耳るようになったわけで、こうなれば天の岩屋戸の段におけるウズメの胸乳もあらわな狂おしい踊りなど、原始野蛮のむくつけきものとして退けられるようになるのは当然である。猿女が縫殿寮につけられたのは、神祇官をはみ出したからであろう。

だが、これをたんなる成行きと見るべきでない。シャーマンは、そもそも国家体制とは相容れぬデモーニッシュな存在であったのではなかろうか。稗田阿礼とほぼ時代を同じうして役小角《エンノヲヅヌ》（役の行者）のあらわれたのに注目したい。彼は葛城山中の岩屋に住し、奇異の験術を体し、もろもろの鬼神を駆使していたが、天皇を傾けようとしているというかどでつかまり、伊豆に流された。役小角は修験道の開基説話の主人公となり、いろいろ尾鰭がついてくるが、それはとにかく民間にあって異常な呪力を有するものが「妖惑」（続日本紀）の罪に問われる次第が、はっきりとここにはうかがえる。行基なども初めは、妄りに禍福を説き百姓を「妖惑」するものとして弾圧された。そして朝廷はかかる民間シャーマンを飼いならすことに余念がなかった。むろんこれらと猿女とを同日に談ずることはできぬが、しかし律令的官僚制が強まるとともに、その内部に異常なシャーマン的呪力を有する個性の生きる余地が次第に奪われていったのは確実である。柳田国男によると、猿女の裔は野にくだり民間芸能の徒、ないしは小野姓をとなえる地方神主になっていったもののようである。(5)

シャーマンの機能がいわば公的なものとして働く基盤は古い共同体である。人間の世界と目に見えぬ霊の世界との調和が破れた危機に臨んで、恍惚状態に入りその呪力によって病める共同体を癒すのがその役割であった。かくして共同体の心的インテグリティは保持されえたわけで、したがってそこではシャーマンはなんら異常な存在ではなかった。

何が異常で何が正常かは、時代により文化によって同じでない。私たちはともすればシャーマンを異常と考え、それに好奇の目を向けがちだが、病気や死や不毛や闇にたいし快癒と生と豊饒と光をもたらすシャーマンが、古代人にとってたんに異常なものであったはずがない。すぐれた詩人がその時代の人々の経験を組織し収斂し、それに一つの決定的表現を与える過程と、それはさほど違ってはいなかったといえるだろう。

天の岩屋戸の段におけるアメノウズメには、こういった始源的シャーマンの面影がなお多少とも保たれている。神がかりし胸乳もあらわに踊ることによって、ウズメは闇を光に転じ、この世を蘇生させた。この話を鎮魂祭のたんなる投影と考えるのは、前にもいったように一種の矮小化で、ウズメはもっとひろい霊の地平を支配しているように見うけられる。そういうウズメの伝統をになう最後の猿女が稗田阿礼であって、この阿礼の立ちあいのもとに古事記は成立する。阿礼は歴史のきわどい接点に生きていたのであり、天武天皇と阿礼との出あいも奇しき因縁であったという気がする。

（1）　山田孝雄『古事記序文講義』。
（2）　「本朝書籍目録」参照。
（3）　堀一郎「伝承の権威——伝承の密儀と意義について——」（「文学」昭和四六年一一月号）。
（4）　その文中に「……猨女養田在ニ近江国和迩村、山城国小野郷一。今小野臣、和迩部臣等、既非ニ其氏一被レ供ニ猨女一。云々」とある。
（5）　柳田前掲論文。

七　太安万侶について

それにしても、太安万侶とは何ものかという問題がなお残っている。従来は、誰しも彼を学識すぐれた官僚とだけ見て、彼と阿礼との関係に目を向けようとするものがいない。私なども、巫女と学者というこの奇妙な取りあわせに独自な意味があると苦しまぎれに考えていた。しかしそれは間違いで、両者を結びつけている歴史の環があることにようやく気がついた。その手がかりは、次に引く太(多、意富とも書く)氏の始祖説話にある。

神武天皇の嫡后イスケヨリヒメには日子八井命、神八井耳命、神沼河耳命という三人の子があった。ところが天皇歿後、庶兄のタギシミミというのがイスケヨリヒメを娶り、この三人の子を無きものにしようと謀った。それを知り三人は先手をとってタギシミミを殺そうとした。ときに弟の神沼河耳、神八井耳に向っていうには、「兄よ、おぬしこそ剣をとり、家に踏みこんでタギシミミを殺したまえ」。そういわれ彼はタギシミミを討とうとしたが、手足わなないて果せなかった。見かねて神沼河耳、その剣を借りうけ、家に踏みこんで敵を殺した。そこで神八井耳、弟に位を譲っていうには、「吾は仇《アタ》を殺すこと能はず。汝命《イマシミコト》すでに仇を得《エ》殺したまひき。故、吾は兄なれども上《カミ》(天皇のこと)と為るべからず。是を以ちて汝命上《カミ》と為りて、天の下治らしめせ。僕《ア》は汝命を扶けて、忌人《イハヒビト》と為りて仕へ奉らむ」と。多氏はこの神八井耳を祖とする。神沼河はすなわち綏靖天皇に他ならぬ。書紀もほぼ同じで、最後のところは「吾は当に汝の輔となり、神祇を奉典《ツカサドリマツ》らむ」とあり、やはりこれを「多臣が始祖なり」といっているから、由緒ある伝承であったことがわかる。

問題は「忌人《イハヒビト》」とか「神祇を奉典る」とかが具体的に何を意味するかにある。大和国十市郡飫富《オホ》(和名抄)が多氏の本貫の地だが、ここに多坐《ニス》弥志理郡比古神社(神名帳)なる名神大社がある。多氏とかぎらず氏々には氏の神ともいうべきものがそれぞれ存したはずだから、たんに氏神を祭ることを指して「僕は汝命を扶けて、忌人と為りて仕へ奉らむ」といったとはとうてい考えられない。「忌人」が神を祭るものとの意であるのは確かだが、それはもっと別のことを指しているはずで、結論をさきにいえば、それは多氏が神楽のことを司っていたことに関連すると私は考える。

平安朝以降、多氏が雅楽の家であったことは隠れもない事実である。多氏系図(群書類従)には「右舞相二伝之一。神楽同伝レ之。祖神神武天皇第二子神八井命」と頭書し、自然麿《ジゼマロ》の条には「此時始伝二歌舞両道一、左右同奉行。一者三十九年、仁和二年死」と記してある。一者とは雅楽の舞人の一臈の地位、それを自然麿は三十九年もつとめたというわけで、楽書の類にも「神楽雖下為二諸神製作一伝中于世上、以二舞人多自然麿一為二根元一」(郢曲相承次第)とある[1]。神楽の人長の舞の型は自然麿の手に成ったものと見える。この自然麿は安万侶から数えて五代目にあたり、清和天皇貞観年間の人である。いささか隔たりすぎているというであろうか。しかし、古代における時間の流れとその深さをあまり気短に考えるのは禁物で、ある日、突如、多自然麿なる人物が宮廷伶人になるというような事態は、当時としてはちょっとありそうもないことに思える。上べにこそあらわれぬが、安万侶と自然麿との間には歴史の地下水ともいうべきものが脈々と続いていたはずである。

前述のように多氏は神八井耳を祖とするが、古事記では実は多臣だけでなく小子部連《チヒサコベ》、火君、阿蘇君、科野国造、尾張丹羽臣等、地方土豪とおぼしき十八の氏々が多氏同祖として名をつらねているのである。そのうち、目下の文脈でもっとも注目されるのは科野《シナノ》国造である。三代実録によるに貞観五年九月五日、多臣自然麿は宿禰の姓を賜わり、ともに神八井耳の苗裔なりと記している。ところがこれと並んで同日、信濃国諏訪郡の人・右近衛将監金刺舎人貞長なるものが太朝臣の姓を賜わった。諏訪郡のこの金刺舎人――金刺舎人氏は諏訪下社の大祝であった――が右の系譜にいう科野国造であることはまず疑う余地がない。多氏と以下十八氏との間には何らかの隷属関係があったと推測できるのだが(2)、多氏諸流のなかにはかつての隷属者が後に多氏を称するに至ったもののあることがこれでわかる。しかも他の系図では、この貞長は何と自然麿の父の弟、つまり叔父に収まっている(3)。それはとにかく、安万侶みずから記したはずの古事記の神八井耳系譜の意味は、かくして自然麿のときになって右のような形で、後の正史の記録にちらりとその姿をあらわすのである。

多氏系図には自然麿のとき始めて歌舞を伝うとあるから、これは安万侶とは関係がないように見える。だがそれは多氏が歌舞を父子相伝する伶官の家に定まった時点を示しているものと思う。事実、貞観期は固有の歌舞音楽と外来のものとが融合し、後々まで残る新しい様式を作り出した時に当っている。そういう神楽の「根元」を置いたのが自然麿である。彼は道の達人であったが、それは自然発生ではなく、やはりそれなりの伝統の所産と考える方がふさわしいだろう。

その点、右の金刺舎人貞長なるものが右近衛将監の肩書を有しているのを逸してはならぬ。近衛将監には舞楽の者をもって任ずることが多かったからで――自然麿じしんかつてこの職にいたし(三代実録貞観元年)、多氏には爾来この職につくものが少くなかった――、貞長もそういう楽人であったに相違なく、さればこそ三代実録に自然麿と併記され、太朝臣姓を賜わったのである。近衛の官人に歌舞音楽や伎芸をよくするものの数多くいたことは、知られているとおりである。多氏と地方土豪——おそらくはそれに出自した在京の支族——とのこのような関係は安万侶時代すでに存しており、神八井耳系譜もそのへんの消息の一端を表現しているはずである。つまり「忌人」となりて仕え奉らむとは、多氏が宮廷神事の歌舞音楽をつかさどる役にいたことにかかわるのであり、また安万侶が古事記の撰録者に取りたてられたのもそれと無縁でないと私は考える。具体的には、記紀歌謡とよばれる雅楽寮の宮廷大歌は多氏の管理するところであったのではなかろうか。

　右の系譜で小子部《チヒサコベ》連が多氏と同祖である点も、うっかり見逃すわけにゆかない。名の示すとおりこれは小子部、すなわち宮廷の侏儒のことをつかさどる伴造《トモノミヤツコ》に他ならぬが、この氏と多氏との接点は、たとえば天武紀四年の条に、大倭《ヤマト》、河内、摂津、山背、播磨、淡路、丹波、但馬、近江、若狭、伊勢、美濃、尾張等の国に「所部《クニノウチ》の百姓の能く歌ふ男女、及び侏儒《ヒキヒト》・伎人《ワザヒト》を選びて貢上《タテマツ》れ」と勅したとある記事のなかに見出される。この「百姓の能く歌ふ男女」とは国ぶりの風俗歌を能くするもののいいで、これが雅楽寮の歌人・歌女にあたることは推測にかたくない。右の国名は催馬楽の歌詞に見える国名とほぼ一致するといわれるが、これらの国は大嘗祭のユキ・スキの卜《ウラ》に預る国であったといいかえることもできる。つまり雅楽寮は必要にそなえてこれらの男女に国ぶりの風俗歌を教習せしめたのであり、ここにこれと並んで「侏儒・伎人」が出てくるのは、雅楽寮を媒介にして多氏と小子部連との間に一種の隷属関係が結ばれていたであろうことを暗示する。

　いうまでもなく侏儒は饗宴の席で滑稽わざを演じたのである。その意味で侏儒は伎人《ワザヒト》でもあったわけで、「侏儒・倡優《ワザヲキ》」（武烈紀）と出てくる場合もある。前に天の岩屋戸におけるウズメの所作を書紀に「俳優《ワザヲキ》」すと記している点をとりあげたが、このように考えてくると、安万侶と阿礼がいかに近いあたりにいたか想像がつくだろう。

　太安万侶が学才秀でた新知識人であったことは、絢爛たる漢文で綴られた古事記序を見ても明らかである。そして今まで、もっぱらその線で考えられてきたのだが、しかしそれだけで彼が古事記撰録者たりえたとするのは早計である。それには漢学の才もさることながら、阿礼の「誦」を理解する能力、もっと広くいって古伝承を熟知していることが要求されたはずである。古事記のなかで歌謡の占める比重も小さくない。それらには歌曲の名が付され、たとえば久米歌について書紀に「今、楽府《オホウタドコロ》に此の歌を奏《ウタ》ふときには、猶手量《タバカリ》の大き小さき、及び音声の巨さ細さ有り。此古の遺式なり」とあるようにそれらは歌舞として雅楽寮（楽府）で教習され、大嘗祭その他の神事に奏上されることになっていた。多氏はこの歌舞のことにあずかる「忌人」であった。中世の人である世阿弥が、猿楽は神楽であり、みずからを一種の神職と自覚していたゆえんに想い及べば、古代の宮廷歌舞つまりアソビにあずかるものが「忌人」であるのはごく自然な話ではなかろうか。

　太安万侶をたんなる学者官僚と見ては、稗田阿礼との関係が唐突すぎる。それで私はこの両者間のいわゆるミッシング・リンクを発見しようと試みてきたわけだが、これはむろん、安万侶が二重人格であったということを意味しない。雅楽寮は国風歌曲の保存のみをことしたのではなく、そこには唐、高麗、百済、新羅その他東洋諸国のさまざまな楽舞が流れこみ、それらが旺んに教習されていたのであって、外来文化というものに安万侶が目を見ひらき才学を身につけるに至るきっかけも、案外この辺に存したのではないかと思われる。

　一般にいって、古代人をもっとその生活史からとらえ直す必要がある。たとえば藤原鎌足だが、日本書紀で読むと彼は南淵先生のもとに周孔の教をまなび、遠謀深慮で中大兄（天智）の片腕として大化改新をやりとげ、また藤原氏興隆の基礎をきずいた人である。ところが万葉集所収の、采女《ウネメ》安見子《ヤスミコ》を手に入れた時作った、「我はもや、安見子得たり、皆人の、得がてにすとふ、安見子得たり」という歌から見ると、生活者としては紛うかたなく彼も≪万葉人≫であった。この落差を自覚せずに書紀を読むと、制度が人間に化けてしまうことになりかねない。太安万侶にしても、ペンキぬりたてみたいな感なくもない古事記序の文章だけからは測りえぬ低音部があったはずで、私はそれを、自然暦の世になって公然化する神楽の家という多氏の伝統のなかに求める。

かくして阿礼と安万侶とを結ぶかくれた環が回復され、古事記成立の秘密が今までよりいっそう明らかになる。そのさい安万侶に撰録を命じた元明天皇が、天武天皇と女帝持統との間の子・草壁皇子の妃であったという点もやはり考慮のなかに入れておくべきだろう。

なお、弘仁私記序によると安万侶は日本書紀の編纂にも与ったという。彼がそれだけの器量の持主であったのは疑えないが、執講者としてこの私記序をしたためたのが多人長という人物であるのを考えれば、これは先祖のいさおしを顕彰すべく作られた伝説と見てよさそうである。日本紀竟宴和歌もこれを受けついでいる。しかしそうかといって、阿礼を「天鈿女命之後也」とする前に引いた言葉までその巻き添えにできるかといえば、そうはゆかない。儒教的教養の濃いこの序の作者人長にしてあえてこんなふうに記している点に、むしろ逆にこの言葉の信憑性があるともいえるはずである。古語拾遺にすでに猿女君氏は「神楽の事」を職とすると見えるが、太安万侶の家も、それと同じ意味ではないにしてもやはり神楽のことにあずかる家であり、「忌人《イハヒビト》と為りて仕へ奉らむ」とはこのような歴史を背景に負うた言葉だと思われる。

（1）このへんのことについては三条商太郎『日本上古音楽史』参照。

(2) 神八井耳を祖とするこの系譜については、不充分ながらかつて「古事記の編纂意識——氏族系譜からの分析」(「文学」昭和二二年九・一〇月)で扱ったことがある。なお井上頼圀『古事記考』に引く久安五年の文書に、肥直尚弼なるものの名が多神社の祝部として出ているのを以てしても、右の系譜が決してでたらめでないことがわかる。

(3) 芝祐泰『雅楽通解』(楽史篇)所収の多氏系図参照。

(初稿「歴史と人物」昭和四七年一一月号)

近親相姦と神話

——イザナキ・イザナミのこと——

だいぶ以前から考えてきたのだけれど、なかなかいい出せなかったことを、問題提起という形で書いて見ようと思う。いい出せなかったのは、事が重要である上、それがいかなる意味を担っているか、どうも把みかねたためで、三年ほど前『古事記の世界』という本を書いたときも、その部分にはふれずじまいであった。それは何かといえば、日本神話において大八嶋を生みなしたと伝えるイザナキとイザナミは、実は兄と妹の間柄であり、したがってその結婚は近親相姦になるのではなかろうかということである。

おもに政治的・イデオロギー的な水準でしか問題が争われないところに、日本の神話研究の態度としての浅さがあると私は見る。もっと先へ先へと測深鉛を沈めねばならぬ。神話の世界はきわめて深遠なのであり、そしてそれは人類史の大きな謎とつつみあっている。国家的色彩のいちじるしい古事記や日本書紀の場合にしても、国家という在来の枠をとっぱらって眺めること、というより、国家という枠がおのずと外れ落ちざるをえないあたりまで探求することによってのみ、その神話は生動し、本来の意味をあらわしてくるはずである。といって、たんに歴史年代を古くさかのぼりさえすればいいとの意ではなく、いわゆる≪精神のアーケオロジー≫にとりくむ私たちの態度、神話へのまなざしそのもののことを私はいっているのである。

近親相姦のタブーはほとんど普遍的であって、日本古代もむろん例外でない。この問題を学問上はじめて主題化したのは、『社会学年報』の第一号（一八九七年）に出た「近親相姦の禁忌とその起源」というジュルケームの論文である。その後、マリノフスキーをはじめ多くの学者がこれに目を向けてきているわけだが、なかでもあらたな展望をひらいたのはレヴィ＝ストロースの『親族の基本構造』（一九四九年）であり、私もこれに負う点があることを、あらかじめことわっておく。しかし、私は人類学者ではないし、またさしあたっての対象は日本の古典の記載にかんすることなのであるから、問題への近づきかたは、おのずと違ってこないわけにゆかない。例によって私は古事記の本文を出発点にえらび、それの要求する読みとしてイザナキ・イザナミ二神の結婚が兄と妹とのそれであるゆえんを解きあきらめ、次いで、こうした話が創成神話としてかたられている意味は何かという点に及びたいと思う。

一　イザナキ・イザナミの物語

天地初めて開けたとき、高天の原にまず成ったのは、アメノミナカヌシ、タカミムスヒ、カミムスヒの三神である。次に国わかくクラゲのごとく漂っていたとき成ったのは、ウマシアシカビヒコヂの神であり、またアメノトコタチの神である。次に成ったのが、クニノトコタチ、トヨクモノの二神。だがこれら七柱の神々はみな独神《ヒトリガミ》であった。さて次に、混沌のなかから五組の男女対偶の神々が以下のように成り出たと伝える。

> 次に成れる神の名は、ウヒヂニの神、次に妹スヒヂニの神。次にツノグヒの神、次に妹イクグヒの神。次にオホトノヂの神、次に妹オホトノベの神。次にオモダルの神、次に妹アヤカシコネの神。次にイザナキの神、次に妹イザナミの神。

ここに出てくる呪文めいた神々の名についての考察は一切はぶく。(1) 当面の文脈として肝腎なことは、右引用中の「妹」という一字を何と解するかにかかっている。といえば、渺たる些事にこだわりすぎるように見えるだろうが、将棋の攻めと同じで、歩を金にならせることができるかどうかが問題なのである。

さてこの「妹」は、従来イモと訓み、そしてイモとは、夫婦であれ兄弟であれ他人同士であれ、男と女とならぶときに女を指していう称だ、とする古事記伝の説が今日までほぼ定説として受けいれられている。この語を自明と見て、一瞥さえくれぬ注釈書もあるくらいである。だが、右の解釈は果してそのように疑う余地のないものであるかどうか。この「妹」はイモウトの意でしかありえないのに、それをうやむやにごまかしている点、この解釈は正確でない、と私には思われる。

イモと妻とを自由に交換しうる同義語であるかのごとく見なす向きが多い。しかし第三者の立場から、または地の文や散文脈において、妻のことをイモといった例は一つもない。これは、イモとは夫または男が自分の妻または恋人にたいし一定の特殊な状況において親愛の情をこめていう呼称であって、傍からは妻のことをイモとは決していわなかったし、事実いえもしなかった消息を暗示する。当時の言語上のこうした約束を見せてくれるいい例がある。それは柿本人麿が石見の国の女のことをうたった歌で（万葉、巻二）、その歌詞では「玉藻なす、寄り寝し妹を」とか「妹が門《カド》見む、なびけこの山」とか「われは妹思ふ」とか詠んでいるのに、歌の詞書の方は「石見の国より妻に別れて上り来る時の歌」と、「妹」ではなく「妻」と記している。詞書において「石見の国より妹に……」と記すことは、当時の言語の約束としてゆるされなかった。

江戸の辞書雅言集覧がつとに、はっきりいっているように、妻や恋人をイモと称するのは「歌詞」なのである。そして歌詞であっても、「奥辺には、鴨妻よばひ」（万葉、巻三）「あし鶴《タヅ》の、妻よぶ声は」（同、巻六）の「妻」を「妹」とはいえなかったし、また「母父《オモ》も、妻も子どもも」（同、巻一三）の「妻」を「妹」におきかえることもできなかったはずである。人の妻は——たとえ動物でも——あくまで「妻」であって「妹」ではなく、母や父や子と同格のことばは「妹」ではなくて「妻」であった。

歌詞ならぬ古事記の右の引用文中の「妹」が妻の意である見こみは、かくしてまずないと考えられる。その点、宣長はさすが慧眼で、別の角度からではあるけれど、トツギのことはまだ始まっていないのだからこの「妹」は妻のいいにあらずとしている。では彼の説のとおり、「妹」は果して男女をならべていうとき一般的に女を指すと立言しうるかといえば、やはりそうはいえないのである。実例で考えるのが一番いい。古事記には「イザナキの神、次に妹イザナミの神」といった文型が、大国主の神の生んだ子として「アヂスキタカヒコネの神、次に妹タカヒメの命」、応仁天皇の生んだ子として「ウヂノワキイラツコ、次に妹ヤタノワキイラツメ」などといくつかあるが、その「妹」はみなイモウトを指示しているのである。[2] それに命名のしかたも、「タカヒコネ・タカヒメ」

「ワキイラツコ・ワキイラツメ」と「イザナキ・イザナミ」とほぼ一致しているから、イザナキとイザナミとは、たんに漠然と男女をならべたのではなく——夫婦となる他人同士がこのように名づけられることは、まずありえない——、その間柄は兄と妹であると見てほぼ誤るまい。正倉院戸籍文書に、兄と妹とを与理麻呂《ヨリマロ》・与理売《ヨリメ》とか刀良・刀良売とか広国・広国売とか命名した例が相当数あるのも参考にすべきである。もしそうだとすれば、古事記の右の引用中の「妹」は、イモと訓むより、旧訓にもあるがイロモと訓む方がいいのではなかろうか。

イザナキとイザナミとのまぐわいは、かくして一の近親相姦だということになる。この結婚によってまず生れたのが蛭子《ヒルコ》、つまりヒルのような骨なし子、または不具の子であり、葦舟に入れて流しすてたとあるのも、それが近親相姦婚であったことにかかわっているかもしれない（それは後ほどいうようにかなり怪しいのだが）。次に生れた淡島も、子の数には入れなかったという。淡《アハ》み悪《ニク》むべき子という連想によるのであろう。いろいろと持ってまわった解釈がなされているが、葦舟のアシも「悪《ア》し」の意に相違ない。

そうかといって、近親相姦の禁止が優生学上の理由にもとづく、とする説に私は賛成なわけではない。少なくとも、古代人はまだそういう観念を持ってはいなかったと思えるふしがある。人間が近親相姦のタブーを必要としたのには、後にいうとおりもっと別の動機づけがはたらいているらしい。この蛭子云々の話を果して近親相姦にむすびつけて解いていいかどうかも、すでに暗示したように実は疑問がある。それは近代の観念による読みこみであり、蛭子云々の話は、まず失敗し、次に首尾よく成功するという、よくある説話形式の一つなのではないかと思われる。本文の解釈としてはやはりこの方にしたがう方が正しいだろう。

第一、近親相姦があり、だから片輪の子が生れたというのは、話がどうもうますぎる。そして話がうますぎる場合、それはたいてい思惑買いなのである。蛭子が生れたのは、本文にあるとおり、女がさきにとなえ男があとにとなえてまぐわいしたためである。この理屈が、近親相姦の結末を合理化するためのイデオロギー上の粉飾だとは考えにくい。古事記によれば、それは天つ神の本意にそわぬしわざであったにほかならず、かくして私たちも蛭子の話は葦舟に入れてすてる方が賢明である。蛭子の話をすてたからといって、しかしイザナキとイザナミの交わりが兄と妹との交わりであるという点は、いささかもゆるがない。(3)

なお、ついでにいっておくが、日本書紀はすべての一書をもふくめ、たんにイザナキ・イザナミと称するのみで、イザナミにたいし「妹」という字を一度もかぶせていない。あるいは陽神・陰神の称を以てこれにあてている。中国の向うを張って日本国の正史たらんとした書紀にとっては、国土を生みなした最初の夫婦の神々が兄と妹であるというような伝承は、とてもがまんのならぬしろものと映ったに違いない。

(1) 詳しくは拙稿「古事記を読む」(「未来」、一九七一年三月号)を参照。

(2) このことは「次に」という語法からしても確かである、「それ(次に)に縦横の別あり、縦はたとへば父の後を子のつぐたぐひなり、横は、兄《セ》の次に弟《オト》の生るるたぐひなり、古事記に次《ツギニ》とあるは、皆この横の意なり。」(古事記伝)。してみると宣長は当然、この「妹」をイモウトの意にとるべきであるのに、そうしなかったのは、二神の交わりが近親相姦になるのをひそかに恐れたのであろうか。

(3) イザナキとイザナミが同胞神であることは、すでに柳田国男『妹の力』の示唆するところであり、また『日本民族の起源』(石田・江上・岡・八幡)にも言及した部分があるが、とくにこのことを主題としてはいない。

二　妹背（イモ・セ）の仲

では、古事記のこの神話はどういう意味をもつか。それに答えるためにはまず、日本古代におけるイモ・セ（妹・背）の関係を解明する必要にせまられる。さいわい国語学者・大野晋氏の見解があるので、それをとりあげながら考えてゆくことにしよう。

氏はまず、奈良時代における兄弟姉妹相互の呼び方を次のように図示し、

兄エ←→オト弟
セ←→イモ
姉エ←→オト妹

「兄は弟をオトと呼び、姉も妹をオトと呼ぶ。弟は兄をエと呼び、妹も姉をエと呼ぶ。そして、兄弟は、年齢の上下を問わずに姉妹をイモと呼び、姉妹は年齢の上下を問わずに兄弟をセと呼んだ」という。これは、事実の簡明な記述として受けいれることができる。ところが氏は、事実のこうした記述からはすぐに足をはなしてしまい、モルガンの『古代社会』にいうハワイの一種族の兄弟姉妹の呼びかたと日本古代のそれとの類似をもとに、この「体系では、イモは男にとって姉妹であると同時に結婚の相手であった。セは女にとって兄弟であると同時

に結婚の相手を意味した」とし、さらに次のような推測の上に馬乗りになって、事態を収拾しようとする。「結婚の制度が進むにつれて、同じ母から生まれた兄弟姉妹の結婚は禁止されるようになる。そこで、イモとセという言葉は、一方では兄弟姉妹の間での相互の呼び名として残った。そして、他方では、一般的に結婚の相手を呼ぶ言葉として使われるようになった。『万葉集』の多くのイモとセとが、結婚の相手を呼ぶ言葉となっているのは、その後の意味を受けたもので、云々……」と。(1)

日本古典文学大系『万葉集』(二)の解説でもほぼ同じ趣のことがのべられているが、これはとんでもない勇み足ではなかろうか。社会学の父としてのモルガンの偉大さに変りはないにしても、いわゆる分類的な親族呼称をよみあやまっている点のあることは、つとにその筋の学者の指摘しているところで、そのよみあやまりの部分をわざわざ援用してきて、わが古代のイモ・セの仲を説こうとするのは了解に苦しむ。専門外のことをとりこもうとするさいは、よほど醒めていないと、よくこうした羽目になる。それは決して人ごとでなく、かくいう私じしん身に覚えのあるところである。もっとも、モルガンとかぎらず、現代人の生きる文明の体系に間尺があわなかったり、それからはみ出したりする奇妙な風習を、かつてあったであろう《野蛮時代》の残存と見、あれこれと進化段階を推測することによって帳尻をあわせようとする傾向、つまり《インテレクチュアリズム》とよばれるものは、十九世紀後半から今世紀初頭にかけての支配的潮流であったわけで、私たちがそれをまだ脱却できずにいるからといって別に不思議でないのだが、しかしこのような推測説が今日すっかりすたれてしまったのは、なんらイデオロギー上の問題などではなく、その後蓄積された事実の巨大な重みにそれらがもはやたえられなくなったためである。(2)

それに万葉的イモ・セは、ある一定の状況のもとで男女がそう呼びかわした、ひろい意味での一種の挨拶、つまりaddressであって、親族呼称ではない。万葉に「妹といはば、なしめかしこし、しかすがに、かけまくほしき、言《コト》にあるかも」（一二・二九一五）——あなたを妹と呼んだら失礼だし恐れ多い、けれどやっぱりそのことばで呼びたいなあ、という意——とあるように、相手をなかなかイモと呼べぬ場合もあったのだ。したがって、こういう特殊な呼びかけであるところのイモ・セを、モルガンのあつかった親族呼称とくらべるのは、比較の水準を失したことになる。ましてモルガン説を鵜呑みにすることが学問的に今やゆるされぬ以上、大野説は破綻するほかない。イモ・セの仲は、もっと別の角度から考察する必要がある。そして私はそれをほぼ次のように考える。修正可能な、あるいは打破されることもありうる一つの仮説として受けとっていただきたい。

すなわち——、親分子分関係や養子関係に見られるごとき擬制的な親と子の関係が、血縁上の親子関係にもとづいてなりたつのに似て、血縁的な兄と妹との関係が、擬制的に兄と妹との関係、つまり万葉の歌などによまれているセとイモとの関係を生み出していったのだ、と。それにはしかし、血縁上の兄と妹との絆がかかる擬制をささえるに足るだけの強さをもたねばならぬわけだが、古代日本でそれがむしろ異常といっていいくらい強かったことは、後に見るとおりである。ただ、擬制とはいっても、縦の親子関係と横のイモ・セの関係とは同日に談じえない。前者が客観的あるいは社会学的な擬制——別のところでいったことがあるが、古代の同族（ヤカラ）組織はこの擬制の上になりたっていた——であるのにたいし、これは主観的・詩的な擬制であり、当人同士がある状況のもとで呼びかわす名辞であった。

紀の川の両岸に向いあう妹背山なども、原義は妹兄山《イモセ》で、それがメヲト山の意とかさなるようになったものらしい。イモ・セの仲を解く鍵にもなると思うので、それにかんする万葉集の歌をあげておく。

(イ) 背《セ》の山に、直《タダ》に向へる、妹の山、言《コト》許せやも、打橋わたす(七・一一九三)

(ロ) 人ならば、母の最愛子《マナゴ》ぞ、あさもよし、紀の川のべの、妹と背の山(七・一二〇九)

(ハ) 大穴道《オホナムチ》、少御神《スクナミカミ》の、作らしし、妹背の山は、見らくしよしも(七・一二四七)

(ロ)にいうごとく「母のまな子」なのであるから、この「妹と背」が兄妹であることは疑いない。また国作りの神オホナムヂ・スクナビコナの作ったという(ハ)の妹背山が、夫婦である見こみもほとんどないといってよかろう。それにたいし(イ)は、背の山にじかに向いあっている妹の山は、背の山がかよってくるのを許したのであろうか、打橋が渡してあるという意だから、明らかに恋人同士または夫婦に擬してうたっている。このように妹背山には二つの意味がかさなっているが、しかし大事なのは妹兄《イモセ》の方が原初的だという点で、他に「言問はぬ、木すら妹《イモ》と兄《セ》、ありとふを、ただ独子に、あるが苦しさ」(六・一〇〇七)という歌もある。(3) このことを前提にしないかぎり、万葉の相聞歌の本義は理解しにくいであろう。「母のまな子」として親しみあいながらも性的に禁断されているイモ(妹)とセ(兄)という名をとりかわすことに、まさに相聞歌の遊び、ふざけ、よろこび、おののきはあったはずだからだ。

周知のように相聞歌はさまざまな関係でうたわれているけれど、その核心は恋人同士、とりわけ社会的に恋をせかれたもの同士の、いわば非合法の、あるいは結婚外の恋の歌にあったと思う。どちらかというと、それらを主として若い夫婦の、あるいはやがてめでたく夫婦になるであろうものたちの取りかわした歌と解しようとする向きが強いが、これはいささかしあわせ過ぎるであろう。近親相姦のひびきをもつイモとセということばを恋人にたいし使うとき、古代人が情緒的に経験したものが何であったかを知らねばならぬ。ビルマ高地族のあいだでも、近親相姦として禁じられている間柄の名を恋の歌では互いに使うという。[4] だからこそ相聞歌は文学でありえたのではなかろうか。

イモ・セは、このような意味での「歌詞」であった。イモが「男にとって姉妹であると同時に結婚の相手」であり、セが「女にとって兄弟であると同時に結婚の相手」であるというような体系をもつ社会がかつて現実的に存在したと憶測し、その名残りが奈良朝のイモとセであるとするよりは、不充分ながら右にのべた角度からの接近法の方が、社会や生活の生きた機能と文脈のなかで言葉の意味をとらえたことにならないだろうか。少くとも万葉のイモ・セは、《血族婚》のかすかな痕跡であるにしては、生きがどうもよすぎるように思われる。

古事記の本文にもどっていえば、さきに引いた「次にイザナキの神、次に妹イザナミの神」が兄と妹を指示するものでしかありえないゆえんが、これで一そうはっきりする。客観的にのべる場合、「次に妹……」という形で夫婦関係を示すことは、当時の言語の約束として許されていなかった。いわんや、かりに並列であったにしても、これが他人同士についていえるはずがない。古事記のこの「妹」はイモウトの意と解さねばなるまい。そして「妹イザナミの神」といういいかたが、イザナキ・イザナミの物語の地の文で最後になるまでくずれずに続くのは、二神が兄妹であるとともに夫婦であったからで、さもなければこれは途中で、同腹を意味する「伊呂妹《イロモ》イザナミ」、あるいは「妻イザナミ」のどちらかに書き直されるはずであった。前出のように系譜として並んだときには「アヂスキタカヒコネの神、次に妹タカヒメの命」とあったのが単独では、「その伊呂妹タカヒメの命」と記されており、ふつうの夫婦の場合には、たとえば「その妻スセリビメ」「天若彦の妻シタテルヒメ」というぐあいに「妹」とは記さず「妻」と記している。このへんの古事記の用語は、当然のことながらきわめて厳密であり、そうした厳密さに照らし、イザナキ・イザナミの結婚は兄弟婚であることが、充分考えられるのである。

さて、かかる兄妹婚を、人倫いまだ定らぬ太古のいわゆる《血族婚》の残映と見ることはできない。さきほどは、古代におけるイモ・セの仲を古い《血族婚》の名残りとして説明しようとするやりかたを斥けたけれど、まったく同じことをこの話についてもいうことができる。前掲の一文で大野氏は、「もちろん、日本での血縁結婚の時代が何時だったか、三世紀か、四世紀かといったようなことは何も分らない」と、ひどく自信なげにもらしている。あったか、なかったか、分りもしないものが「何時だったか」「何も分らない」のは当然の話である。あえて「何時だったか」をいうとすれば、姉妹を兄弟の結婚の相手とすることが社会的に禁じられたとき以来、人間は自然の状態から文化の状態に、その自然を生かしながら移ったのであるから、それは人間社会そのものの発生とともに古く、ほとんど記憶を絶する永劫の昔というほかない。

イザナキ・イザナミの兄妹婚の意味は、もっと別の文脈のなかで考える必要がある。

（1）『日本語の年輪』所収「おとうと・いもうと」。
（2）エンゲルスの『家族、私有財産および国家の起源』の家族の項は、周知のようにモルガンの説にまったく依存しているわけだが、ここには相当問題があるといえる。家族史の理論はマルクス主義でもっとも弱い部門の一つといえるのではなかろうか。
（3）今昔物語と宇治拾遺に妹背嶋の話がのっている。土佐国に住むある下衆の子なる十歳あまりの兄と妹、ふとしたことから、はるか南の沖の無人島に漂着したのだが、結局、二人は夫婦となり、男子女子をあまた生みつづけ、それがまた夫婦になり、一族この島に繁殖したという話。ここにも妹背は、もともと妹と兄の意であった消息がうかがえる。喜田貞吉「妹背島」（「民族と歴史」七巻三・四号）は、これを夫婦島の意だとしているが、もしそうならばそれはメヲト島とよばれたはずである。

（4）　E・R・リーチ『ビルマ高地の政治組織』（一九五四年）参照。なお、仲原善忠・外間守善『おもろさうし辞典』、宮良当荘『八重山語彙』によると、沖縄でも万葉のイモと同じようにオナリ（妹）という語を妻や恋人に転用することがあったようである。こうした事例は、調べたらもっと多いのではないかと思う。

三　兄妹婚と創成神話

皇太子軽皇子《カルノミコ》が、その伊呂妹《イロモ》すなわち実の妹の軽大郎女にたわけたため刑に処せられた話は、古事記にも日本書紀にも歌物語としてのっている。ところが大祓祝詞を見ると、「己《オノ》が母犯せる罪、己が子犯せる罪、母と子と犯せる罪、子と母と犯せる罪、畜《ケモノ》犯せる罪」等が「国つ罪」の一部としてあげられているのに、妹を犯した罪はあげられていない。で、兄妹婚が古代ではゆるされていたと見る向きもあるわけだが、しかし「天つ罪」のなかに人殺しの一件がないから人殺しがゆるされていたというのと同じで、これはひがごとである。年ごとの大祓で根の国に祓い逐《ヤラ》われるのは祭式的な罪であって犯罪ではなかった。祓を科せられたのは前者であり、後者は刑を科せられた。軽皇子は伊予に流されたことになっているが、令の規定で伊予はまさに中流《チュウル》の地であった。

兄弟姉妹婚の禁止を、たんにそれじしんとして心理学的に、または生物学的に考察するだけでは充分でない。レヴィ＝ストロースのいうように、族内におけるこの禁止は、族外との相互性の原理を同時にふくむ。すなわち、甲の妹や娘は、甲との結婚を禁じられることによって乙または丙と結婚するのだし、他方、乙の妹や娘は乙の妻となりえないことによって甲または丙の妻になりうる。近親婚の禁止にもとづくこの全社会的な――たんに経済的でなく――交換形式が、人間の家族生活と社会生活を維持する上での軸を成す。かつてのペルーやハワイやエジプトの支配層のように、祭式的・カースト的に自己を一般人から区別し、きわだたすため、兄弟姉妹婚をおこなっていたところも一部なくはない。ある時期の日本の宮廷に族内婚の傾向が強かったことも、よく知られている。平安朝時代でも、源氏物語をよめばわかるように、ただびととなかなか結婚できぬ皇女は、独身のまま世を終るのがあたり前と考えられていた。(1) ただびととの結婚は、宮廷の聖なる血をけがすことであった。そうかといって、無原則に族内婚がおこなわれていたわけではなく、そこでもやはり実の兄と妹との結婚――異母兄妹は別だが――は禁断されていた。(2) この禁断は人類社会にほぼ普遍的で、しかもどこでもなかなかきびしかったようである。兄と妹との族内での相婚がゆるされるとしたら、右にいった意味での社会的交換はとまってしまい、人間生活は腐蝕と崩壊にみちびかれざるをえない。むろん、この禁忌の裏面には、義務的な、あるいは特恵的な結婚関係があったはずだが……。

太宰春台の弁道書をはじめ、日本古代を人倫以前の禽獣の世であったとする論が、江戸の儒者のあいだにおこなわれていた。(3) これにたいし国学者の方はしきりと防戦これつとめたわけだが、けだしこの争いは、禁忌の範囲が社会によって相対的に異なっているところから生じたものである。大陸の同姓不婚というむしろ異常にひろい範囲を忌む原理をもとにすれば、日本古代のならいは——もっとも、異腹の兄妹の結婚が民間レベルでもおこなわれていたかどうかは分らない——、禽獣に近いと見えもしたであろう。が、これは倫理学の問題ではない。すでに見たとおり日本古代でも親子相姦は罪とされていたし、また兄妹相姦のタブーはとりわけきびしかったのだ。しかしそうだとすると、国土の創成がイザナキ・イザナミの兄妹婚という形でかたられるのは変であり矛盾ではないか、という疑問が当然生じてくる。そこで創成神話の機能について考える必要にせまられる。

世界諸民族の創成神話にあらわれた近親相姦を、ごく大ざっぱにだが五十例ほどひろい出し、その諸類型を考察しようとしたものに、S・F・ムーアという人の論がある。[4] それによると、この五十例ほどのうち兄妹婚が実に八割がたを占めているという。そのなかには古事記は入っていないし、また兄妹による交道のはじまりをかたった沖縄の『遺老説伝』や『南島説話』(佐喜真興英)や、来間島・多良間島の島立の神が兄妹であることを伝える『宮古島旧記』などむろん入っていないのだから——沖縄にこの種の伝承が多いのは、次節にのべることと照らしあわせ、注目にあたいする——この数字はあまりあてにしない方がいいのだが、一つの型がそこにあるのは確かであろう。神話の研究には、類型の考察が欠かせない。人間の神話的想像力の生み出すイメージは数において無限でなく、したがって形態学《モルフォロジー》がなりたつといわれるが、神話の迷宮のなかにあってその意味を解読すべく自己を学問的に方向づけることができるのも、この形態学が可能なためで、さもなければ、私たちは個別の海に溺れ死んでしまう。日本における神話研究の混乱の一つのもとは、この形態学的視野が甚だしく欠けていること、多少あってもそれが本文の厳密な読みとうまくかみあっていない点にある。場あたりの、いい加減な思いつきが、かくして増殖する。

イザナキ・イザナミの相姦神話も、かくして一つの象徴的な意味をもつ。そしてそれは創成神話のになうべき独自な機能ときりはなせない。世界のはじまりをかたる創成神話は、天と地、神々と人間、男と女、生と死、生物と非生物、などの両極性や矛盾を何とか調停しなければならなかった。昔から今が、一から多がいかにして成ったかも問題であった。日本の神話は、大八嶋とそれに君臨する王権の由来をかたろうとするものだが、その政治的関心は、やはりこうした宇宙生成論的関心とつつみあっていた。

天地初めて開けたときなり出でた神々のなかには、アメノミナカヌシとかアメノトコタチとかクニノトコタチとか、宗教的に崇拝されていない神々が多いため、この部分の話は観念的述作になるものだとして軽く片づけられがちである。それはそれとしてもっともだけれど、世界のはじまりをかたる創成神話は、宗教的であるよりはむしろ、右にあげた諸矛盾を解こうとする古代人の知的冒険という側面をもつことを忘れるべきでない。イザナキ・イザナミの国生みの話も、その一環をなすものであった。

この話がなかなか愉快に、かつ政治的に巧みにかたられているのに注目すべきである。愉快にとは、いうまでもなく、「イザナキの命のりたまはく、我が身は、成り成りて成りあまれる処一処あり。故《カレ》、この我が身の成りあまれる処を以ちて、汝《ナ》が身の成り合はざる処に刺《サ》し塞《フタ》ぎて、国土《クニ》を生み成さむとおもふ。生むこといかに、とのりたまへば、イザナミの命、しか善けむ、と答へたまひき。」というあたりをさす。「あなにやし、えをとこを」「あなにやし、えをとめを」という唱和の声も喜々として楽し気にひびく。イザナキ・イザナミの神名じたい、男女のまぐわいへといざなうという意にほかならない。まぐわいの行われたのは「おのごろ島」でだが、これは、ただよう混沌のなかになり出でた創造の神話的原点、つまり、へそであった。古代エジプトの始原の岡をはじめ、創成神話にこうしたへそが多いのは偶然であるまい。この「おのごろ島」に降り、そこに「天の御柱」と「八尋殿《ヤヒロドノ》」を見たて、すなわちそこを世界の聖なる中心と見たて、その柱を行きめぐり、右のように唱和してから、まぐわいしたという。神話における創造は、たいてい子を生む生殖行為として表現される。神話の創造は、虚無からの創造ではなくて混沌からの創造であり、そこから神々や人間が生れるという形をとる。日本語の「成る」という言葉はそうした過程をあらわす。英語のクリエイション（creation）という言葉も、中世ラテン語以来「生む」という意味をになってきているはずである。そして、ギリシャ神話においても、エロスの神は天地創成のときにあらわれる。そういうふくみもあって、私は「おのごろ島」を、胎生学的にへそと呼ぶ。だがこの交わりは失敗であり、こうして蛭子や淡島が生れた。それというのも、天つ神のうらないによると、女の方がさきにとなえたためであった。で、やり直しとなり、天の御柱をまた行きめぐり、男がさきにとなえて交わって生んだのが、淡路島以下の大八嶋であった。

　こう見てくると、この国生みの話が知的・政治的にかなり進んだ時代の産物であり、決してそう古いものでないとの見当がつく。[5] 何がしかの古い伝承が下敷にあるにせよ、太古の名残りとしての兄妹婚の記憶がこうした形で伝わったというようなことは、ちょっとありそうもない。あるいは心理学的に、これは人間における集団的無意識のあらわれだというかもしれぬ。が、この神話の右に見たような語りくちと、それは一致しない。神話の機能や形式をまったくかえりみずに集団的無意識を云々するのは、一種の形而上学的抽象である。天皇の版図である大八嶋が、たんなる昔にではなく、古事記の作られた今にかかわるのと同様に、イザナキ・イザナミの兄妹婚も主としてやはり今の座標にかかわるはずである。

（1）この点については、拙著『日本古代文学史』「源氏物語」の項を参照。

（2）もっとも、本朝皇胤紹運録によると、桓武天皇は同母妹酒人内親王を納れたとある。このことはしかし続日本紀には出ていない。

（3）イザナキ・イザナミの交りを公然と近親相姦と見た人に、一八八三年（明治一六）に古事記の英訳を出したチェンバレンがある。しかし、彼はイモと妻とは自由に交換しうる言葉だと考えたし、また軽太子の一件に見られるごとく兄妹婚が禁じられるに至ったのは儒教の影響だと結論した。すでにタイラーなどを読み、近代人類学の教養を身につけていた彼ではあるが、この考えかたが江戸の儒者のそれに近い点、興味ふかい。なお、このチェンバレンをもとにしてレヴィ＝ストロースは『親族の基本構造』で日本のことに言及しているが、その部分は受けいれるわけにはゆかない。

（4）J・ミドルトン編『神話と宇宙』（一九六七年）所収の論文による。

（5）このあたりのことについては拙稿「古事記を読む」（「未来」一九七一年四月）参照。なおここにいう政治的を、近代風にうけとるべきでない。この国生みの話が真に有効であるためには、それは祭式的に更新されねばならなかったし、現にそれは、天皇の即位式の一環である八十島祭において再演された。八十島祭は即位の翌年、難波の津でおこなわれたのだが、注目されるのは、この祭式に天皇の乳母が参加している点である。大八嶋は、たんなる島ではなくイザナキ・イザナミの生んだ子であり、したがってそれは養育されねばならなかった。新しい君主が胎児として生れかわるという形で即位した次第は「大嘗祭の構造」（本書所収）、『古事記の世界』等でのべたとおりだが、八十島祭はこの大八嶋の霊――それをまつるのは神祇官の生嶋《イクシマ》の巫であった――を新君主に附着させるとともに、君主と嶋々の生育をあらたに呪する祭式であったらしい。

四　神話と社会

兄と妹の絆の強弱は社会によって違うけれど、親族組織の網の目が横にひろがってゆく上で、かなめの役をなすのが兄と妹であることは、いうまでもない。この絆は、父系的社会より母系的社会の方が相対的に一そう強いであろう。もっとも、兄と妹との絆の強弱を、一般的に父系・母系という範疇にかかわらせて説くのには無理があるらしい。古代日本にかんしていえば、父系社会であるにかかわらず、そこではこの絆がとりわけ強かったし、また独特の形をとってそれがあらわれたとみてよさそうである。実例について考えてみよう。誰にもすぐ思いうかぶのは、天武天皇の子、大津皇子とその同母姉大来《オホク》皇女との間柄である。

わが背子を、大和へ遣《ヤ》ると、さ夜ふけて、暁露に、わが立ちぬれし（万葉、二・一〇五）

二人行けど、行き過ぎ難き、秋山を、いかにか君が、独り越ゆらむ（同、二・一〇六）

これは大津皇子が「ひそかに」伊勢神宮に下ったあと大和に上るとき、斎宮である姉の大来皇女のよんだ歌。この後ほどなく謀反の罪にとわれ、大津皇子は命を断つのであるから、何を思って「ひそかに」伊勢に下ったか、ほぼ見当がつく。次にあげるのは、皇子の屍を葛城の二上山に移し葬ったとき、姉の哀傷してよんだ歌である。

うつそみの、人にあるわれや、明日よりは、二上山を、弟世《イロセ》とわが見む（二・一六五）
磯のうへに、生ふる馬酔木《アシビ》を、手折らめど、見すべき君が、ありと言はなくに（二・一六六）

どれも深い哀韻を帯びており、二人に同衾関係を見ようとする向きさえあるくらいである。兄が妹を犯す例は今日でもまま見受けられるが、大津・大来の場合それを考えるのは邪推だという気がする。しかしこうした邪推をゆるすほど兄弟姉妹の間柄は親密であったのであり、だからこそそれは、前に見たとおり恋人同士イモ・セと呼びかわす詩的擬制の基礎になりえたのである。もっとも、大津皇子と大来皇女とのこうした関係は、皇女がこのとき国家最高の巫女たる伊勢斎宮であったことと不可分で、自分のもくろんでいる謀反の首尾を神宮に祈り、斎宮である姉にも頼もうとして皇子は「ひそかに」伊勢に下ったに相違ない。「わが背子を、大和へ遣ると」「二人行けど、行き過ぎ難き、秋山を」の歌に流れている感情の質は、そういう姉がそういう弟の身の上を案ずる心に出たものであって、いわゆる恋愛のそれと必ずしも同じではないと思う（歌中の「弟世《イロセ》」は、イロモが実の姉妹をさすにたいし、実の兄弟をさす）。

いま一つの例は、記紀の伝える兄サホビコと妹サホビメ（垂仁天皇の后）との話である。兄サホビコ、妹に「夫《ヲ》と兄《イロセ》と何れか愛《ハ》しき」と問えば、「兄ぞ愛しき」と答えた。ここにサホビコ、はかりごとをめぐらし、「汝《イマシ》まことに我を愛しと思はば、吾と汝と天の下治《シ》らさむ」といい、これで天皇を刺し殺せと紐小刀《ヒモガタナ》を妹に与えた。ところがサホビメ、わが膝を枕に寝ている天皇の首をこの小刀で刺そうとして三度ふりあげたが、哀しい心わきおこり、ついに刺しえず、泣く涙がはらはらと寝顔の上に落ちた。そこで天皇おどろき起きて、云々……。ここに兄と夫との板ばさみにおちいった女の、しかも結局、兄を思う心にたえず、兄の側に走り、兄とともに死ぬことをえらんだ古代の妹の姿を見ることができる。兄と妹とのあいだのプラスと、夫と妻とのあいだのマイナスとは、生活構造として組みあわさっていたらしいのだ。(1)

ここで、日本古代宮廷の采女《ウネメ》のことにもふれておく。采女とは地方豪族のもとから宮廷に貢上された女のことだが、郡少領以上、つまり地方豪族の姉妹および子女の顔よきものを貢すと規定されている。もちろん「子女」より「姉妹」を貢する方が古態であろう。この姉妹がかつていかなる役をになっていたか想像にかたくない。耶馬台国の女王卑弥呼について、男弟あり助けて国を治む(魏志倭人伝)とあるように、古代日本には兄弟・姉妹による政治的・霊的な二重統治の方式がおこなわれていた。これと似た形のものが、古琉球の聞得《キコエ》大君やノロの制度にも見出されるが、この基礎には生活レベルにおける兄と妹との右にのべてきたごとき強い絆があったはずで、現に沖縄はいわゆるオナリ信仰を以て知られている。(2) 卑弥呼の死後、壱与という女がその職をついだとあるが、采女や沖縄のノロの職が伯母から姪に伝えられた事実から見て、この壱与は卑弥呼の姪にあたる女であっただろう。これを母系制ということはできない、まして母権制と呼ぶべきでない。妹であろうと娘であろうと、女に霊的職掌がわりつけられたことじたい、すでに父系制のしわざであったと思う。(3)

この父系制が複合的であるのはたしかである。采女の制も、地方豪族の世界に生きている兄と妹との伝統的紐帯をあらたな次元に組みかえ、地方豪族のいつく固有な神々を宮廷信仰に同化しようとするものであった。だが、それだけにとどまらない。采女は王の妻でもあった。かくして王は制度的に、地方豪族、つまり敵たちの《普遍的な義理の兄弟≫になったのである。地方豪族が宮廷系譜に組みこまれ、宮廷系譜の網の目が国中にひろがってゆく一つの重要な基盤がここにあった。

今は、この問題に深入りしないでおく。私のいいたいのは、日本の古代社会には兄と妹との紐帯がまだ強く生きていたこと、そしてイザナキ・イザナミという神話上の最初の夫婦が兄妹であるのは、この紐帯の神話的象徴化にほかならないという点である。兄と妹の結婚が禁断されているのに、それが創成神話に登場してきて大八嶋を生んだりするのはおかしいではないか、と考えるのは形式論理である。この禁忌とこの創成神話とは、むしろ兄と妹の絆の強さという一つの現実の二つのあらわれなのである。兄妹の関係は、そういうアンビバレンスを有していた。神代は人の世の外にあり、人の世とは秩序のちがう一個の非社会であった。したがって神代の昔に兄妹の結婚によって大八嶋が生みなされたという伝承と、この人の世でそれが禁じられていることとは、古代人にとって別に矛盾ではなかった。軽太子と軽大郎女との恋が刑《ツミ》せられたのは、それがこの世の出来事だからであり、イザナキとイザナミの交わりが愉快にかたられているのは、それが遠い世のはじまりの出来事だからである。賀茂社の伝える兄玉依彦と妹玉依姫との並存、そしてこの妹が神霊に感応してはらみ聖なる御子を産むという話なども、それに近いといえる。

神話と社会のあいだに相関関係があることは疑えない。それで私も、イザナキ・イザナミの神話を、太古の残映としてではなく、現在位置にかかわるものとして見てきたわけだが、しかしこの相関をたんなる反映関係にさしもどしてはなるまい。イザナキ・イザナミの兄妹婚の話は、社会における兄と妹との関係の、鏡映ではなくて一つの変形であったはずだ。古代の歌の世界で恋人同士がイモ・セという近親相姦のひびきをもつ呼び名をかわして楽しんだ次第を思うならば、神話において、すべてがそこからはじまるこの世の最初の夫婦が兄と妹として象徴されるのは、かなり自然な成りゆきではなかろうか。親と子が縦の人間関係の原型であったとすれば、イモ・セとしての妹と兄は、日本古代においては横の男女関係、夫婦関係の詩的・神話的原型であったといえるだろう。

（1）ここですぐにも想いあわされるのは、ソフォクレスの『アンチゴーネ』という作品である。この劇の女主人公アンチゴーネは、王の命令にさからって、叛逆者である自分の兄に殉ずる。記紀の話と単純に比較するのは禁物だが、王命や夫婦関係――もっとも、この劇ではアンチゴーネの夫は端役として登場するにすぎない――より兄妹の絆の方が優先した、そしてそれ故に悲劇的であった一例としてあげておく。

（2）R・ファースの『われらティコーピア』（一九三六年）や、M・ミードの南太平洋諸島にかんする諸著には、族生活の模様がくわしく記述されている。それらを見ると、古代日本や沖縄における兄妹関係が、特殊的ではあっても決して孤立した現象ではなく、やはり一つのシステムとして把握されうる見こみの強いことがわかる。ある本によると、サモア島では、兄と妹との関係は半ば神聖だといわれる。なお、馬渕東一「オナリ神をめぐる類比と対比」（『日本民族と南方文化』所収）という論文は、沖縄における兄妹関係のパラレルをさらに南太平洋諸地域にひろげている点で参考になる。

（3）『古事記の世界』一四七頁でこれを女系相続の本来であるかのようにのべているのは間違いであるから、このさい訂正しておきたい。

（初稿　「展望」昭和四五年七月号）

国譲り神話

一　神話と歴史

大国主の国譲り神話とは何であり、その舞台となっている出雲とは何かということは、古事記と日本書紀の神代の物語を読む上での根本的な問いの一つである。これにこたえるには神話と歴史を区別するとともに、両者の独自な連関のしかたが明らかにされねばならないのだが、それにつけても《神代史》という概念を今なお多くの人が平気で使っていることに、まず私は疑いをもつ。おそらくこれは津田左右吉『神代史の研究』の鋳造した、あるいはこの本が普及させた語と推測される。記紀の神代の物語が政治上の理念、倫理上の規範として九天高くもちあげられていた当時にあって、《神代史》という概念がそれを引きずりおろし相対化するのに有効であったのは確かである。しかし今もってそれを無自覚に用い続けるのは、かえって研究のさまたげになるとさえいえるのではないかと思う。それは史ではないところの神代を一種の史にしたて、その結果、神話の孕む内的法則をまんまと取り逃がしてしまいかねないからである。

たんに《神代史》という言葉の是非にこだわろうとするものではない。それに結びついている思考法が問題なわけで、出雲のことでいえば、記紀の神代の物語における「出雲」と出雲風土記における出雲とは次元が違うのであり、したがってごっちゃにすべきでない。それがどう違うかは追い追い明らかになるはずだが、次元の違うこの二つを安易にくっつけたり、平べったく比較したりする傾向には、ほとんどぬきがたいものがある。たとえば出雲風土記の飯石郡須佐郷の条に、ここは神須佐能袁《カムスサノヲ》命がわが御《ミ》魂《タマ》を鎮め置いた所とあり、現に須佐の社というのがあるが、だからといって直ちに記紀のスサノヲの名はこの地名に由来すると持って行けるとは限らない。記紀のおもだった神々の名は、イザナキ・イザナミの名が、「イザナフ」（誘）から来るように、またオホナムヂ（大国主神）が大地または穴を名に負うように、地名ではなく物語の内容とかその神のもつ機能にもとづくのが普通である。スサノヲの名も、記紀のものがたるようにその荒れ「スサブ」行為に由来するのであり、したがってそれを出雲の小地名から説くのは正しくないことになる。それに、もしスサノヲの大蛇退治の話が出雲固有の話であるとすれば、出雲風土記がそれについて一言もふれていないのは奇妙という他あるまい。

こうして記紀神話にいう「出雲」と出雲風土記的出雲とが何かにつけ短絡し、少なからぬ研究上の混迷が起きている。それというのも、《神代史》的な思考法にしばられているせいだと思う。何らかの形で歴史の要素をふくんでいても神代の話は神代の話なのであって、歴史の変種ではない。《神代史》という概念はこの区別をおろそかにし、神話をうやむやのうちに歴史にすり変え、神話と歴史の雑炊をつくりあげる。さもなければ、それをある時期における観念による述作ということに解消してしまう。もとより、神話が歴史と無関係だというのではない。それどころか、神話がいかに独自に歴史的であるかを明らめるためにこそこの区別は必要なのである。

記紀神話に中央の政治的意図や作為が強くはたらいていることは今さら縷言するまでもないが、しかし、にもかかわらずそれはなぜ神話という形式で表現されざるをえなかったか、またその神話は具体的にどのような構造をもっているか、という点がもっと積極的に主題化されねばなるまい。歴史がたんに因で神話がたんに果という関係ではなく、神話の構造こそが神話における歴史性の生態である。

この生態をぬきにして神話の内容から歴史を引き出すのがいかに危いか、一例をここにあげておく。やはりスサノヲにかんするものだが、日本書紀には、高天の原を追われたスサノヲが新羅に渡ったという話をのせている。これが古代における日本と新羅との何らかの交渉をかたる一つの史料であることは確かだけれど、しかしこれを史料として使うには、この話がおもにスサノヲの子である五十《イ》猛《タケル》に重点をおいてかたられている点を無視できないはずである。五十猛は木の神であった。したがってこれはシラキの「キ」と木の「キ」とが——両者はともに乙類のキにぞくする——結びついて構成された話であるかもしれない。果してこの話を書紀は紀国《キノクニ》（木の国）の木の神の縁起としてかたっているのである。また書紀では、スサノヲは新羅に降りそこから船で出雲に渡ったとなっているが、これも新羅を海のかなたの他界と見たためで——これには注釈が必要だが本題からそれるので今は省略する——、この話から≪出雲族≫（?）と朝鮮云々といったぐあいに風呂敷をひろげることができるかどうかは疑問である。ピアノの上に物が置けるからといって、ピアノが物置であるわけではない。

一例にあげたまでだが、神話固有の文脈からはなれてそこに性急に歴史を読みこむわけにゆかぬことがわかる。神話の考察にあたっては、いわゆる歴史を断念することが真の歴史性に迫る道だといえなくもない。大国主の国譲り神話の場合もそうで、従来その解釈が充分になされないのみか、しばしばとんでもない方向に逸脱しさえしているのは、それが構造としてはっきり把えられていないことと見あうものである。内容と構造とは同じでない。内容は観察によっていわば物的に知りうるけれど、構造は意味と秩序の旋律的統一であって、たんなる観察によっては知りえない何ものかである。それを解明することに本稿の意図は向けられる。

まず、出雲の首長である出雲国造の先祖にかんする系譜の分析から入ってゆく。

二　国造と宮廷

古事記によると、例の天の安の河のウケヒ（誓約）において天照大神の物実《モノザネ》（ものの種）からは五柱の男神が、スサノヲの物実からは三柱の女神がそれぞれ成ったとある。念のためその名をあげれば、男神は正勝吾勝勝速日天《マサカツアカツカチハヤヒアメ》之忍穂耳《ノオシホミミ》命、天之菩卑能《アメノホヒノ》命、天津日子根《アマツヒコネ》命、活津日子根《イクツヒコネ》命、熊野久須毘《クマノクスビ》命、女神は多紀理毘売《タキリビメ》命、市寸島比売《イチキシマヒメ》命、多岐都比売《タキツヒメ》命である。この三女神は宗像君たちのいつく宗像三神だが、さて問題は男神のなかのアメノホヒの子、建比良鳥《タケヒラトリ》命というのが、㈠出雲国造を始めとして、无邪志国　造《ムザシクニノミヤツコ》、上菟上《カミツウナカミ》国造、下菟上国造、伊自牟《イジム》国造、津島県　直《アガタノアタヒ》、遠江国造等の祖とされており、さらに続いて天津日子根命が、㈡凡川内《オホシカフチ》国造、額田部湯坐《ヌカタベノユエ》連、茨木《ウバラキ》国造、倭田中直、山代国造、馬来田《ウマクダ》国造、道尻岐閇《ミチノシリノキヘ》国造、周芳《スハ》国造、倭淹知《アムチ》造、高市県主、蒲生稲寸、三枝部造等の祖とされている点である。

こうした系譜部分は物語としての興味に欠けているため、そっけなく読みすごされがちで、現に専門家のあいだでもこれをまともに取りあげて論じた例は絶無に近いといっていいくらいだから、その無視されぶりは推して知ることができる。だが、固有名詞を石みたいにただ並べたにすぎぬかのごとく一見されるこの系譜のかなたに、実はひろびろとした地平が横たわっており、大国主の国譲り神話もこの地平と切っても切れぬ深い関連を有するのである。というより、国譲り神話はこの地平のなかに挿入して眺めるとき、始めて真に具体的・歴史的に生動するであろう。そのことを念頭に置きながら、以下この系譜の意味するところを解読してみよう。しばらく殺風景な小路に入りこむことになるが、止むをえない。まず、ここに出てくる氏々についての記事のおもなものを資料の形でかかげておく。

（イ）无邪志《ムザシ》国造。无邪志は武蔵に同じ。昔はムサシではなくムザシと濁っていたらしいのだが、さてこの武蔵国造については、安閑紀元年の条に次のような話がのっている。すなわち、笠原直《アタヒ》使主《オミ》なるものと同族の小《オ》杵《キ》なるものとが武蔵国造の地位を永年争った。小杵はひそかに援けを上毛野《カミツケノ》君小熊に求め、使主を殺そうと図った。使主はこのことを覚り、みずから朝廷に訴え出た。朝廷はこの争いをさばき、使主を国造とし小杵を誅した。使主は喜びにたえず、横渟《ヨコヌ》、橘花、多氷《タヒ》（多末《ダマ》?）、倉樔（倉樹?）四処の屯倉《ミヤケ》を献上した、という。

（ロ）上菟上国造、下菟上国造。かりに二つを一緒にあげることにするが、ウナカミは和名抄の上総国海上郡・下総国海上郡に相当する。万葉の下総国の防人の歌「あかときの、かはたれ時に、島かげを、漕ぎにし船の、たづき知らずも」（二〇・四三八四）は、助丁海上郡海上国造他田日奉直得大理《ヲサダノヒマツリノアタヒトコタリ》というものの作である。この海上国造他田日奉直につき注目されるのは、この族の神護なるものの「謹解、申二請海上郡大領司仕奉事一」（天平二十年）という啓状が正倉院文書中に残っている点である。[1] それをつぎに示す、「中宮舎人左京七条ノ人、従八位下海上国造他田日奉部直神護ガ下総国海上郡大領ノ司《ツカサ》ニ仕へ奉ラムト申ス故ハ、神護ガ祖父小乙下忍、難波ノ朝庭《ミカド》（孝徳）ニ少領ノ司ニ仕へ奉リキ。父追広肆宮麻呂、飛鳥ノ朝庭（天武）ニ少領ノ司ニ仕へ奉リキ。又外正八位上給ハリテ、藤原ノ朝庭（持統・文武）ニ大領司ニ仕へ奉リキ。兄外従六位下勲十二等国足、奈良ノ朝庭（元明・元正）ニ大郡ノ司ニ仕へ奉リキ。神護ガ仕へ奉ル状ハ、故兵部卿従三位藤原卿（麻呂）、位分資人、養老二年ヨリ始メテ神亀五年ニ至ル十一年、中宮舎人、天平元年ヨリ始メテ今廿年ニ至ル。合セテ卅一歳ナリ。是ヲ以テ祖父、父、兄ラガ仕へ奉リケル次ニ在ル故ニ、海上郡大領ノ司ニ仕へ奉ラムト申ス」と。

（八） 伊自牟国造。イジムは上総国で、今の夷隅郡にあたる。この国造についてやはり安閑紀元年に次のような話をのせている。膳臣大麻呂というもの、勅を受けて使を伊甚《イジミ》につかわし、珠（真珠であろう）を求めさせた。ところが伊甚国造ら京に上ってくるのが遅く、期限までにそれを献上しなかった。大麻呂、おおいに怒り国造らをとらえて訊問しようとすると、国造の稚子直《ワクゴノアタヒ》らは恐れて後宮の寝殿に逃げかくれた。それを見て春日皇后はびっくり仰天、卒倒した。そのかどにより稚子直らは闌入罪に処せられ、罪をあがなうべく皇后に伊甚屯倉を献じた、というのである。

以上、アメノホヒの子、建比良鳥を祖とするもののなかから関連記事のあるものを取り出してみたが、右のうち武蔵・伊自牟両国造につきミヤケ献上のことがかたられている事実に、まず注目しなければならない。ミヤケは朝廷の領有する田のことだが、原義はそれを耕作させその穀物を蔵める倉のことで、だから屯倉・官家などと書く。この語が田ではなく倉を指すのは、田の領有そのものよりは、そこでとれたものがすなわち朝廷へのミツギモノであるという考えにもとづくのではないかと思う。書紀に稲魂のことを「倉稲魂《ウカノミタマ》」と記しているのによっても、穀物を蔵める倉が穀霊の棲みかであったゆえんを知りうる。この「倉」は「食」の誤りであろうとする説は正しくない。伊勢神宮などでも御倉といえば稲倉のことで、そしてそれは祭りの料であった。因みに、ホコラ(祠)はホクラ(秀倉)の転であろう。そういう倉によってミヤケは象徴されていた。しかも地方首長が宮廷に服属する場合には、たいていこのミヤケ設置という形をともなった。地方首長の宮廷への服属関係は、たんに狭く政治的というより祭式的・呪術的関係をふくんでおり、むしろそれを軸とするものであった消息が、ここにはいかんなく示されている。右の武蔵・伊自牟両国造にからまるミヤケ献上の話も、こうした意味をもつミヤケ設置の由来、つまりはその服属の由来を起源譚としてかたったものに他ならない。

ミヤケ設置が部民設置とかさなることが多いのも、ミヤケにはそれを耕作する農民すなわち田部が要る以上、当然である。現に三代実録によると、(2) イジミ郡には春部直《カスカベ》という氏姓のものがいるから、ミヤケとともに部民が設置されたはずである。カスカベは右の(ハ)の話に出てくる春日皇后の名に関連する。さらに(ロ)の海上国造他田日奉部直神護の名は海上の地にも部がおかれ、国造がその管理者であったことを示すだけでなく、啓状はその国造の一族が大化改新以後も代々いかに郡司の職を継いできたかをかたっている。他田日奉の他田は敏達天皇の宮号であるから、それにかかわると見ていい。

しかし、この系譜を読む上でいちばん大切なのは、これら地方の首長たちが出雲国造と同祖であるとされるその意味は何かということである。これにかんし従来《出雲系》とか《出雲族》とかいう言葉が頻りに用いられ、この系譜をもとに、かつて出雲の勢力範囲が東国にまで及んでいたというような解釈がかなりひろく行われている。

武蔵国の一の宮氷川社が大己貴命《オホナムチ》を祀り、また出雲伊波比神社（式内社）というのが武蔵国入間・男衾両郡に存するのも、右の解釈を正当化する事実であるかのごとく見なされやすい。だがこれは、右の系譜をあまりにも額面どおりに受けとり、それを実体化した誤読という他ない。他方こうした系譜はでっちあげであり、「潤色」であるとして一蹴されがちなのだが、これはさきの誤読のたんなる裏がえしである。でっちあげであるとしたら——私もそれは一種のでっちあげだと思うのだが——それがいかなるでっちあげであるかが問われねばならぬわけで、蹴とばすだけでは一向らちはあかない。

地方の首長たちはなぜクニノミヤツコと呼ばれたのだろうか、ということがまず問題になる。クニノミヤツコはトモノミヤツコ（伴造）としばしば並称される。ミヤツコの語義はおそらく「御家《ミヤ》つ子《コ》」で、地方の国を率いるのがクニノミヤツコ、宮廷のトモすなわち部を率いるのがトモノミヤツコである。ミヤツコに「造」の字をあてたゆえんにつき古来いろいろ論じられているが、ミヤツコの「ツコ」という音に近いので「造」をあてたまでであるらしい。それは国を造る意ともむろんかさなるけれど、漢字の字面を重んじすぎるのは当時の実情にそぐわぬだろう。むしろミヤツコとミヤケは同系統の語であり、当時、ミヤツコといえばミヤケの管理者としての地方首長が、ミヤケといえばミヤツコが想起されていたのではあるまいか。地方首長の宮廷への服属がミヤケの設置という形でなされていることと、もとよりこれは対応する。

大化改新のとき東国国司にたいし、「国司等、国に在りて罪を判《コトハ》ることを得ず」と指令し、その禁に背いて国司を罰しているのは、国造らの伝統的権威がまだ強い自律性を持っていたからで、現に国造の反乱の記事が少くないのも、そのへんの消息をかたるものとされる。だが、にもかかわらず国造層は同時に中央権力の下部構造として組織されつつあったのであり、前にいったとおりミヤツコが「御家つ子」であるとすれば、この呼称じたいすでに少くとも建て前として、地方首長らが宮廷を中心とする同族的擬制のなかに編みこまれていた事態を暗示する。中世風にいいかえれば、ミヤツコは御家人、家の子郎党ということになろう。宮廷との関係において国造らの系譜が——他でもない系譜というものが問題となるゆえんである。しかも古事記のこの段に、出雲国造を頭に武蔵国造以下が一かたまりに同祖として並んでいるのに注目すべきである。この図形に深い意味がかくされていないはずはない。第一、武蔵国造、伊自牟国造らにかんするミヤケ設置の話というのは、神話的にはとりも直さず地方的規模での「国譲り」が行われたということである。そのことは、大国主の国譲り神話といかにかかわりあうか。これこそ本稿の主題なのだが、その前に天津日子根を祖とする(二)の系譜にもここで当ってみておく必要がある。

(1)　竹内理三編『寧楽遺文』下巻参照。
(2)　貞観九年四月二十日の条参照。

三　タケミナカタ、事代主

第二群の系譜についても、第一群についてとほぼ同様のことがいえそうである。

(ニ)　凡河内国造。これは河内から摂津にかけて勢力をもっていた豪族だが、やはり安閑紀に次の記事がある。

皇后のため天皇はミヤケを建てるべく勅使を差遣し、良田をえらばしめた。そこで勅使は大河内直《アタヒ》味張《アヂハリ》（大は凡に同じ）なるものに良田を奉るべしと命じた。ところが味張は土地を惜しみ、言を左右にごまかして献上しなかった。そのことがやがて露顕し、云々、しかしおどされ、ついに屈服し、云々。この安閑紀の記事はややごたついていて要約しにくいのだが、これがミヤケ設置譚であることは確かである。

実は第二群では、ミヤケ設置譚はこの凡河内国造にかんしてしか見出せない。しかし、第一群の系譜と第二群の系譜とが無関係に並べられているのではない。たとえば新撰姓氏録（摂津）では「凡河内忌寸。天穂日命十三世孫可美《ウマシ》乾飯命之後也」と、古事記に天津日子根に出たとあるのが天穂日に関連づけられている。天穂日の子の建比良鳥と天津日子根とは天穂日命の分化したものに他ならず、この二人は天穂日命に系譜的には還元しうるのである。書紀に「天穂日命。是出雲臣、土師《ハニシ》連等が祖なり」とある土師連が——どういうわけか古事記の系譜にはこの氏のことが記されていない——姓氏録では「天穂日命十二世孫可美乾飯根命」の後というぐあいに凡河内忌寸と同名の神から出たことになっているのも、そのへんの消息を伝える。つまり建比良鳥を祖とするか天津日子根を祖とするかはたいして問題ではなく、詮ずるにそれはどちらも天穂日から出たとほぼ解していいことになる。とすれば出雲国造は、たんに㈠の武蔵国造から遠江国造までではなく、さらに天津日子根に出自する㈡の凡河内国造以下をも代表する関係にあるということになるはずである。

そう考えて㈡の系譜を読むと、いくつかの新たな事実がかくされているのに気づく。まず「周芳国造」なるものがここに出てくる。「周芳」を周防《スハウ》とするか信濃国の諏訪とするか、説が二つに別れているが、私は後者をとる。古事記の国譲り神話には、事代主神と並んで建御名方《タケミナカタ》という神が大国主の子として登場する。高天の原からの使者・建御雷神《タケミカヅチ》に刃向って負け「科野《シナノ》国の州羽《スハ》の海」まで逃げた神だが、この建御名方とこの系譜の「周芳国造」とは不可分の関係にあると考えられる。ついでに、追いつめられた建御名方のいったという言葉をつぎに記しておく、「恐《カシコ》し。我をな殺したまひそ。此の所を除《オ》きては、他処《アダシトコロ》に行かじ。亦我が父、大国主神の命に違《タガ》はじ。八重事代主神の言に違はじ。此の葦原中国は、天つ神の御子の命の随に献らむ」と。

タケミナカタのミナカタは水潟で、おそらく諏訪湖の水の神を意味する。(1) 神名帳に信濃国諏訪郡南方刀美《ミナカタトミ》神社二座（名神大）と女神とおぼしき名がついているのからしても、水の神と見て誤るまい。持統紀五年の、「使者を遣して龍田風神、信濃の須波《スハ》、水内《ミヌチ》等の神を祭らしむ」という記事は、いよいよ決定的にこれが水の神であることを示す。タケミナカタは、この水の神の子を英雄化したものである。諏訪まで逃げて「他処に行かじ」と誓ったというのは説話であって、むしろこのいいかたのなかにはタケミナカタが諏訪の古い土着の神であるゆえんが語られている。では、かかる地方神がなぜ国譲りする大国主神の子に擬せられるのか。その秘密を明かすものこそ右の系譜だと私は考えるのだが、結論を出す前に大国主神のもう一人の子に擬せられている事代主神《コトシロヌシ》についても同じようなことがいえるかどうか当ってみよう。

古事記によると高天の原の使者が国譲りを迫ったとき、大国主神は「僕《ア》は得《エ》白《マヲ》さじ。我が子、八重言代主神《コトシロヌシ》、是れ申すべし。……」といった。そこで三保の崎に魚とりに行っていた言代主を呼んで来て問うと、「恐《カシコ》し。此の国は、天つ神の御子に立奉《タテマツ》らむ」と答えて、「其の船を踏み傾けて、天の逆手《サカテ》を青柴垣《フシガキ》に打ち成して隠りき」とある。「天の逆手云々」のところはよく分らぬが、これが服従と隠退のしるしであることは間違いない。大国主じしんの言葉にも、「僕が子供、百八十神は、即ち八重事代主神、神の御尾前と為りて仕へ奉らば、違ふ神は非じ」とある。書紀もほぼ同様だが、さらにその一書につぎのような注目すべき記事をのせている。大国主（大己貴）、天つ神の使者である経津主《フツヌシ》、武甕槌――この名は剣または雷を象徴する――に答えていう、「……敢へて命に従はざらむや。吾が治《シラ》す顕露《アラハ》の事は、皇孫当に治めたまふべし。吾は退《マカ》りて、幽事《カクレタルコト》を治めむ」。そこで経津主はあちこち歩を進め、逆らうものは斬り殺し帰順《マツロ》うものを賞めたというのだが、「是の時に、帰順ふ首《ヒト》渠《ゴノカミ》（首長）は、大物主神及び事代主神なり。乃ち八十万の神を天の高市《タケチ》に合《アツ》めて、帥《ヒキ》ゐて天に昇りて、其の誠款《マコト》の至を陳《マウ》す」とあるのがそれである。

この事代主神は、右の㈡の系譜中の「高市県主」にかかわるはずである。高市県主はいうまでもなく大和国高市郡の県主のことで、そこには高市御県坐鴨事代神社（名神大）が存在する。

さて国譲りの話に登場する大国主の二人の子、事代主とタケミナカタとの性格が対照的である点を見のがすべきでない。国造には叛乱や反逆の記事が目だつにたいし県主は恭順で祭祀性に富むと指摘されているが[2]、これは確かにそうで、これまでのことでいえば大河内直味張なる国造が良田をミヤケとして献れという命に従わなかったのに反し、三嶋県主飯粒《イヒボ》（摂津国）は嬉々としてそれを献上した（安閑紀）、というのなどもその一例である。こうした見地からすると、タケミナカタは国造の典型を、事代主は県主の典型をそれぞれ表わしていることになろう。それは物語じたいの内的要求でもあったはずで、負けはしたものの、「誰ぞ、我が国に来て、忍び忍びにかく物言ふ」といって天つ神の使者にたたかいを挑んだタケミナカタがかりに登場しないとしたら、国譲りの話はひどくつまらぬものになり、物語としての興味はなかば以上うしなわれてしまうに違いない。だが、それというのもたんに話の筋立てのことではなく、かかる劇は中央権力と地方首長たちとの間に現実として繰り返し経験されたところであり、書紀にタケミナカタの話がなく、その名さえ出てこぬのは、観念でこの歴史的経験を抽象したからである。

一方、事代主は記紀両書において恭順を誓う神とされている。この神がタカミムスヒ、カミムスヒなどとならび神祇官八神に列したのも宮廷守護のためで、おそらくさきに引いた「恐し。此の国は、天つ神の御子に立奉らむ」というコトバにそれは関係があるだろう。天武天皇即位前紀につぎのような記事がのっている。例の壬申の乱にさいし、高市郡大領高市県主許梅《コメ》なるもの神がかりして「吾は、高市社に居る、名は事代主神なり。又、身《ム》狭《サ》社（高市郡）に居る、名は生霊《イクタマ》神なり」と名告り、そしていうには、「神日本《カムヤマト》磐余《イハレ》彦《ビコ》天皇（神武天皇）の陵に、馬及び種種の兵器を奉れ」と。またいう、「吾は皇御孫《スメミマ》命の前後に立ちて、不破に送り奉りて還る。今もまた官軍《ミイクサ》の中に立ちて守護《マモ》りまつる」、「西道より軍衆至らむとす。慎むべし」と。果して敵軍が西の大坂路からやってきた。で時の人「二社の神教へたまへる辞《ミコトバ》、まことに是なり」といった、云々。事代主が神のコトバによって宮廷を守るものであるゆえんが、ここにはっきりとうかがえる。「事」は「言」である。[3]

むろん県主も始めから恭順とはかぎらなかったことは、大和の兄師木《エシキ》・弟師木（紀では兄磯城・弟磯城）が神武天皇の軍に討たれたという話からも推測できる。磯城県主はおそらくその後身であろう（大和にはいわゆる「六つの御県」があり、磯城や高市もそれにふくまれる）。国造に比し県主に恭順の色が濃いのは、いっそう早い時期に宮廷にまつろい、宮廷との祭式関係がすでに深まっていたためと考えられる。

さてタケミナカタと事代主とには、いま一つ違った点がある。古事記は大国主神とその子孫にかんするかなり詳しい系譜をのせており、事代主は大国主神が神屋楯比売命に婚して生んだ子となっている。ところが、国譲りの物語で事代主とならび大国主の子として活躍するタケミナカタの名がそこに見えないのである。この系譜には物語とまったく無縁な神の名さえ出てくるのにタケミナカタの名が見えていない。古事記伝もいぶかっているように、これはちょっと変である。だが実はここにむしろ、国譲り神話を読み解く上での一つの貴重な鍵がかくされていると私は考える。諏訪の神タケミナカタは神話的に大国主の子に擬せられたのだ。そしてそれには独自な古代の論理がはたらいているのであって、この論理の何たるかを問わずに「作為」や「潤色」というありきたりの概念でもってこれを処理すると、問題はそれきりになってしまう。

事代主にしても、前述したように大国主の子に系譜づけられてはいるものの、素姓は大和地方の土着の神であったらしいことが、書紀一書の、「事代主神、八尋熊鰐《ヤヒロワニ》に化《ナ》りて、三嶋の溝樴姫《ミゾグヒ》、或は云はく、玉櫛姫といふに通ふ。而して児姫蹈鞴《ヒメタタラ》五十鈴姫命を生む。是を神日本磐余彦火火出見《カムヤマトイハレヒコホホデミ》天皇（神武天皇）の后とす」（神代上）という記事から容易に推測できる。三輪の神も諏訪の神も蛇体であったが、けだし蛇体は水や土の神、すなわち国つ神を象徴する姿の一つに他ならない。それが実の系譜に組みこまれたのは、恭順さを代表する神として重んじられたからで、大国主の子に神話的に擬せられたという点ではタケミナカタと変りはないのである。

（1） 宮坂清通『諏訪の御柱祭』がミナカタ＝水潟としているのに私は賛成である。九州の宗像神社のムナカタも水潟で、それはやはり水の神なのだが、この宗像の奥津宮の多紀理毘売と大国主神が婚しているのも、タケミナカタのことを考える参考になる。

（2） 新野真吉『国造と県主』参照。

（3） コトシロはコトシリで託宣を伝えるものの意だという（古典大系『日本書紀』）。顕宗紀に阿閉事代なる人物が出てくるが、やはり託宣のことに与っている。

小説の主人公が横町の何の某という平凡な個人であるのと違い、神話の主人公は常に何らかの意味で典型である。カグヤ姫とか光源氏とかいう名を見てもわかるように、神話のこの伝統は平安朝以降の物語文学になお受けつがれた節もある。記紀を読むさい、このことをはっきり自覚しているかどうかは、解釈上、一つの大きなわかれ目になる。記紀の物語を政治小説風に読んではならない。《神代史》という概念に私が反対なのも、それが政治的神話であるところのものを政治小説にしたてあげかねないからで、同じく作為でも神話の場合と小説の場合とではその構造がおのずと異なっているはずである。

四　国譲りの意味

前にもちょっとふれたがイザナキ・イザナミという名は国生みのまぐわいへとイザナフ（誘う）ことにもとづく。スサノヲは荒れスサブことから来た名であり、天照大神というのはむろん天たかく輝く神の意であり、アシナヅチ・テナヅチはその娘を撫でいつくしむものという意である。こう見てくると記紀のおもな神々の名はたんなる個ではなく型をあらわしており、物語においてその神々の果す特定の機能なり役割なりと密接に結びついていることがわかる。国譲りする大国主も、大いなる国主であるからその名があるのはいうまでもない。だが大いなる国主とは具体的にどのような意味を蔵するか。ここでまず注目されるのは出雲国造神賀詞《カムヨゴト》の次の一節である。

乃ち大穴持命（大国主）の申し給はく、皇御孫命の静まり坐さむ大倭の国と申して、己命《オノレミコト》の和魂《ニキミタマ》を八咫鏡に取り託《ツ》けて、倭の大物主櫛𤭖《クシミカ》玉命と御名を称へて、大御和（三輪）の神奈備《カムナビ》に坐《マ》せ、己命の御子阿遅須伎《アヂスキ》高孫根《タカヒコネ》命の御魂を葛木の鴨の神奈備に坐せ、事代主命の御魂を宇奈提《ウナデ》に坐せ、賀夜奈流美命の御魂を飛鳥の神奈備に坐せて、皇孫命の近き守神と貢《タテマツ》り置きて、八百丹《ヤホニ》杵築宮に静まり坐しき。

細部についてはやや分明でない点も残るが、ここに大国主による国譲りなるものの本質が端的に示されていることは確かで、これをもって、かつて出雲の勢力が大和あたりまで進出していた証拠のように見なしたりするのは本末顚倒であろう。右の一節に大国主が自らとその子の魂を大和のあちこちに鎮めたとあるのは、大和の神々が出雲の大国主神に統合されるに至ったということの神話的表現なのである。私は以前、古事記における≪オホナムチ・スクナビコナ≫の国作りと≪大国主・大物主≫の国作りとを区別し、後者は国譲りするための国作りであると説いたことがあるが、(1) この考えは今も変らない。いっそう正確にいえば、それは国作りという名の国譲りであったわけで、古事記の大国主による国作りの話に大和の大物主が出てくるのと、(2) 右の神賀詞の、「己命の和魂を……倭の大物主櫛𤭖玉命と御名を称へて、大御和《ミワ》の神奈備に坐せ」とは、同じことを違ったふうにいいあらわしたものである。

さらに書紀一書によると、大物主は大国主のまたの名であった。そのことを念頭に置いて、大物主と事代主とが諸神を天の高市につどえて服従を誓ったという、前に引いた記事を想い起すならば、国譲り神話と呼ばれるものがいかなる構造を持っているか、ほぼ見当がつくはずである。神賀詞に「和魂《ニキミタマ》」とあるのを読みすごすべきでない。住吉の神の託宣に「和魂は王身に服《シタガ》ひて寿命《ミイノチ》を守らむ」（神功紀）とあるように、ニキミタマは王身を守護する力があるとされていたらしい。記紀ともに崇神天皇の代のこととして大田田根子をして大物主大神をいつきまつらしめたところ、はやっていた疫病はやみ天の下安らかに平らいだという話を大きくのせているが、この天皇がハツクニシラススメラミコトであるのを考えあわせると、これも国譲り神話のこだまの一つといえるかも知れない。すくなくともそれは大物主が神賀詞にいわゆる「皇孫命の近き守神」とされたのと不可分であるだろう。前にふれたように事代主神が神祇官八神に列したのも、この「皇孫命の近き守神」としてであったはずである。

これらはしかし、国譲りの尖端部分にぞくする話である。国譲りなるものの構造にはもっと深い基底があった。それを象徴的に表現しているのが、最初にかかげた二つの系譜である。私はそのうち武蔵国造、伊自牟国造、凡河内国造についてミヤケ設置譚を摘出したが、実はミヤケ設置とは国譲りの地方版であり、それら諸豪族は大国主神へと神話的に収斂さるべき歴史的諸力であった。十八氏のうちわずか三氏についてしかミヤケ設置の話は見出せないが、しかしこの系譜をつらぬく糸が何であるかを見透すにはそれだけで充分といえないだろうか。まして海上国造については部民関係が摘出されるし、周芳《スハ》国造と高市県主はそれぞれ国譲り神話に登場するタケミナカタと事代主の後裔であるとすれば、出雲国造を頂点とするこの二つの系譜の意味は右のように読むのがむしろもっとも妥当だということになるはずである。

大国主神が一つの典型であるゆえんも、この角度から考察されねばなるまい。大国主は大いなる国主の意だが、それは個々の国主すなわち地方首長たちを一身に綜合した国主ということであり、大国主という一首長が天孫降臨以前にこの国土を実体的に掌握していたという意ではない。その国譲りにしても、相当長期間くり返されてきた地方首長たちのあれこれの国譲りを一回的に典型化し集約してかたったものである。

神話はつねに多少とも歴史をこのようなぐあいに表現するのであり、したがってそれを一回きりの歴史的事件であったと見なすのは、逆に非歴史的な読みということになる。出雲とは何かという問題がひどくこんがらがるのは、物語の固有な構造をぬきにして、それを歴史と短絡させるからである。

大国主じしん、はじめから大国主であったわけではなく、オホナムヂ（大穴牟遅）が大国主になったのである。そのオホナムヂが穴を名に負い、岩や石にかかわるのは、それが大地の女神の子であるからだという点については別のところでふれたことがあるので省略するが、(3) これはいわゆる国つ神の共有する属性であり、伊勢神宮儀式帳などでも、その摂社の国つ神は大部分が石体であると記している。かつて国つ神は一般に石や岩――あるいは山や水――をもって表象されていたらしく、その名残りと覚しき伝承は今でもほとんど数えきれぬほど多い。さきに武蔵国の氷川社にオホナムヂを祀ってあるからといって、けっして出雲の勢力がそこまで及んでいたわけではないゆえんに言及したが、むしろオホナムヂを祭神とする神社はその地方の土着神と見て大過ない。

それにつけても見のがせないのは、国譲りにさいし大国主神が次のようにいっている点である。「此の葦原中国は、命の随に既に献らむ。唯僕《ア》が住所《スミカ》をば、天つ神の御子の天津日継知らしめすとだる天の御巣如《ナ》して、底津石根に宮柱ふとしり、高天の原に氷木たかしりて治め賜はば、僕は百足《モモタ》らず八十《ヤソ》坰手《クマデ》に隠りて侍《サモラ》ひなむ。亦僕が子供、百八十《モモヤソ》神は、即ち八重事代主神、神の御尾《ミヲ》前《サキ》と為りて仕へ奉らば、違《タガ》ふ神は非じ」と。未詳部分があるが、これは杵築大社の建立のことにふれた一文である。それは大国主神の住所《スミカ》として、しかも天つ神の御子の宮居にならって造られたというわけだが、これもしかしたんに出雲にかかわるだけでなく、もっと大きい暗示を蔵するのではなかろうか。かつて石や岩――あるいは山や水――をもって表象されていた国つ神が社というものをその住所とするに至ったのは、国譲りを代償としてであったと私は推測する。すくなくとも石や岩等の自然物であったものが社という形式をおのずからにして持つようになったとは、ちょっと考えにくい。沖縄の御嶽《ウタキ》は今もなおほとんど自然のままである。そういう自然的な姿のものが宮柱ふとしく氷木たかしるには、何らかのしたたかな宗教的・政治的変革に媒介されねばならなかっただろう。それにきっかけを与えたのが、宮廷にたいする地方首長らの国譲りという事件であったのではないかと思う。

　宮廷の側からすればそれは、あらたに服従した地方首長らを一つの統一的秩序のなかに組み入れるためのきわめて有効な方式であったはずである。地方首長の方も、たんに上からの力にただ一方的に屈したというより、武蔵国造の同族争いの記事にうかがえるように、自己内部の敵対勢力からのがれるため宮廷の課する秩序を受けいれた点が観取される。とにかくクニノミヤツコとは、そのように国譲りした地方首長の謂いに他ならない。だからクニノミヤツコになることによってその独立性は多少とも弱まった反面、身分上の安定性は逆にましたと考えられる。むろん、その神をいつくのは当の神の子孫としてのクニノミヤツコであった。そしてそれが宮廷に登録され延喜式神名帳となって完成するわけで、国譲りする大国主の言葉は、実はこのような地平を背後にもっているのではなかろうか。

　大国主の言葉で今一つ見すごせないのは、「僕《ア》が子供、百八十神」ありといっている点である。紀一書にも「其の子一百八十一神有り」といっているから、これが大国主の大事な属性であったことがわかる。もとよりそこには、大国主神が多くの国主たちを綜合集約した神格であるゆえんが暗示されている。そして出雲国造を頂点とする上掲二つの系譜の蔵する意味も、そのことと包みあう関係にあるはずである。

それにしても、この系譜をつらぬく糸は何であり、それの織りなす布地はどのような模様をもっているかが明らかにされねばならない。国主たちの典型としての大国主という神は、それによって初めて歴史的に肉づけされることになる。

(1) 前掲拙著参照。
(2) スクナビコナが常世の国に去ったあと、大国主なげいて、われ一人していかでこの国を作りえようぞ、何れの神とともにこの国を作り成そうか、というとき、海を照らしてよりくる神あり、その神いうには、「能く我が前を治めば、吾能くともに相作り成さむ。もし然らずば国成り難けむ」「吾をば倭の青垣の東の山の上にいつき奉れ」と。この神が三輪の大物主であった、とある。
(3) 「黄泉の国と根の国」(拙著『古代人と夢』所収) 参照。

五　同族系譜を読む

最初にもいったように、この系譜をもっぱら実体的に受けとり、武蔵国造以下の土豪が出雲国造と祖を同じうするのは、かつて出雲の勢力がそれらの地方にまで及んでいたことをものがたる、と解する説は賛成でない。≪出雲系≫とか≪出雲族≫とかいう概念も、はなはだ杜撰で疑わしいものである。問題はこの系譜をいかに読むかにかかってくる。

同祖の族を私は《同族》という語で呼ぶことにする。古代語のヤカラ、社会学の用語では lineage がこれにあたる。ヤカラにたいしウガラというのがあるが、これは婚姻関係にもとづく親族（kinship）にあたると見てよかろう(1)。この区別をまずはっきり立てておかないと、話は混乱する。系譜がとくに問題になるのは、親族においてではなく同族においてである。結婚を紐帯とする親族は、ドメスチックな関係で結ばれており、時間的永続性を持っていない。それは生長し拡がりもするけれど、何代か経つと結局は消えてゆく。それにたいし相続や継承、あるいは政治的、法的、祭式的関係の基礎をなすのは同族組織であり、そしてそこでは系譜がそれらを規制する軸となる。右の系譜を読むにもこの角度から近づかねばならぬ。従来、系譜の読みがひどく無原則で恣意的に終っているのは、同族という観念が確立されていないのにもとづくといえる。

さて同族の軸であるこの系譜は、周知のように共通の先祖を頂点に世代から世代へと一系的に縦につらなって続いてゆく。だがここでまず何より大事なのは、この系譜のつらなりは一つの構造体であって、時間のたんなる棒状の連続体ではないという認識である。たとえば、私がそれに属するものとしての最下位・最小単位の族の場合についていうなら、その系譜はせいぜい五代、つまり私と、私の父と、私の祖父、その祖父の父と、祖父の祖父とから成るのが普通だとされる。これは知覚されうる時間の幅に対応するわけで、孫である私に私の祖父は自分の祖父についての記憶を伝えるであろう。だが、もし私の子が起点となるならば、私の祖父の祖父は記憶以前の世界、つまり神話の世界に消え、私の祖父の父が上限になる、というぐあいにこの系譜は構造的に動いてゆくのである。

このことをよく示す例は、中国古代の廟制である。天子は五廟または七廟と称され、それは一つの太祖廟と二昭二穆の四親廟、または三昭三穆の六親廟よりなるのだが、この四親廟または六親廟は「親尽」きるにしたがい、一代ずつ太祖廟内の夾室に「祧」されることになっていた。つまり「親尽」きて霊化した魂は、個性を失い、太祖につぎつぎと融合する。(2) 明治の登極令では、即位の礼及び大嘗祭の期日が定まった時、神宮・神武天皇陵ならびに前帝四代の山陵に奉幣する定めになっていたが、これも同じ考え方にもとづくものといえる。

記紀になぜ神代という形式があるかについて津田左右吉『神代史の研究』は、「その神代を御先祖の代としたのは、皇室が世襲である現在の事実を基礎として、思想上、それを遠い過去に延長したものに外ならぬ」としているが、それを果してたんに「思想上」のことといってすませるかどうか。記紀の神代の物語が「思想上」の作為と大いにかかわっているのは何人にも否めない事実だけれど、神代という形式まで「思想上」の発明であるとは限らない。人の代のさきに神の代があるというのはすくなくとも古代においては人間の生の形式であり、記紀の神代の話はこの形式を「思想上」利用し活用することによってでき上ったものというべきで、さもなければその権威は一般にたいし何ら説得力をもちえなかっただろう。ちなみに近世、系図作りを業とするものが出てくるが、これも四、五代さきがこうして次々に忘れられてゆくという事態につけこんだものである。(3)

先祖をたんに血縁的・生物的な観念で律してはならぬ。すでに見たように、私にとって私の祖父の祖父からさきは超自然的・神話的な世界にぞくする。かくして先祖は個性ではなく霊的存在である。したがって私と系譜的にずっとつながっているからといって、先祖が私と血縁的、生物的につながっている保証はどこにもない。というより、その必要もなかったのである。

しかも私のこの先祖は、私の系譜の直接の始点であるだけでなく、私の族がそれから分節したさらに上位の族につながってゆくのである。同族的系譜組織の特色は、幹から枝がつぎつぎに分節することによって全体が構成されている点にある。名義抄には「族、ヤカラ、エダ」とあるが、手足のこともエダという。倭建命は兄をつかみ殺し、その「枝」を引き欠いて薦に包んで投げ捨てた。つまりヤカラの系図は樹木または人体の相似形である。話をわかりやすくするため私の直属している族をかりにDとすれば、Dの創始者D′はCという族に属し、それから岐れてD族の創始者になったのであり、さらにC族はその創始者C′においてBという幹につながり、BはB′においてAにつながり、A・B・C・D族の成員はA′においてその共通の先祖を見出すという図形になる。そしてそのさい私は、日常生活のレベルではもっぱらD族の成員だけれど、他のレベル、すなわち祭式や政治のレベルではB族とかA族とかの成員でもありうる。資料の制約のため具体的にはいえないけれど、それぞれのレベルにはそれに応じた権利義務の体系があったものと考えられる。

だがここで大事なのは、この場合、DはCの、CはBの、BはAの真に血縁的分家であるかどうかは、これまた保証のかぎりではないという点である。かりにBがAに征服されたのであっても、一定の祭式的手続きさえ経れば、BはAの同族として併合されうる。神話的な存在である先祖は、おそらく名もなきミタマにすぎぬという時代が久しく続いていたであろう。したがってAがBを従属させるに至るとき、この名もなき神話的なミタマが特定の名をもつB′としていわば上から定立され、ここに同族系譜があらたに構成されてくる可能性がつねにあるわけで、幹から枝を分節させる同族組織の固有な志向は、かくして非血族をも血縁的擬制のなかに包摂しつつ発展する。たとえば南九州という僻遠の地に棲む異族隼人の祖が天孫と兄弟でありその岐れだと系譜づけられるあたりに、この志向はもっとも端的にあらわれている。その接点に神話が要求される。それがすなわち海幸彦・山幸彦の話である。

ここにはまぎれもなく政治的契機がからんでいる。A・B・C・Dの記号に即して同族組織と政治とのかかわりかたをかりに示せば、すでにふれたように最小の同族Dが生活単位であるにたいし[4]、最大の同族Bが――このときAは宮廷系譜と仮定する――政治的単位であり、わが古代史に「氏」としてあらわれるのは、一様でないにしても典型的にはこのB級の同族組織であったと考えられる。系譜のふくむ時間が、CはDより、BはCより、さらにAはBより一そう深くなるのはいうまでもない。系譜的時間のこの深まりは、同族の生きる空間的な拡り、したがって政治的契機とも不可分に包みあっているはずである。Dにおいて五代どまりであった系譜は、多くの枝をもつAにおいては二十代にも三十代にもなるであろう。系譜は、かくして同族組織の独自な歴史を表現している。独自な歴史というわけは、それが、年代記ではなくて世代単位に続いており、しかも無時間的な神話世界に端を発しているからである。個人の生涯をこえる時間は、文字のない社会では多少ともこうした神話と系譜という文脈のなかでかたられるのがふつうであった。

その系譜の茂みの部分は見えないけれど、出雲国造以下もろもろの国造の祖の出自が古事記のこの段で問題とされるのも、この文脈においてである。出雲国造以下の祖が天穂日命の子武比良鳥命だというのは、だから宮廷側で組みたてたものと見ていい。中央と地方との政治的な支配・従属関係が緊張度をましてくるにつれ、系譜のこうした加上や再編成はいよいよ旺んに行われるようになったはずである。しかし、双方がそれを真実だと信じているかぎりで、この擬制はたんなるでっちあげというよりもむしろ、古代における歴史の独自な表現様式であったと考えることができる。同族はそもそも血縁的擬制《フィクション》をふくむ。そしてそれは、『古代法』の著者メインのいうごとく個人がまだ単位となっていない世にあって人間が結合する上での不可欠なしかけであって、それを単純に虚偽と感じるのは、私たちの自然主義的心性のせいである。少くとも人々がそういう擬制を生きた時代が存したことは疑えない。

かくして氏々はC・Dを包摂するBとして独立した一本の樹でありながらも、その出自がさらに宮廷（すなわちA）というその上に立ついっそう強力な権威の分枝に組織される。そしてここに古事記に見られるごとき、宮廷を中心の幹としてその枝々が天の下を蔽う階層的な一大系譜ができあがる。Dがその下にEを分節する可能性をもつと同様に、BはAに併合されその枝となる可能性をもつ。これが同族系譜の内有する力学であるが、出雲についていえば、その場合B′の位置にあるのが天穂日命に他ならない。出雲国造の族がBなら、武蔵国造以下はB_1、B_2……であらわすことができる。さらにその下位には当然C_1、C_2……D_1、D_2等が予想される。

実証的事例に事欠かぬ場合もなくはなかったが、話を簡明にするためかりに記号を用いた。現実過程はもっと多様であり、入りくんでいるに違いない。いろいろ手抜かりもあるかと思うが、ヤカラという古代語を《同族》という学問的概念として普遍化する必要があること、さもなければ古事記の系譜の意味は読み解けないだろうということ、そしてそれはとりわけ国譲り神話に深くかかわる重大な問題であるだろうということ、などなどを私は考えてみたかったのである。右の天穂日命につながる系譜に即していえば、大和の王権が国造制・部民制を軸として全国支配に乗り出していった過程に応じてこれが構成されたものであることは確実である。しかもそれは一つの生きた構造体であった。宮廷をオホヤケ（大家）といい、それにたいしクニノミヤツコ、トモノミヤツコという。この名称じたいに、彼ら地方首長がすでに宮廷と本家・分家の関係で結ばれていたことがうかがえる。宮廷にたいする地方首長の従属関係は呪術＝政治的要素をふくむ。その服属が神話や儀礼として記念されるゆえんがここに存する。

（1）次の「御親族《ウガラ》に大嘗の御酒を賜へる宣命」（天平神護元年十一月廿三日）にウガラの何であるかが示されている、「必ず人は、父がかた母がかたの親《ウガラ》ありて成るものにあり。然るに王たちと藤原朝臣とは、朕《ア》が親《ウガラ》にあるが故に、黒紀《クロキ》・白紀の御酒《ミキ》賜ひ、御手物《ミテツモノ》賜はくと宣ふ」。藤原不比等の娘・光明子を妃とした聖武天皇にとって藤原氏はウガラであったのである。

（2）諸戸素純「祖先崇拝の理論」（「文化」一五巻一号）参照。

（3）俚言集覧に次のようにいう、「世俗、家の系図を作らんと欲する人、先祖四五代はきゝつたへたれど、それより前をしらずとうれうるに、近世都方に系図知りと号する学者あり、その人へたのみつかはせば、彼人よくこなたに知らぬ先祖をおぼえてをり、官位名乗等ことごとくそなへ、上古より一代もかけず、つくりていだすことあり、云々」（俗説贅弁）。

（4）正倉院戸籍帳の「郷戸」がほぼこれにあたると考えられる。有賀喜左衛門『上代日本の家と村落』（著作集第七巻）参照。

六　出雲と出雲国造

海幸彦・山幸彦の物語の結末は、隼人の祖である海幸彦（火照命）が、「僕《ア》は今より以後《ノチ》は、汝命《イマシ》の昼夜の守護《マモリ》人《ビト》と為りて仕へ奉らむ」といって降参し、だから「今に至るまで、其の溺れし時の種種《クサグサ》の態《ワザ》、絶えず仕へ奉るなり」（古事記）となっている。これは、天皇の大嘗祭で演じられる隼人舞の縁起譚に他ならぬのだが、出雲については大国主の国譲り神話と、出雲国造の神賀詞《カムヨゴト》奏上の儀礼とがほぼそのパラレルをなす。

神賀詞とは出雲国造が新任にさいして朝廷に参向して述べる寿詞《ヨゴト》で、全文が延喜式に載っている。平安朝の記録によってその式次第もかなり詳しくわかるが、とにかくそれは相当念の入ったもので、出雲国造は長い間潔斎した上、神宝や御贄《ニヘ》をたずさえて上京し、この寿詞を奏上するのである。そこに後の世の粉飾が多分に加えられているのは疑えない。しかし神代における出雲服属の由来をかたり、天皇の代をことほぐというこの寿詞の奏上そのものが――現存《いい》の神賀詞の成立の時期がいつごろかはとにかくとして――そう新しい形式でないことも疑えない。この儀式のことが史に見える最初が元正天皇の霊亀二年（続日本紀）であるところから、これは天武朝あたりに始められたものであろうとする向きもあるが、しかしこういった儀式を天武朝にあらたに発明せねばならぬ理由はほとんどないといっていい。天武朝にこだわっていえば、それはこの儀式を律令制国家にふさわしく仕上げたまでのことであろう。

だがそれにしても、出雲国造の寿詞奏上ということがかく念入りに保存されたのはなぜか。それはこの儀式が過去の重大な記憶とつながっていたからだと見るほかない。その記憶は、たんに出雲国の服属のことだけでなく、もっと深遠な射程をもっていたはずである。

すでに見たように大国主神は、あちこちの国主たちを収斂した典型であり、その国譲りの話は、そういう個々の国主たちが宮廷に服従し「国譲り」した歴史過程を神話的に一回化してかたったものである。だから大国主と呼ぶ。そしてそれは出雲国造があちこちの地方土豪の総代であり、国造なるものの神話的象徴であったことと対応する。大化改新以後も出雲国造が廃されず、特殊なしかたで残されるのもこういう象徴としてであったはずで、したがって神賀詞奏上という前記の儀式がひとり出雲国造のこととして行われたとは考えにくい。いうなればこの儀式は記紀の国譲り神話の実践形態であり、地方土豪らの宮廷への服従、それにともなう宮廷的支配の確立という現存秩序の正当性を保証する超歴史的な神代とふかく結びついた記憶がそこには封じこめられており、それが出雲国造の世替りごとに行われるこの儀式で、くりかえし更新されたのである。

このことを、地方土豪らの宮廷への服属の歴史的な時期が悠遠たる昔にさかのぼるという意に解してはならない。神話の関心はつねに、かつてあったことではなく、今あるところの諸関係に向けられる。そしてその諸関係の不易なゆえんを神代のこととしてそれは語るのである。したがってその服属の時期が何時であったかは、さしあたり問題の外においておく。ここで確実にいえるのは、その諸関係が現存秩序の基軸としてなお現実的になまなましく生きていたからこそこういう神話と儀式が必要であったということである。

もっとも、この記憶はかなり早い時期に消えていったものらしい。出雲風土記によると、出雲国内の官社は一八四社、延喜式では一八七座とあり、神賀詞では一八六社とある。これは前述したように記紀に大国主の子「百八十神」「百八十一神」ありとあるのを——これは多くの子という意であったはずだが——、出雲国の神の実数と解した結果生じたものに違いない。そうだとすれば中央でも地方でも記紀的な「出雲」の世界につながる記憶は、奈良朝あたり、すでに消えてゆきつつあったことになる。時期としてこれは必ずしも早すぎない。かつて「荒ぶる神」たちの蟠居していた「葦原中国」は、今や天皇の支配する「天の下」であり、地方首長たちも律令制下の地方下級官吏であった。

その点、書紀が神代について「一書に曰く」という形で諸説をならべ、それを神的権威の源ではなく資料として対象化しようとしているのは注目していい。それは書紀に、神話であるよりはむしろ「史」たらんとする意志がひめられていたことをものがたる。書紀は冒頭、「古、天地未だ剖《ワカ》れず」と書き出しているが、このイニシへは今昔物語などの「今は昔」のムカシと同様、すでに歴史的時間のなかにあるということができる。果して書紀には続日本紀以下の六国史が後続する。神代を現在形とする擬制的同族国家を図形化しようとしたのは古事記の方である。古事記に日付というものがなく、そこでは時間がもっぱら系図の深さで測られているのもそのためである。古事記の表現するのは律令制的なものではなく、いうなれば縦につらなる部民制を軸としその頂点に王がいるような同族国家であった、と目測してほぼ誤るまい。古事記では、だから右に扱った㈠と㈡の系譜や——書紀本文は簡単に天穂日は出雲臣・土師連等、天津彦根は凡河内直・山代直等の祖と記すだけである——、それと表裏する大国主の国譲りの話が書紀とは比較にならぬくらい大きな意味をもつわけで、大国主の前身ともいうべきオホナムヂや八千矛神についての説話や歌謡——これらは書紀では完全に無視されている——を古事記が豊富にとりあげたのも、そのまなざしが書紀といかに違っていたかを示すものである。

さて㈠と㈡の系譜にもう一度もどって、いささか補足しておくことにする。㈠の建比良鳥を祖とする出雲国造以下七つの国造、㈡の天津日子根を祖とする凡河内国造以下十二の地方首長らが、同族として何らかの政治的、法的、祭式的なまとまりを持っていたとは信じがたい。中央豪族を頭に地方首長らが以下名をつらねている場合には、双方の間に現実的な従属関係の見出されることが多いが、右の㈠㈡の系譜の構成はそれとはやや趣が違うようである。第一、そこにあるのはすべてが地方首長であって、中央豪族が一人もいない。したがってそれは縦につながらず、むしろ横にひろがっており、とくにもっとも遅れて服従したと考えられる東国地方に相当の重みがかかっている。そのさい、中央をとび越して出雲国造と武蔵国造等々が同族の糸で結ばれていたとは信じがたい。私はこれを、大国主の国譲りの下敷として政治的に作られた系譜と考える。東国に重みがかけられているのは、その服属の、つまり国譲りの印象が新しかったためであろう。

出雲国造は国造なるものの神話的代表であった。そしてこの系譜で祖を同じうしてならぶ以下大勢は、国譲りの主人公、大国主神に神話的に収斂さるべき歴史的諸力であったと見ることができる。

それにしても、なぜ出雲が国譲りの舞台となったのだろうか。もとよりそれは出雲に然るべき勢力が存在したからだが、しかしその勢力がはなはだ強大で、そこがまつろわぬものどもの拠点となっていた、という風に現実主義的にこれを解していいかどうかは疑わしい。前に宮廷と地方首長との関係は政治=呪術的であるといったが、古代における勢力というものを考えるさいにも、この点を無視すべきでない。出雲の勢力が国造の代表と目され、出雲が国譲りの舞台となったのは、宮廷側からの一つの政治=呪術的な撰択なのであり、したがって何らかの神話的磁力がそこに働いていたはずである。

この撰択は、大和を中心とした古代のコスモロジーにおいて出雲が日の没する西方にあたっており、黄泉の国や根の国の闇に接するデモーニッシュな地とされていたのにもとづく、というのが私の解釈である。これについては、別途に説いたことがあるので再論しない。

七　騎馬民族説について

国譲り神話をだいたい以上のように私は考えるのだが、最後にこの立場から、いわゆる騎馬民族説につき感想を若干のべておきたい。それは私の考えにとって一つの試金石でもある。

まず騎馬民族説の大胆さに私は驚く。学問が細分化され、重箱の隅をせせくるような仕事に憂身をやつしがちな学界の現状と思いくらべ、その大胆さには一種の爽快味さえ感じられる。推理小説的興味も加わり、江上波夫氏著『騎馬民族国家』が読者大衆にうけるのは、もっともという気がする。一方、その大胆なやりかたは、歩というものを使わず飛車と角だけで将棋をさしている趣に似ていなくはない。時には碁盤の上で将棋をさしているのではないかと思える節もあり、だからいよいよ面白いということになるわけだが、面白いだけが学問の能ではないので、私はいささか苦言を呈する仕儀にならざるをえない。騎馬民族説は、記紀のかたる国譲り神話とほぼ正面衝突するのである。

その説にいう、「東北アジア系の騎馬民族が、新鋭の武器と馬匹とをもって朝鮮半島を経由し、おそらく北九州か本州西端部に侵入してきて、四世紀末ころには畿内に進出し、そこに強大な勢力をもった大和朝廷を樹立して、日本統一国家の建設をいちおう成就した……」と。しかしこのように異種の支配階級が外から「新鋭の武器と馬匹」とをもって乗りこんで来たりする場合には、アングロ・サクソンに対するノルマン・コンクェストが典型的にそうであるように、支配階級と人民との間が太い線でカースト的にしきられるはずである。これを「ノルマンの軛」という。そしてアングロ・サクソンの土着的・原始的自由は、王とともにもたらされた残忍性と抑圧、つまりこの「ノルマンの軛」とたたかうことに向けられた。このような状態が果して日本に見出されるであろうか。外国の例を持ち出すには及ぶまい。ごく平凡に考えても、異種の支配階級が外から乗りこんで来て制圧したとすれば、政治や社会や文化の構造としてそれが強く刻印されずにはすまされぬだろう。その片鱗さえ古代日本にはないように私には受けとれるのだが……。

さきほど推理小説的興味といったが、この学説の特徴は、つねにあれこれの「点」と「点」との間を大胆につなぎあわせ、それでもって推理的に図形を作りあげようとしていることにある。それにつけても考古学あるいは民族学という学問の解釈の寛大さに、ほとほとびっくりせざるをえない。その寛大さに私は疑問をもつ。かつて考古学者G・チャイルドは、考古学の限界についてつぎのように語ったことがある。すなわち考古学は、ある条件において、しかもつねに遠慮がちに、政府や家族の形態、身分の認知、生産物の分配、戦争等について、何しか指摘することができる、しかし法の内容や実行、財産の相続、首長の権限、宗教信仰の内容等については何もいうことができぬ、と。チャイルドがこれを実行したかどうか、またこの制限が妥当かどうか問題があろう。それに騎馬民族説は必ずしも考古学一本やりでなく、もっと綜合的な基礎に立っている。しかしやはり寛大な解釈に甘えすぎ、それぞれの学問に要求されるはずの禁欲と自制の線を踏みこえた節々が見うけられる。

「点」と「点」をつなぐだけでは、学問的にはらちはあかないのであって、政治的・社会的・文化的構造――それらは一つの構造の違ったあらわれだが――を問題とすべきである。本稿の主題にそくしていえば、この学説の説くごとく日本古代の支配階級が騎馬民族として外から来たとすれば、国譲り神話のごときはほぼ絶対に成立しえなかっただろうということである。国譲りは「平和革命」(津田左右吉)だとする説は論外である。外からであろうと地生えであろうと、残忍性と抑圧が王とともにやってくることに変りはない。ただ、その構造が違うのだ。そしてその点、狭量と見えるかもしれぬが、騎馬民族説は古典研究の見地からは何としても納得しがたいのである。古代日本の支配階級の作り出した制度文物が大陸文化の圧倒的ともいえる衝撃のもとに成ったという事実と、これはもとよりおのずと別次元の問題にぞくする。

騎馬民族説で、記紀の所伝は「そうとうに歴史性に富んだものであろう」という考えのもとに、国譲り神話が歴史と次のように短絡するのは当然のなりゆきである。

「記紀の神話では、天神《アマツカミ》と国神《クニツカミ》の二大別があって、天神が日本の国土に降来して、そこに原住した国神を、征服あるいは支配したことになっているのは、周知のとおりである。そうして、その天神の日本降来の地方は、出雲と筑紫の二ヵ所であって、前者に天降ったのは、はじめにスサノヲノミコトがあり、のちにフツヌシノカミ・タケミカヅチノカミなどがあり、後者に天降ったのがニニギノミコト……であった、と伝えられている。

前者の、フツヌシ・タケミカヅチ両神による出雲征服がいわゆる国譲りであり、後者の、ニニギノミコトによるのが天孫降臨であることはいうまでもないが、これは、天神なる外来民族が、日本列島に原住した国神——多分倭人——を、出雲と筑紫において、まず征服ないし懐柔して、これを支配したことを示唆している。」

この所説にたいしては、宣長の、「凡てなにごとも、強《シヒ》ていへば、如何さまにもいはるゝものぞ」(古事記伝)という言葉をあげるにとどめたい。かりにそれが「懐柔」であっても——「懐柔」はつねに政治の手である——、支配階級が外から「新鋭の武器と馬匹」とをもって乗りこんで来た場合、以上見てきたごとき意味を有する国譲り神話、あるいはその後景にひろがる、生活レベルから政治の頂点まで同族系譜で結ばれるといった国家構造が、果して可能であろうか。支配者と従属者が基本的に同じ世界に住み、同じ形而上的宇宙を共有していてはじめて、これは可能なはずである。大和の王権がみずからを聖化し、そのもつ呪術的側面を政治目的にフルに利用できたのも、でこぼこや不均衡はあるにしてもとにかく農業を基盤とする一つの世界が古くからそこに存続していたことを強く暗示する。

騎馬民族説は学問的仮説というより、興味本位の一種のゲームになっている点があるのではないかと思う。

（初稿　「歴史と人物」昭和四七年九月号）

大嘗祭の構造
——日本古代王権の研究——

〔一〕序

古代王権の性格を明らかにするには、まずその祭式の分析からとりかからねばならない。王権は、高度に発展したものにおいても、つねに多少とも超政治的な性格をもつが、それは王権の支配の論理が祭式を基礎として組みたてられているからである。政治がもっぱら人間や社会にかかわるに対し、祭式は自然とか季節とかの運行にかかわる営みである。王権はこの両者を王という目に見える人格によって統一しようとした独特の権力、というより権威であった。古来、神道家が「祭政一致」ということを説いてきたのも、その倫理性ではなく、王権に固有なこうした呪術=政治性を指したものと解すれば、あながち見当外れであったわけではない。ただ、神道家の考えたごとく、それが祭と政、つまり自然と社会のいともめでたく調和した、おのずからなる世界であったかどうかはすこぶる疑問で、むしろ両者の間に新たな歴史的緊張の課されてきたことが、王権という体制を必要ともし、また可能にもしたのであったと推測される。私たちは神道家とはちがって、もっと分析的な立場から祭式の意味をとらえなければならぬ。

一方、王権が政治史的考察の対象にされるにとどまり、王権において祭式の果してきた役割に関する認識が欠如している傾向がいちじるしいのも事実である。いかに強力であったにしても、王権という見地からすれば、日本近代の天皇制はしょせん古代王権の伝統的な残存であり、それを新しい条件のなかで政治的に作為したものに他ならないのだが、この天皇制の与えた政治的印象がすこぶる強く、それが古代の研究に真っすぐに無媒介にもちこまれることに、右の傾向は由来する。それに、自然の運行や季節のリズムに応じて年ごとに繰り返される祭式は、その本質において無歴史的・無時間的であるため、歴史主義的思考の網の目からもっともこぼれ落ちやすい類の営みであったという事情も働いている。王はむしろ古代的宇宙構造の一部であったと見るべきである。もとより、一つの対象はさまざまな角度から研究できるし、どの角度を選び、どの水準の抽象を目ざすかは自由であり、学問の種類によって違ってくるが、対象は逆に方法をも規定するわけで、祭式の分析に媒介されぬ王権研究は、対象に即さぬという意味で方法的に正しくないことになる。王権の支配の論理の基礎をなすのは祭式であったからで、早い話、王権がなぜ神話を背負うかという問題にしても、この見地を外すならば、内的必然性として解明することができないはずである。

さて、数ある祭式のなかから、私は践祚大嘗祭をとりあげる。これは天皇の新任式、即位式であり、この祭式において特定の手続きをふんで初めて新しい天皇の正統性は承認されることになっていた。個人と役職、個々の王と王権とを区別する必要がある。根本的なのは王権であり、王は王権を化身するかぎりにおいて王であった。天皇という地位も一つの、というより国にとってもっとも重大な役職であった。そして役職の特色は、それが個人の外側に存在する点にある。重大な役職であればあるほど、この特色は、はっきりとあらわれる。従って天皇の場合、ある個人が自分で自分をその職につけるというようなことはできないわけで、それには定められた手続きを経てその正統性が公的に承認されねばならない。厳密には天皇という地位も与えられるのであり、この承認の手続きとしての祭式が践祚大嘗祭であった。私がこの祭式を分析の相手に選んだのも、そこに日本王権がどのような支配類型に属し、どのような構造をもっているかが如実に示されていると考えるからである。

学問における日本の好機ということがもしいえるとすれば、王権の研究などさしあたりその一つであろう。古代君主の新任式の過程が神学として、あるいは叙事詩の断片として残されている国はエジプトやメソポタミアをはじめ幾つかあるらしいけれど、その祭式じたいが詳しい記録となって書き留められているのは日本が随一といえそうである。神道家や有職故実家の一手販売にしておかずに、私たちはこの好機をもっと積極的にものにして行かねばなるまい。以下、資料としては延喜式に載せる「践祚大嘗祭」を軸とし、さらに貞観儀式、北山抄、西宮記、江家次第等の相当項目をも適宜参照しつつ考えて行くことにするが、いささか煩瑣にわたることがあっても、できるだけ徹底的に考えてみたい。近ごろは、祭式とか信仰とかいうことばが変に学界の流行語になり、相当いい加減に使われている気味がある。これは一つの祭式の構造や、その社会的・情緒的基礎にかんする徹底的な考察がなされずに、ごく常識的に事が処理されているためといえる。(1)私は祭式一般にかんする議論をすて、一つの祭式から、つまり結論からではなく頑固な事実とそのもつ意味の解明から出発する。もっとも、この頑固な事実の世界に一歩踏みこんで見ると、よく分らぬ事がらがいろいろと多く、本稿も問題を解くというより不審な点を明るみに出すという程度に終りそうである。とくに大嘗祭は重大な秘儀として行われたのであり、元文三年（一七三八年）の大嘗会のことを記した『大嘗会便蒙』の板行が不届とのとがめを受け著者荷田在満が閉門を申しつけられるという事件もあった。しかし、禁が解かれたというのに、これの解明がその後大して進んだとも思えないのは、大嘗祭を依然宮廷行事というけちくさい伝統の枠のなかでしか考えない癖がついているからに相違ない。

私は大嘗祭を、日本王権がみずからを表現した一の神秘劇（Mystery Play）として、つまり一定の舞台、装置、背景、登場人物、それら人物たちの行為や仕草などから成る一の Play として眺める。この見立ては、筆者がたまたま文学研究者であることとは、むろん関係がない。それは祭式を研究する唯一の有効な方法である。古代人は、一部の人たちの想定するごとき、たんなる信仰者ではなく、すぐれて行為者であった。

もっとも、古代人のそういう世界を、平安朝の記録である延喜式その他によって果してうかがい知ることができるかどうかという疑問が起る。これは当然な疑問で、延喜式に規定するところの大嘗祭が必ずしも古い姿のままとは限らず、多くの点で肥大化をとげているものであることを忘れてはなるまい。祭式は一種の象徴行為であるが、おしなべて象徴というものは、熱帯植物のようにやたらと伸びたがるものだとされる。私も何れ実例をあげてその肥大化ぶりを示すつもりだが(2)、しかしそうかといって、延喜式などの規定を簡単に平安朝の産物にすぎぬとして片づけるなら、湯水と一緒に赤子を流してしまう仕儀となろう。肥大化にもかかわらず、核心には古い姿が保存されていると私は考える。祭式のこの肥大化現象はいわば相似形的に進行したのであり、従って構造上の連続性はそこでは案外強いと見て誤らないのではなかろうか。記紀の神話がその一つの傍証となってくれるはずである。そして本稿でおもに追求したいのも日本王権の縦の歴史ではなく、延喜式の大嘗祭の条にあらわれたかぎりでのその構造である。いわゆる歴史はここではしばらく捨象され断念される。歴史と不可分に結びついてはいるものの、歴史とはちがうところの構造を分析しようとするにさいしては、これは手続き上やむをえない。

（1）この常識は、フレイザーや柳田国男を無批判にうけいれていることと関係があると思われる。前者の『金枝篇』では、同一の観念が文脈ぬきでたえずくりかえされているが、その観念は実はヴィクトリアンのものであることを忘れるべきであるまい。柳田国男『日本の祭』も、やはり著者のもつ祭りの観念にしたがってあちこちから資料の断片が集められるという形になっており、一つの祭りの構造分析は行われていない。こういった方法が今でも有効かどうか、もっと疑ってみる必要がある。

（2）第十一節「隼人」参照。

〔二〕 即位と大嘗

延喜式は冒頭に、「凡ソ践祚大嘗ハ、七月以前ニ即位スレバ当年事ヲ行ヒ、八月以降ナラバ明年事ヲ行フ」（原漢文、以下同じ）と定めているが(1)、さしあたりここでは、即位と大嘗との関係、その違いが問題になる。

即位式ということばには広狭二様の使いかたがありうる。狭義では、先王の死後または譲位後、日を期して行う登極の儀をいう。貞観儀式ではこれを「天皇即位儀」とし、その次第を記しているが、その主旨は、天皇が高《タカ》御座《ミクラ》に即き践祚のことを百官に宣布するにある。これは季節とも、また諒闇とも関係なく、平安朝では先王の死後または受禅後あまり時をおかず行われるのが例であった。右の一文にいう即位は、もとよりこの狭義のものを指す。以下、私はこの狭義のものを即位礼と呼ぶ。それに対し、広義の方は、即位礼にはじまり大嘗祭を以て終る全過程をふくむ。従ってここでは即位礼は即位の端緒にすぎず、即位の正統性が真に承認され、全きものとなるのは大嘗祭においてであるということになる。本稿でとりあげるのは、この広義の即位を仕上げるものとしての大嘗祭に他ならない。

即位礼と違って大嘗祭は季節祭り、稲の刈上げ祭りである。そして古くは、新嘗と大嘗の別はなかったが、天武朝あたりから、毎年行われるのを新嘗と呼び、即位にかんする一世一度のを大嘗と称するようになったらしい。大嘗祭が整備され、荘厳化されてきたのも、当然、そのころあたりからと推測される。だがそれにしても、なぜ日本の王の即位は、即位礼のみではこと足りず、さらにその上、大嘗祭という農業祭式を必要としたのか。あるいは逆に、なぜ王の即位は、大嘗祭のほかに即位礼というものを必要としたのか。前の問に答えるには、大嘗祭そのものの分析に待つ他なく、従って、今その答えを先取りすることは、しばらくさし控えたい。後の問については別途に扱う方が便利である。ただ一言いっておけば、「御即位は漢朝の礼儀をまなぶなり、大嘗祭は神代の風儀をうつす」(2)とするのが旧来の定説で、式においても即位礼は大儀、大嘗祭は大祀であり、前者が元日朝賀の式に准ずる公事であるに対し、後者は神事とされている。もとは即位＝大嘗一本であったが、前者が後者から分化するに至ったのであろう。統一国家の発展と、自然暦に代る天文暦の採用が、この分化を促進したといえる。(3)書紀によるに、持統朝まで「正月即位」の記事がすこぶる多いのはこの反映で、即位礼が元日朝賀の式に准ずるゆえんでもある。それが次第に季節の制約から自由になったのは、譲位受禅がしきりに行われる一方、天子の位は一日も空しうすべからずとの観念が強化されたこととも包みあっているであろう。そしてここにさらに践祚という、先帝の死後また譲位後、時をおかず位につくための簡易な方式が新たに始められ、結局、広義の即位は、明治の登極令でもそうだが、践祚、即位礼、大嘗祭という三段がまえになったのである。明治四十五年七月三十日午前零時四十三分、明治天皇死去、同午前一時、大正天皇践祚、その間、空位僅かに十七分である。それに対し、即位＝大嘗が一つであった古代では、季節に制約されるという一点からしても——実はそれだけではな

大嘗宮の図
此の図は東山天皇の貞享四年十一月再興の儀を写したものといわれる。右が悠紀殿、左が 主基殿である。（池辺義象・今泉定介共編『御大礼図譜』による）

いのだが——必然的に空位時代は長びかざるをえなかった。皇位継承の内乱がほとんど代がわりごとに起きたのもこのことと関係する。(4)

(1) この規定は受禅の時のもので、諒闇の即位の折は、いうまでもなく諒闇の年があけてから大嘗祭がとり行われる。式もこのことを割注でいっている。
(2) 一条兼良『御代始抄』。
(3) 別章「神武天皇」ならびに拙著『古事記の世界』十章を参照。
(4) 別に「王権の劇」という一文を書いてこのことを主題とするはずであったが、私はまだその仕事を果していない。

〔三〕 悠紀・主基

大嘗祭に供すべき新穀を作る二つの国郡が卜定される。その一を悠紀の国、他を主基の国という。古来、その語義につき諸説あって定らないが、およそ次のように考えてよかろう。

天武紀に「神官奏曰、為㆓新嘗㆒卜㆓国郡㆒也。斎忌 斎忌、此云㆓踰既《ユキ》㆒。則尾張国山田郡、次 次、云㆓須岐《スキ》㆒也。丹波国訶沙郡、並食《アヘリ》ㇾト《ニ》。」とあるのが初出である。ユキは、大神宮六月月次祭の祝詞に「三郡国国処処に寄せ奉れる神戸の人等の、常も進る《タテマツ》御調の糸、由貴の御酒御贄を、横山の如く置き足らはして」とある中の「由貴」と同語で、斎酒《ユキ》の意から、それらを作る国をもユキの国と呼ぶようになったのだろう。(1) 問題はスキの方にある。宣長が、悠紀は忌清《ユキ》、主基は濯清《スキ》の義なりとしたのが混乱のもとらしいが、(2) しかし宣長の排した釈日本紀の、主基は次の義で悠紀に次ぐ意であるとするのがむしろ当っている。前引の天武紀にも「次」とあり、古事記や万葉集や風土記にも「次」をスキと訓んだ例がかれこれあるから、[3]主基が「次」である点は動くまい。ではなぜ主基が「次」であるかといえば、「大嘗会御膳の儀両度あるに依りて後の度のをばすきといふなり[4]」が正しいと思う。

次にあげる出雲風土記の一節は、ユキ・スキの問題を解く上に一つの鍵になる。「朝酌郷。……熊野大神命、詔りたまひて、朝御饌《ミケ》の勘養《カムカヒ》、夕御饌の勘養に、五つの贄緒《ニヘノヲ》の処を定め給ひき。故、朝酌と云ふ」（島根郡）。カムカヒは、祈年祭祝詞にも「皇御孫命の朝御食夕御食の加牟加比に」と出てくることばで、神穎、すなわち神の稲穂の意、「贄緒」の緒は部民のことで、つまり神の食料をたてまつる五つの部民という意である。朝御食、夕御食は、祝詞だけで見ると対句表現とも解せるが、朝夕二度の神饌を指すものではないかと思う。伊勢神宮の月次祭や神嘗祭においても亥時（午後十時）に夕御食を供し、丑時（午前二時）に朝御食を供することになっていたし、また「朝大御饌・夕大御饌御田二町四段」などと規定されている。[5]これもたんなる対句ではなく、朝夕二つの神饌田があったとしなければなるまい。人間が二食であったのだから、当然、神も二食であった。後に見るごとく大嘗祭も全く同じで、悠紀殿には午後十時に、次に主基殿には午前四時にそれぞれ供饌する次第となっていた。主基はまさしく「次《スキ》」であるわけだ。ここで、夕食が先で朝食が次であるのを怪しむ人がいるかもしれぬが、当時は、夜中の十二時ではなく、日の暮が一日の始まりであったことを考えれば、何ら不思議でない。日没を以て一日の始まりとするのは原始社会にほとんど共通しており、ギリシャなどもそうなのだが、大嘗祭でも、この午後十時と午前二時の供饌は、同じ卯の日の行事に属していた。

さて、天武朝以後、平安時代初めにかけてユキ・スキに卜定されたのは、ユキは播磨、美濃、遠江、因幡、丹波、参河、越前、伊勢、近江、スキは丹波、因幡、尾張、但馬、備前、美濃、播磨、美作、備中、等となっている。ユキ・スキ双方にまたがる国がある事実から見て、ユキを京の東、スキを京の西に割りふるという平安朝以後のしきたりに、何か特別の意味があったとは思えない。それは右に説いたごとくスキが「次」であった点からも帰結される。地域が一おう限られているのは、稲を京に運ぶ便宜からであろうか。それではなぜ摂津、河内などが入らないのか。しかしユキ・スキが王の支配すべき共同体《コミュニティ》を代表するものである以上、畿外の地がそれにあてられるのは、けだし当然である。そうだとすれば、王の支配すべき版図を東（ユキ）と西（スキ）の二元を以て表現するのも、たんなる繰り返しであったとはいいきれない。とにかくそういうユキ・スキ両国で穫れた聖なる稲が大嘗祭に供され、それを食することによって王たるの資格がつくとされていた。

いささか面倒でも、その準備過程にやはりつきあって行かねばならぬ。

（1）　ユキは悠紀の外、由機、由貴、愈紀などと記されているが、その「キ」はすべて乙類の仮名である。酒を意味する「キ」の仮名は甲類に属するが、白酒《シロキ》・黒酒《クロキ》などと複合する時は乙類になることが多いとされる。

（2）　『玉勝間』。

（3）　手《タ》次《スキ》（古事記）、玉手《タマタ》次《スキ》（万葉）、来《キ》次《スキ》郷（出雲風土記）等。

（4）　『御代始抄』。なお鈴木重胤『祝詞講義』も次のようにいっている。「此二方共に大抵京より東なる国を以て悠紀とし西なるを以て主基として、其仕奉る物も事も少の差異も非ざれば、次《スキ》と云べき理無に似たりと雖も、すべての事、悠紀は前に仕奉り、主基は後に仕奉る故を以て号させ給へるにて、次の悠紀とも云べきを、然は云まじき故に、唯に次《スキ》とは云にて、異なる意有に非ず。」『大嘗祭便蒙』の見解もほぼ同じである。

（5）　『皇太神宮儀式帳』参照。

〔四〕 聖なる稲

まず、ユキ・スキ両田における抜穂のことから述べる。

凡ソ抜穂ノ田ハ国別ニ六段。八月上旬、官ニ申シテ宮主《ミヤジ》一人、卜部三人ヲ差シ発遣ス。両国ニ各二人、其ノ一人ヲ稲実《イナノミ》卜部ト号《ナツ》ケ、一人ヲ禰宜《ネギ》卜部ト号ク。国ニ到リ各斎郡ニ於テ大祓ス。訖リテ田及ビ斎場ノ雑色人《ザフシキニン》等ヲト定ス。造酒児《サカツコ》一人、御酒波《サカナミ》一人、篩粉《コフルヒ》一人、共作《アヒツクリ》二人、多明《タメツ》酒波一人〔已上ハ並《ミナ》女〕。稲実公《イナノミノキミ》一人、焼灰《ハヒヤキ》一人、採薪《キコリ》四人、歌人廿人、歌女廿人。

この部分は中臣寿詞にも、ほぼ似た形で出ている。(1) 少し注釈を加えておくと、雑色人とは、この祭りに与かる無位のものたちの意で、寿詞の「物部の人等」に相当し、造酒児以下のものを指す。造酒児は分註に、当郡の大少領の女の未婚者をあてるとある。大嘗祭用の白酒《シロキ》・黒酒《クロキ》を造る重い役である。酒波は造酒児の下につく助手。篩粉は粉走ともいい、酒を篩でこして糟を去ることの他、薬灰やモミガラをふるったり、搗米の糠をふるったりする役と見える。共作《アヒツクリ》は酒波の助手であろう。多明《タメツ》酒波は、神に献ずる酒ではなく、人給の、つまり群臣に給う酒を造るもの。以上はみな女である。稲実公以下は男である。稲実は稲穂のことで、汁《シル》つまり酒に対していう。「汁にも穎《カヒ》にも」(祈年祭祝詞)とあるところを中臣寿詞には「汁にも実にも」とある。稲実公は稲穂のことを司る男で、後に見るごとく村の老翁または長老がこれにあたったのではないかと推測される。焼灰《ハヒヤキ》は、酒に入れる灰を焼くもの、黒酒は久佐木(臭木)の灰をまぜて造ったものらしい。当時の酒の造法は、飯と麹と水とを甕のなかでまぜ十日くらいで出来たという。(2) 一夜酒とか待酒とかいうのもそのためで、その熟したのに久佐木の灰を入れたのが黒酒であろう。何れにせよそれは「汁」であったわけだ。採薪《キコリ》はものを炊ぐカマギを採る役である。歌人、歌女が風俗歌をうたうものであることは別項に述べる。

ここで前にもどるが、卜定された田は大田と称し、その側に斎場が設けられ、まわりにはシメを結い木綿《ユフ》をかけた榊が立てられる。そして京から差遣された抜穂使の卜部と右の雑色人らは、ここで新穀の穫り入れまで待つのである。そのため草葺、丸木造りで、使の衙屋《マツリゴトヤ》とか稲実公等の屋とか造酒児等の屋とかが建てられるが、さらに稲実の屋と八神殿が造営される。稲実の屋はいうまでもなく稲実を収める斎屋で、その内院に八神が祀られる。それは御歳神、高御《タカミ》魂《ムスヒ》神、庭高日《ニハタカツヒ》神、大御食《ミケツ》神、大宮女《ミヤノメ》神、事代主神、阿須波《アスハ》神、波比伎《ハヒキ》神たちである。大膳式に御膳《ミケ》神八座とあるのと同じ八神である。一々の神についての考証はさほど重要でないと考えるので省略に従うが、稲、食料、土地、カマド等に関する神々と見ておく。

さていよいよ抜穂のことであるが、式の本文は次の通りである。

凡ソ抜穂ハ、卜部、国郡司以下及ビ雑色人等ヲ率キ、田ニ臨ミテ抜ク。先ヅ造酒児、次ニ稲実公、次ニ御酒波、次ニ雑色人、次ニ庶民、共ニ抜キ訖リテ斎院ニ於テ乾シ収ム。先ヅ初抜《ハツヌキ》四束ヲ割《サ》キ取リテ、供御《クゴ》ノ飯《イヒ》ニ擬ス。自余ハ皆黒・白二酒に擬ス。

稲の穂は刈りとるのではなく、一本ずつ抜きとったと見える。儀式ではこれを撰子稲《ヨリコノイネ》といっている。撰りに撰った稲という意である。また儀式では、これに与るものすべて水浜で解除《ハラヘ》をして田に至るとある。右文中の庶民は担夫、つまり駈使丁《ハセツカヒノヨボロ》を指すものらしい。「供御ノ飯」は、祭りの当日、神と天子に供する飯で、これには初抜きのとっておきをあてたわけである。「御飯《モノ》ノ稲」ともいう。次いでそれらを籠に入れ荷に造り、駈使丁に担わせ、卜部や国郡司がその前後を検校しつつ、九月下旬、京に着くよう運んで行くのだが、その行列は御飯の稲が先頭で、稲実公が木綿鬘《ユフカツラ》をつけて引道する。儀式では少しちがうけれど、とにかく稲が聖物として遇されているのを知ることができる。稲そのものが一の神格であったのだ。このことは後に嘗殿の秘儀を考えるさい、重要な点となるはずである。

さきに稲実公には村の老翁がなったのではないかと推測したのは、実は能の翁への連想があったからで、花伝書神儀篇はこれを稲積《イナツミ》翁と称している。イナノミからイナツミへの転化はほんの一歩であり、両者をつなぐ有力な資料のあることもすでに指摘されている。(3)ユキ・スキの稲実公には、豊かな稲穂をもたらし村の生活を祝福する先祖の面影がちらついているといえるのではなかろうか。大嘗祭も、村落の穫り入れ祭を上から組織し洗練したところの祭式であったにちがいなく、さもなければ到底このような文脈をもつに至らなかったであろう。宮廷は農村を祭式的かつ幻想的に集約した世界であり、王権の基礎をなすものは村々の生活であった。

(1) 「……悠紀に近江国の野洲、主基に丹波国の氷上を斎ひ定めて、物部の人等、酒造児、酒波、粉走、灰焼、薪採、相作、稲実公等……」(中臣寿詞)。なおこの寿詞については第十四節「天神の寿詞」参照。

(2) 坂口謹一郎『日本の酒』九八頁。なお、第六節「女の役割」参照。

(3) 能勢朝次『能楽源流考』中の「翁猿楽考」参照。『御堂関白記』に次の記事がある、「従二北野一為二点地一、忌子・稲実翁等渡、見物」(長和五年十月廿九日)。この忌子は、造酒児以下の女を指すものと考えられる。『中務内侍日記』の大嘗会の記事にも、「いなのみのおきなとて、びん白く髭は帯のもとまで長くて、年も百年にもやと見ゆるに、束帯せさす。これを見て心の中に、いなのみの翁さびたるびん白し君が千とせもかねて知られて、云々」とある。また、『花園院御記』元弘二年十一月十二日の大嘗祭の条にも、「今日為二斎場所御覧一御幸也。……悠紀行事弁定規朝臣遅参間、先令レ行二次第事一、以レ女春稲唱歌、稲実翁於二御車前一献二歌詞一、主基又如レ此」とある。私も「鎮魂論」(『詩の発生』所収）という一文で能の翁に言及したことがあるので、参照していただきたい。

〔五〕罪と穢

唯一の大祀である大嘗祭を迎えるための物忌みが厳重であったのはいうまでもない。小祀は一日、中祀は三日、大祀は一ヵ月の物忌みに服する定めであった。大嘗祭には十一月朔から晦《ミソカ》まで物忌みが課せられた。それを散《アラ》斎《イミ》（荒忌）といい、さらに祭りの当日（十一月中の卯の日）と前二日間は致斎《マイミ》（真忌）というのが課せられた。ここではしかし、物忌みに入る前置きになる祓と禊のことから述べる。

まず八月上旬に大祓使が、左右京、五畿内、七道に遣わされる。これは天下の大祓で、そのあとで幣帛を天神地祇に供する使が遣わされる。次いで下旬、左右京、五畿内、近江国、伊勢国に大祓使が遣わされる。こんどのは伊勢神宮に発つ使のための大祓である。近江が加わるのは、斎宮の群行もそうだが、勅使は近江路を経て伊勢に出ることになっていたからである。これを由奉《ヨシノ》幣使といい、大嘗祭の行わるべき由を神宮に告げる。在京の諸司もむろん臨時の祓除をするわけだが、かくして天が下の罪という罪は祓いやらわれ、大嘗祭の準備が漸次ととのって行く。罪には天つ罪と国つ罪との二種類がある。前者は畔放《アハナチ》、溝埋、樋放《ヒハナチ》、頻蒔《シキマキ》、串刺《クシサシ》、生剝《イキハギ》、逆《サカ》剝、屎《クソ》戸《ヘ》等、スサノヲの命が高天の原で犯した罪をいうとされている。だが実はその関係は逆で、スサノヲの命の高天の原における悪業は天つ罪の縁起譚と見るべきである。その悪業がおもに農事に対する侵犯であり、しかも「大嘗きこしめす」（記）天照大神への挑戦として語られている点に注目しなければならぬ。明らかにスサノヲは祭式的秩序の敵であり、大祓によって祓いやらわるべき罪の化身であった。

古事記は彼のこうした悪業を悪しきワザと呼んでいる。ワザとはふるまい、しわざであるが、これは当時、罪が心に関するものではなく、もっぱら外面的・身体的な行為に関するものであったことと対応する。罪が告白や悔悟によってではなく、ハラへすなわち物的賠償によってあがなわれたのもそのためである。

国つ罪は、生膚断《イキハダダチ》、死膚断、白人《シラヒト》、胡久美《コクミ》、己が母犯せる罪、己が子犯せる罪、母と子と犯せる罪、子と母と犯せる罪、畜《ケモノ》犯せる罪、昆虫《ハフムシ》の災、高津神の災、高津鳥の災、畜仆《ケモノタフ》し、蠱物為《マジモノセ》る罪等をさす。少し注を加えておくと、白人、胡久美は癩のごとき業病である。なぜそれが罪になるかといえば、そういう病を本人の咎過《トガアヤマチ》につけこんだ邪霊のたたりと見たからである。昆虫の災以下三つの災もやはり悪しき力のしわざと見たのである。ワザハヒということば自体、悪しき神のしわざという意にちがいない。その故にこそ災は罪であり、広くは病も罪でありえた。(1)それは邪霊のはたらきで、かつ感染力をもっていた。

道徳や良心にかかわる宗教的な「罪の意識」はむろんまだ目覚めていなかった。しかしそれはやはり罪（sin）であって犯罪（crime）でなかったことを見落してはならない。犯罪が刑を課せられたにたいし、罪は祓を課せられた。大嘗祭という重儀にさいして、恒例の他さらに臨時に、つまり危機的に、天つ罪・国の罪が海底《ウナソコ》のかなたに祓いやらわれねばならなかったのも、それらが社会的・宇宙的な秩序を破り、神を犯す敵であったからである。神話における天照大神とスサノヲの対立は、このような危機の表現である。その神話の詳しい分析は別途に行うとし、とにかくスサノヲという一の神格に罪が化身するに至ったのは、罪が悪しき力であったからである。

さて十月下旬、天皇は川上に臨行して禊を行う。時期からいっても、このミソギが物忌みに入るためのものであったことがわかる。古来、ハラへとミソギとは混同されているが、ハラへの原因は罪であり、ミソギの対象は穢であった。乱行のためハラへを課せられたスサノヲ、黄泉国の穢をすすいだイザナキのミソギ物語に、その消息がよく示されている。

平安朝では大嘗会のミソギは、その河原への行幸が都人の目をよろこばす一種の見せものになっていたことが、栄華物語などの記事で分る。これは、北野の斎場から大嘗殿へと「標の山」をおしたてて進む行列とともに、大嘗祭のなかでももっとも世俗化・都市化した部分であった。斎宮や斎院のミソギも同様である。しかし本来ミソギとは、水の霊力で穢をすすぎ、神事をするにふさわしい身に復活することで、すぐその後、物忌みの生活が始まるのである。

其ノ斎月《モノイミノツキ》ハ、預《アラカジ》メ諸司ニ告ゲ、及ビ符ヲ畿内ニ下ス。仏斎、清食《セイジキ》ニ預ルヲ得ズ。其ノ言語ハ、死ヲ直《ナホル》ト称《イ》ヒ、病ヲ息《ヤスミ》ト称ヒ、哭《ナク》ヲ塩垂《シホタル》ト称ヒ、打《ウツ》ヲ撫《ナツ》ト称ヒ、血ヲ汗ト称ヒ、宍《シシ》ヲ菌《クサビラ》ト称ヒ、墓ヲ壌《ツチクレ》ト称フ。

延暦廿年、太政官符まで出ているが、これを犯し大嘗祭を闕怠したものは祓《ハラヘ》を科せられ、官人は見任を解かれることになっていた。ここで禁じられているのは、おもに仏教にかかわることがらである。忌詞《イミコトバ》は斎宮式ではさらに仏法に関するものが七言附加されている。(2) ところが源氏物語を見ると、仏教禁断で後生のことを祈れぬ伊勢神宮は逆に「罪深き処」とされ、天皇も皇女が斎宮に卜定されて伊勢に下るのをもう喜んでいないように書いてある。生活としての仏教と祭式的なものとしての禁忌との間の緊張が危機に達しつつあったのだ。しかし、この禁忌の記憶はもっと古い時代にさかのぼると思われる。儀式所収の官符にしても、大嘗会にさいし忌むべきこと六条、一、弔レ喪問レ疾判ニ刑殺一決ニ罰罪人一作ニ音楽一、二、言語ノ事、三、預ニ喪産一并ニ触ニ雑畜死産一ノ事、四、預ニ穢悪一事、五、行ニ仏法一事、六、挙哀并ニ改葬事、をあげており、必ずしも仏法にこだわっていない。神祇令になると、右の一条と三条とをあげるのみで、全く仏法にはふれていない。物忌みとは、日常の生活を停止し、心身を清浄な祭式的状態に保つことである。宮廷に忌火神が祀られていたのも、物忌みのときの食べものが別火であったからである。そういう物忌みが一ばん厳しく課せられたのは、祭りの主役たるべき王であった。物忌みとは、ある種の威霊または生命力を身につけるための否定であったともいえる。イムという日本語が、穢と聖の両義にまたがるのも、このへんの事情を示している。

古い物忌みの伝統が死の穢を処理する仏法に向けられていったのは当然である。しかしここには、たんに神道が仏法を嫌ったということ以上の問題がかくされている。個人としての人間の魂の、死後における救済を説く仏法が定着してくる過程は、古代の自然的共同体の分解過程とかさなっていた。罪の性格が仏法によって逆転されたことは、伊勢斎宮についていった通りである。それに対し大嘗祭は、古代の共同体の秩序を維持せんがための一つの規範的な営みであった。大切なのは、客観的にそれがいかなる意味をもつ営みであったかであり、平安朝の人々がそれについてどう考えていたかではない。生活に仏法が深く浸透したにかかわらず、日本の王権が執拗に古い魔術的なものをその中核に温存し、それによって独自の宇宙的・政治的・精神的規制力として存在した事実に、ここであらためて注目したい。ヨーロッパのもろもろの王たちはキリスト教の波及とともにいち早く改宗し、キリストの僕として「神の国」を実現すべき使命を与えられた。むろん、教会と王権の相剋は長く続くけれど、戴冠式で主導権を握るのはあくまで教会であった。東南アジアの代表的王権であるシャムやカンボジャの王権の即位儀礼も、ブラーマンの手で行われ、また仏教の僧も参加した。(3)もっと多くの事例については大方の教示を待たねばならぬが、そういうなかにあって日本では、仏教が王権の主たる祭式の本質にほとんど一指もふれることができず、したがって古い異教の伝統が後々まで生き残った。[4] これはかなり特異な現象ではないかと思うが、もしこのように見うるとすれば、日本の社会や文化の構造そのものにまで裾野のひろがる問題にそれはなるはずである。少くとも、そういった広い裾野を祭式的・象徴的に集約した一つの営みとして大嘗祭をとらえることは不可能でない。

（1）宣長の次の指摘は重要である。「世々の物しり人たれもみな、罪字《ノ》になづみて、都美《ツミ》といふことを、たゞ悪行とのみ心得るから、此罪の条々の中に、解得《トキエ》がたき事ども有て、くさぐの強事の出来るなり。……都美といふは、悪行のみにはあらず、穢も災も都美なることをさとるときは、いさゝかも疑なく、云々」（大祓詞後釈）。

（2）「仏を中子と称ひ、経を染紙と称ひ、塔を阿良良伎《アララギ》と称ひ、寺を瓦葺と称ひ、僧を髪長と称ひ、尼を女髪長と称ひ、斎《トキ》を片膳《カタジキ》と称ふ」。これを内の七言といい、本文に引用した大部分を外の七言という。

（3）この点は次の本による、H. G. Quaritch Wales, *Siamese State Ceremonies.*

（4）もっとも、聖武天皇の下した宣命（天平神護元年十一月廿三日）に、「神たちをば三宝より離《サ》けて、触れぬ物ぞとなも人の念ひてあり。然れども経を見まつれば、仏の御法を護りまつり尊みまつるは、諸の神たちに等しけり。故是を以て、家を出でし人も白衣《シロギヌ》も相雑りて供《ツカ》へ奉るに、豈障る事はあらじと念ほしとなも、本《モト》忌みしが如くは忌まずして、此の大嘗は聞しめすと宣りたまふ御命を、諸聞し食さへと宣る」とある。しかしこれは辰の日の豊の明り（十五節参照）にかんしたものである。

〔六〕女の役割

ユキ・スキ両国から京に運ばれた抜穂の稲は、まず斎場の稲実屋に収められる。平安朝では斎場はおもに北野に設けられたが、それは八神殿、稲実屋、黒酒白酒《ノ》屋、倉代屋、贄屋、臼屋、大炊《オホヒ》屋、麹《カムタチ》屋（以上内院）、多明《タメツ》酒屋、倉代屋、供御料理屋、多明料理屋、麹室（以上外院）等から成っていた。ここで稲つき、酒造りが始まるわけである。「造酒児《サカツコ》先ヅ御飯ノ稲ヲ舂キ、次ニ酒波等共ニ手ヲ易《カ》ヘズ舂ク」とある。このときは儀式に「不レ易レ手且舂且歌」とあるように、稲つき歌をうたったのである。「御飯ノ稲」は第四節に見た初抜の四束であり、斎場から大嘗宮へは稲輿で運ばれ、稲実公が輿から下し、負うて臼屋に収めることになっていたらしい。このときの稲つき歌とおぼしきものが神楽歌にある。

本

細波《ササナミ》 や 滋賀の辛崎 や 御稲搗《ミシネツ》く 女の佳さ さや それもがな これもがな 愛子夫《イトコセ》に ま 愛子夫にせむ や

末

葦原田の 稲つき蟹の や おのれさへ 嫁を得ずとて や 捧げては下《オロ》し や 下しては捧げ や 肱挙《カヒナゲ》をする や

本の歌の一部に解釈上、疑義の残る点もなくはないが、この二首が大嘗祭のときの稲つき歌であったことは、ほぼ疑いがない[1]。たんに「御稲搗く」ということばからだけでなく、こういう類の歌が宮廷の神楽歌のなかにあることじたい、大嘗祭との因縁ぬきには考えられない。ちなみに、これは近江国の風俗歌である。「手ヲ易ヘズ舂ク」というのは手杵を使ったからで、歌もこの手杵の操作をその間拍子に用いたのである[2]。

造酒児は郡の大少領の未婚の女を以てあてたのだが、なかなか重い職であった。稲つきだけでなく、さきに見た抜穂にさいしても、またその他、京の斎場の地を鎮めるにも、大嘗宮を造る用材を伐るにも、草を刈るにも、御井を掘るにも、諸儀みなこの造酒児が最初に手を下すことになっていた。記紀の葬儀に関する記事にすでに碓女、舂女が出てくるから、臼をつくのが女の大事な仕事であったことがわかる。しかし臼をつくことや酒造りが女の仕事であったというのではすまされぬ問題がここにある。いわゆる父権社会であると否とを問わず、農業祭式においては女が主役、または特別の役をになうべきいわれがあった。田祭りにおけるサヲトメやオナリは以前は神役で、田主の家の若い女がこれにあたった。「大嘗きこしめす」天照大神も、酒こそ造らぬけれど、田を作り神衣を織ったと記紀はかたっている。このように女が農業祭で独特の地位を占めるのは、かつて農業が女の手で営まれた古い記憶を祭式的に保存したものにちがいなく、そしてそれは女の性的生産力が稲の穂を孕ます力をもつとする魔術信仰とも結びついていたと考えられる。

もっとも、天照大神は二重性をもっている。一方、その名がヒルメであることからも分るように、それはもと太陽神の妻、または太陽神に仕える巫女、つまり地の女神であったが、統一国家の急速な発展、それにともなう高天の原のパンテオンの形成とともに、太陽神が地の女神を吸収し、その結果、ヒルメは宮廷の祖神として天照大神という広大な名をもつ両性的神格へと進化したもののようである。宮廷の祖神としての天照大神がこの大嘗祭でいかなる役を果すかは後で述べる。

（1）　諸注を見るに、この歌の解釈は相当まちまちのようである。守部は末四歌を「男女の交接に見立ていへる戯れごと」（神楽歌入文）という。臼と杵の関係を交接に見立てる風は後々まであるけれど、そこまでいう必要はあるまい。また『古代歌謡集』（古典文学大系）が「蟹の体操」といっているのは、いささかたわいない。蟹の恰好よろしく稲つきをしている女たちが自分を独身男に見立ててからかい半分にうたったものと思う。男女かけあいの形はとっていても、実は稲つき女たちの、歌のなかでの演出に他なるまい。『梁塵後抄』（熊谷直好）に次のようにいっているのが、かえって適切である、「新嘗など又は神社に奉る料にて、別に少女のうるはしきを撰みそろへて舂しめたるわざ有し成べし」。現にそういう「わざ」が大嘗祭にはあったのである。

（2）　柳田国男「餅と臼と擂鉢」（『木綿以前の事』所収）参照。なお、臼で酒造りをしたことは『皇太神宮儀式帳』に清酒作物忌の条に「碓《ウス》ニ舂《ツク》白御酒ニ」とあるによってもわかる。この点、記紀に伝える次の国栖の歌が参考になる。「白檮《カシ》の生《フ》に、横臼《ヨクス》を作り、横臼に、醸《カ》みし大御酒《ミキ》、甘《ウマ》らに、聞こし以ち食《ヲ》せ、まろが父《チ》」。宮廷に大贄を献ずるときのもので、口鼓をうち伎《ワザ》をなして歌ったとある。古事記伝にいうごとく、飯を水にひたしたのを臼に入れ麹をまぜて搗いたのだろう。

〔七〕　八百万の神

「是を以ちて八百万《ヤホヨロヅ》の神、天の安《ヤス》の河原に神集《カムツド》ひ集ひて、……」というのは古事記の天の岩屋戸の段の著名な書き出しの部分である。古代ゲルマン族の民会のごときものを想像する向きもあるけれど、この表現の下地になっているのは大嘗祭に他ならぬ、と私は考える。そのことは文脈上からもほぼ証明できるが、それはしばらくおき、ここでは式の本文に即し、氏々のものがこの祭りにいかに参加し、それがいかなる構造として統一されているかを考察する。まず、この祭式に参加している氏々の名とその職掌をあげておく。

（ア）　忌部氏。阿波国の献物として、アラメ、木綿、年魚《アユ》等々があるが、これらは忌部の作る所とある。○大嘗宮の南北に建てる楯と戟《ホコ》のうち、前者を造るのは丹波国の楯縫氏、後者を造るのは紀伊国の忌部氏である。○中臣と大嘗宮の宮地を鎮め、また中臣と嘗殿及び門を祭る。○神璽の鏡剣を天子に奉る。

（イ）　中臣氏。忌部と大嘗宮の宮地を鎮め、忌部と嘗殿及び門を祭る。○天神の寿詞《ヨゴト》を奏す。○その他、中臣は忌部とともに神祇官の官人として、この祭式においていろいろと指導的な役を果す。大祓詞をとなえるのも中臣である。

（ウ）石上氏。物部をひきい大嘗宮の南北の門に楯戟を立てる。

（エ）榎井氏。右に同じ。

（オ）大伴氏。大嘗宮門の開閉を掌る。○久米舞を奏す。

（カ）佐伯氏。右に同じ。

（キ）神服《カムハトリ》氏。神衣を織る。

（ク）安曇氏。食膳のことに与り、嘗殿に献ずる飯を炊ぐときに火を吹き、また献饌の行立では海藻の汁漬を執る。

（ケ）高橋氏。安曇氏とともに食膳のことに与り、献饌の行立では鰒の汁漬を執る。

（コ）采女氏。献饌の行立の左右に前駆する。

（サ）水取《モヒトリ》氏。献饌のとき蝦鰭盥槽《エビノハタブネ》を執る。

（シ）車持氏。王が、大嘗宮に出入りするとき菅蓋《スゲガサ》を執る。

（ス）子持氏。右の菅蓋の綱を執る。

（セ）笠取氏。右に同じ。

（ソ）猨女氏。天子の大嘗宮への出入にさいし、中臣・忌部にひきいられて前行する。○鎮魂祭に奉仕する。

（タ）吉野の国栖《クズ》。古風を奏す。

（チ） 隼人。大声を発し、また歌舞す。

一定の職掌を以てこの祭りに参加する氏は、だいたい以上の通りだが、まずその数が相当多いこと、しかもその職掌がそれぞれ小さく分割されていることに注目すべきである。これにはどういう意味があるか。ここで斎部広成が古語拾遺において、神代以来の忌（斎）部氏の職掌が中臣氏のため侵され、その下風に立つに至った次第を愁訴している記事を想い出すとよい。例えばその一つに、大殿祭《オホトノホガヒ》と門祭《ミカドマツリ》はもともと忌部氏の所職であるのに、忌部と中臣とが共にやることに変ったばかりか、中臣が忌部をひきいて仕えるというにたち至ったと述べている。また、大嘗の悠紀・主基殿を造るに忌部を預らしめざるを訴えている。これはしかし、いささかひがごとではないかと思われる。（ア）の条に見た通り忌部もこれにあずかっている。あるいは、忌部の専業であったのを中臣と共にするようになった恨みを述べたものと解すべきであろうか。同じく宮廷祭祀にあずかっていても、藤原氏を背後にひかえる中臣氏は、氏の格も、神祇官内の地位も忌部より一枚上であったから、忌部の職が次第に侵されたとしても不思議ではなく、また忌部がそれを愁訴したのも無理からぬことであったといえる。ここで重要なのはしかし、宮廷儀礼における自己の所職にたいし広成がどういう気持を抱いていたか分る点である。

一言でいえば、古語拾遺をつらぬくのは、恨みと妬みの感情である。忌部の零落によってそれが一そうあふれているのは疑えない。だが、自己の職掌にたいする排他的心情は、たんに忌部にのみかぎられるのではなく、宮廷のこういう職掌にあずかる氏に共通するところであったと推測される。高橋氏文にも、ほぼ似た心情が語られている。すなわち、それは始祖磐鹿《イハカ》六獦《ムツカリ》なるもの、景行天皇の食膳に仕えて功あって以来、高橋氏が代々朝廷の膳職《カシハデツカサ》を務め今日に至った本縁をかたっているが、それというのも、献饌の行立において安曇氏よりは高橋氏の方が先に立つべきゆえんを証拠づけるためであった。それをめぐり、両氏の間に烈しい争論も交わされた。[1] こういう事態が起きるのは、氏々の役割が儀式における或る特定の部分だけを果すよう仕組まれていたことと不可分であった。

小さな部分にすぎないけれど、部分なしに全体はなく、しかもこの複雑な全体が咎なく執行されねばならなかった。やりそこなえば、祭式の効果は害されてしまう。部分を職とするものの排他性と誇りとがそこに生れる。現にこれらの職掌は世襲であり、それにあずかる氏々は王権と宮廷祭式の伝統的な守護者であった。その職掌に関する知識も代々秘伝されてきたにちがいない。延喜式に定められたところは、むろん古い姿のままではなく、肥大したり変化をとげたりしており、中臣・忌部の争いにしても、それが激化するのは神祇官の設置以来のことであろうが、しかし儀礼というものの保守性を考慮すると、このしかけはかなり古いと見てあやまらない。これらの氏々の大部分が、記紀の神話のなかにその職掌の縁起を有していることがそれを暗示する。[2] まさにそれは神代このかた歴世相伝してきた神聖な職掌であったわけだ。

しかし部分はあくまで部分であり、部分は互に共同しなければ一つの全体を構成できない。王は分業を超越する存在である。そして王の即位式である大嘗祭は、そういう諸の部分を統合し、そのことによって一定の伝統的秩序を維持し更新する機能をもつものであった。日本では祭式のもつ社会的・政治的機能の分析が、まだほとんどなされていない。祭式を信仰行事というありきたりの枠でしめくくり、その意味をもっぱら自然の方にひきよせて解釈し、社会や政治との連関を切りすててしまうからである。しかし、自然と社会や政治とがそこでいかに媒介しあっているかを見ないと、祭式の研究は片手落ちになる。なかんずく大嘗祭のごとき王権の重大な祭りを相手にした場合はそうである。この祭りの本義も、諸の氏の部分的な職掌への分化を統合することによって——かかる統合の目に見える中心が王に他ならない——、王権という秩序を社会的・政治的にあらたに確認し、失われた共同体を象徴的に回復しようとする点にあった。大嘗祭は、国土と人民にかかわる諸関係の総体を相続する儀式であったともいえる。しかもそれは一つの季節祭りとして実行されねばならなかった。そのゆえんについては後にふれる。

以上の諸氏だけでなく、小忌《ヲミ》、大忌《オホミ》の群官もこの祭りに参加した。小忌の役は卜定され、物忌みを厳にし、いわゆる小忌衣を着けて大嘗宮内の祭事に直接加わった[3]。大忌の方は宮内に出入りできなかったが、物忌みに服する点でやはり祭りの一般参加者といってよく、かくして「八百万の神、天の安の河原に神集ひ集ひて、……」という句の下地にあるのが大嘗祭であることを、ほぼ確実に推測できる。大嘗祭は「神集ひ集ひ」て行うべき大事であり、現にそれは、地上においてではなく高天の原で行われるものという神話的想定に立っていた。

大嘗祭の右に述べたような性格が、いかなる社会構造の表現であるかが問題である。まず注目されるのは、祭りを分掌する諸氏の多くが、宮廷と部民関係を有し、伴緒《トモノヲ》、または伴造《トモノミヤツコ》、つまり品部(伴部)の長であった点である。記紀では天孫降臨につき従った中臣、忌部、猨女、鏡作、玉作の祖神たちを五伴緒《イツトモノヲ》(五部神)と呼んでいるが、こういった伴緒の子孫——それに盛衰のあったことは、鏡作、玉作が消えていっていることからも分る——が祭りを分掌している点である。この分掌形態が何にもとづいているかはうっかり答えられぬ難問だが、私の予測をいえば、それは同族(lineage, ヤカラ)——これには最小から最大に至る幾つかのレベルがあり、経済的、政治的、祭式的機能がそれぞれのレベルに対応していたであろう——が社会の単位になっており、その分節と統合とによって社会関係の網の目が織りなされているという構造にもとづくものと見てよかろう。[4] 一つの同族と他の同族との関係は、同族組織の本質に従い必然的に、それを代表する首長と首長との間の祭式的関係として表現されざるをえない。職業部という呼称は誤解を導きやすい。部民大衆が普通の農民であったことはすでに説かれている。[5] 祭りに仕えるからといってそれが部民の職業を示すわけではなく、宮廷に対するトモノミヤツコの関係に応じて特殊な祭式的職能が課されたに他ならない。従って問題は、部民がたんに農民であったかどうかではなく、彼らがいかなる生活組織をもち、いかなる配線によって上部に統合されていたかという点にあるわけで、従来の共同体という概念は、この横と縦の関係の交叉のしかたを分析するのには、いささか漠然としすぎていて必ずしも有効でないと思われる。

（1） 類聚国史に次のような記事がある。「流㆓内膳奉膳正六位上安曇宿禰継成於佐渡国㆒。初安曇高橋二氏、常争㆘供㆓奉神事㆒行立前後㆖。是以去年十一月新嘗之日、有㆑勅以㆓高橋氏㆒為㆑前。而継成不㆑遵㆓詔旨㆒、背㆑職出去。憲司請㆑誅㆑之。特有㆓恩旨㆒以減㆑死」（延暦十一年三月十八日）。

（2） 神話と祭式のこの対応関係については『古事記の世界』参照。

（3） 大嘗祭に供奉する小忌人の数は、宮内省式によると、男女六百八十六人ばかりになる。が、むろんこれは官人だけではない。

（4） 同族組織については「国譲り神話」参照。なお、いわゆるこの職業部にきわめてよく似た組織がアフリカ社会に存在しているように思われる。それについては次の本が参考になる。J. Roscoe, *The Baganda* (1911), A. W. Southall, *Alur Society* (1953), J. Beattie, *Bunyoro* (1960). むろん、古代日本とアフリカとは何ら歴史的関係をもっていないから、これは社会構造論として考える必要があり、専門家の比較研究にまちたい。なお J. Roscoe のは、フレイザーの divine kingship 論に有力な素材を与えた本であることを附言する。

(5) 津田左右吉「上代の部の研究」参照。

〔八〕天の羽衣

「戌時《イヌノトキ》（午後八時）ニ天蹕《テンヒツ》始メテ警シ、廻立殿《クワイリフ》ニ臨ム。主殿寮《トノモ》御湯ヲ供奉《グブ》ス。即チ祭服ヲ御《メ》シテ大嘗宮ニ入ル」。

八月上旬、大祓使を全国に差遣して以来、すでに百日ほどたっている。省略したけれど、その間、殿舎の設営をはじめとし、さまざまの器物《ユカモノ》——これは紀伊・淡路・阿波国等から献じられる——や、斎服や、その他にわたり、実にこちたき準備が続けられる。そして十一月の中の卯の日の夜八時、いよいよこの神秘劇の幕がひらく。短い冬の日はもうとっぷり暮れている。さきには、「八百万の神、神集ひ集ひて」の下敷になっているのが大嘗祭であろうといったが、さらにこの連想を進めるならば、天照大神が天の岩屋戸にさしこもった直後、「すなはち高天の原皆暗く、葦原中国悉《コトゴト》に闇し」とあるのもまた、夜を徹して行われるこの祭りの投射かもしれない。

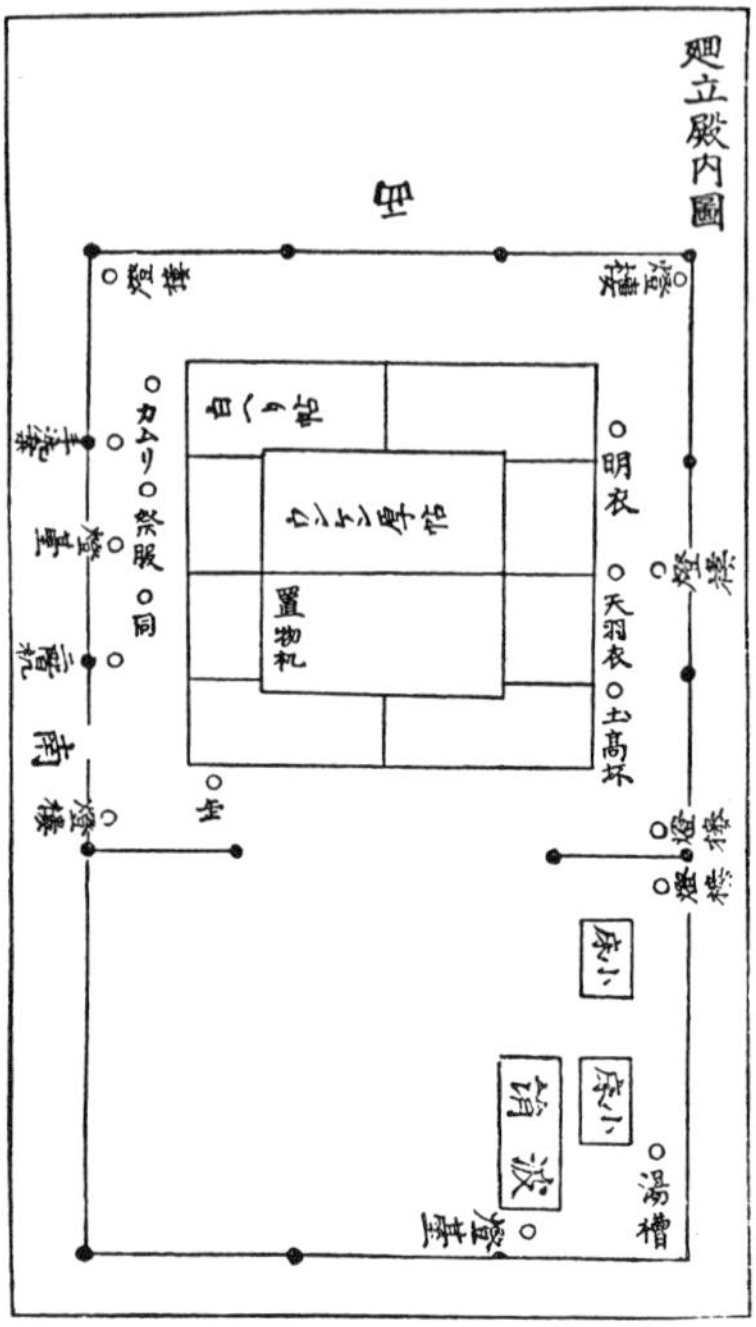

それはとにかく、戌の刻に警蹕がかかって、王——いっそう厳密にはその候補者というべきだが——は廻立殿に臨み湯を使う。これを小忌《ヲミ》の湯という。廻立殿は大嘗宮の北に設けられた、

長さ四丈、広さ一丈六尺の建物だが、さてここで湯を使うさい、王の着する浴衣《ユカタビラ》を天の羽衣と呼んでいる。この名は儀式にも延喜式にも出てこない。それが出てくるのは西宮記や江家次第である。(1) 折口信夫は、天の羽衣は天子のフンドシのことで、これを解いた女、つまり〈水の女〉が天子の妻になるのだと説く。(2) つけつけと天子のフンドシのことにまで及ぶ大胆さは見事だが、しかし、これはどうも事実にかなっていない。この湯殿の儀では、天の羽衣を解くことではなく着けることが主眼になっているのに、この説は解く方にひきつけているからである。語義はやはり用例から帰納さるべきであり、それを自己の観念の具に供すべきでない。

逸文風土記の伝える、丹後国比治山の真奈井や近江国余呉の湖に舞い降りた天女の天の羽衣にしても、カグヤ姫昇天のさいの「今はとて天の羽衣着るをりぞ君をあはれと思ひ出でける」という歌にしても、天を飛行できる衣の意であり、その他幾つかの用語例みなそうであるから、王が廻立殿で用いる天の羽衣のみを例外とするわけには行かぬ。鈴木重胤は、羽衣とは薄絹を以て造ったところから出た名で、式に「御服《ミソ》弁ニ絹幞頭《キヌノカウブリ》ヲ廻立殿ニ置ク」とあるキヌノカウブリが天の羽衣のことだといっている。(3) が、カウブリというのは頭からカブルもののはずで、それを衣と称するには相当無理がある。(4) フンドシにされたり帽子にされたり目まぐるしいが、とにかくそれは文字通り衣であり、そして天の羽衣と呼ぶからには、それを身につけると空を自在に飛行できるものと考えられていたはずである。風土記が天女の羽衣を水浴に縁あるかのごとくかたっているのは偶然であるまい。もっとも、天子の着する羽衣は湯槽に脱ぎすてられるもののようだから、事情は同じでない。だが、こういう類の問題を扱うには、実証主義風の因果論は禁物である。脱ぎすてようと、脱ぎすてまいと、小忌の湯において一たびこれを身に着けることにより彼は今や天界の人となったのである。風土記の説話で、羽衣が消えうせたため天女は天に戻れなくなったという動機が強調されている点からしても、羽衣はたんに空を飛行する呪衣というより、地上から天上に昇るためのものであったと見るべきであろう。カグヤ姫昇天の条にも、「今はとて天の羽衣着る折ぞ……」といい、「天の羽衣うち着せたてまつりつれば、翁をいとほしく、かなしと思いつる事も失《う》せぬ」（竹取物語）とある。現に大嘗祭は地上での祭りではなく、高天の原での行事であった。このことを根本におかないと、見当がすべて狂ってしまう。この祭式で王が歩くに土を踏むことが一切ないのも、天界のこととしてであろう。(5)

天の羽衣が、果して古くからのものかどうかは分らない。古いという気がする一方、ことばとしては平安朝の匂いが感じられなくもない。だが、かりに新しいにしても、こういう魔術の発明される道筋は、かなりはっきりしている。小忌の湯を浴びることじたい、身分上の一つの転換、すなわち高天の原の身分へと変ったことを意味するものであったからだ。(6)

（1）「以二大鍔一沸二御湯一、両国進レ船、天皇着二天羽衣一、浴レ之如レ常」（西宮記巻十一）。「仁和記云、御二東方小床一着二天羽衣一供二御湯一、了御二中央御帖一、次西方供二奉御装束一。治暦長元御記、乍レ着二天羽衣一入令レ下二御槽一給、又以二一領一奉レ拭云々」（江家次第巻十五）。廻立殿内図は『大嘗会便蒙』所収のものを右にかかげておいた。

（2）「大嘗祭の本義」（『古代研究』民俗学篇所収）。なおこの説については拙稿「古代王権の神話と祭式」（『詩の発生』所収）で論及したことがある。

（3）『祝詞講義』の中臣寿詞の条参照。なお重胤の中臣寿詞講義上巻は、大嘗祭にかんする最も詳しい解題というべく、私も本稿を成すにあたり、いろいろと恩恵を蒙った。

（4）この点、「幞頭はかむりなり、……絹の幞頭は、絹にて包み菱のとぢつけなし、神事なるが故に、無文を用ひ給ふなり」（大嘗会便蒙）とあるのが参考になる。

（5）　大嘗宮に入る「其ノ道ハ、大蔵省予メ二幅ノ布単ヲ鋪《シ》キ、掃部寮、葉薦ヲ設ケ、且御歩ニ随ヒ、布単ノ上ニ敷ク。前ニ敷キ、後ヲ巻キ、人敢テ踢《フ》マザレ」と規定されている。

（6）　『年中行事秘抄』の賀茂大神の条に「旧記云。御祖多々須玉依媛命、始遊二川上一時、有二美箭流来一依レ身。即取レ之挿二床下一。夜化二美男一到。既知化身、遂生二男子一、不レ知二其父一。於レ是為レ知二其父一、乃造二宇気比酒一、令三子持二杯酒一供レ父。此子持二酒杯一振二上於天雲一而云、吾天神御子。乃上レ天也。于レ時御祖神等恋慕哀思。夜夢天神御子云、各将レ逢レ吾、造二天羽衣天羽裳一炬レ火祭レ鉾待レ之、云々」とある。この天羽衣云々は、本節のはじめに引いた「主殿《トノモ》寮御湯ヲ供奉ス」と関係があると考えられる。なぜなら賀茂氏は伝統的に主殿の職掌にあり、従って廻立殿の天の羽衣の儀に与っていたはずだからである。この点については「神武天皇」（本書所収）を参照されたい。なお伴信友は、賀茂旧記にいう天羽衣は天神御子（別雷神）の天降の料なるべしと「瀬見小河」でいっているが、本文にも書いたように私はむしろ昇天の料と見る。

〔九〕　嘗殿の秘儀

湯殿の儀を終えると装束を改め、王はまずユキ殿に入るのであるが、その途中は、中臣・忌部が御巫・猨女をひきいて左右に前行する。このとき車持氏は菅蓋《スゲガサ》を執り、子部氏・笠取氏は蓋の綱を執る。さて、ユキ・スキ両殿のなかで彼は何を行うか。これは古来秘儀に属し、一条兼良も「口伝さまぐなれば、たやすく書きのする事あたはず。主上のしろしめす外は、時の関白宮主《ミヤジ》などの外は曽て知る人なし。まさしく天照おほん神をおろし奉りて天子みづから神食をすすめ申さるる事なれば、一代一度の重事これにすぐべからず(1)」といっている。前掲在満の『大嘗会便蒙』が絶版に付されたのも、朝廷のこの秘事を公にしたというかどによるのであった。しかし、この本から今日の私たちは、もう多くを学べない。考察のしかたは、おのずと違った角度のものにならざるをえない。まず、大嘗宮の設営のことから取りあげる。

「悠紀（主基）院ニ造ル所ノ正殿一宇、構フルニ黒木ヲ以テシ、葺クニ青草《アヲガヤ》ヲ以テス。桧竿《ヒサヲ》ヲ以テ天井ト為シ、席《ムシロ》ヲ承塵《シヨウジン》ト為シ、壁蔀《カベジトミ》ニハ草《カヤ》ヲ以テシ、表裏ハ席ヲ以テス。地《トコ》ニ束草《ツカグサ》ヲ敷キ、上ニ竹簀《タケノス》ヲ加フ。……」。さらに甍には堅魚木を置き、高博風《ハフ》をつける。かくしてここに原始様式に則った神殿が再現される。黒木造り、

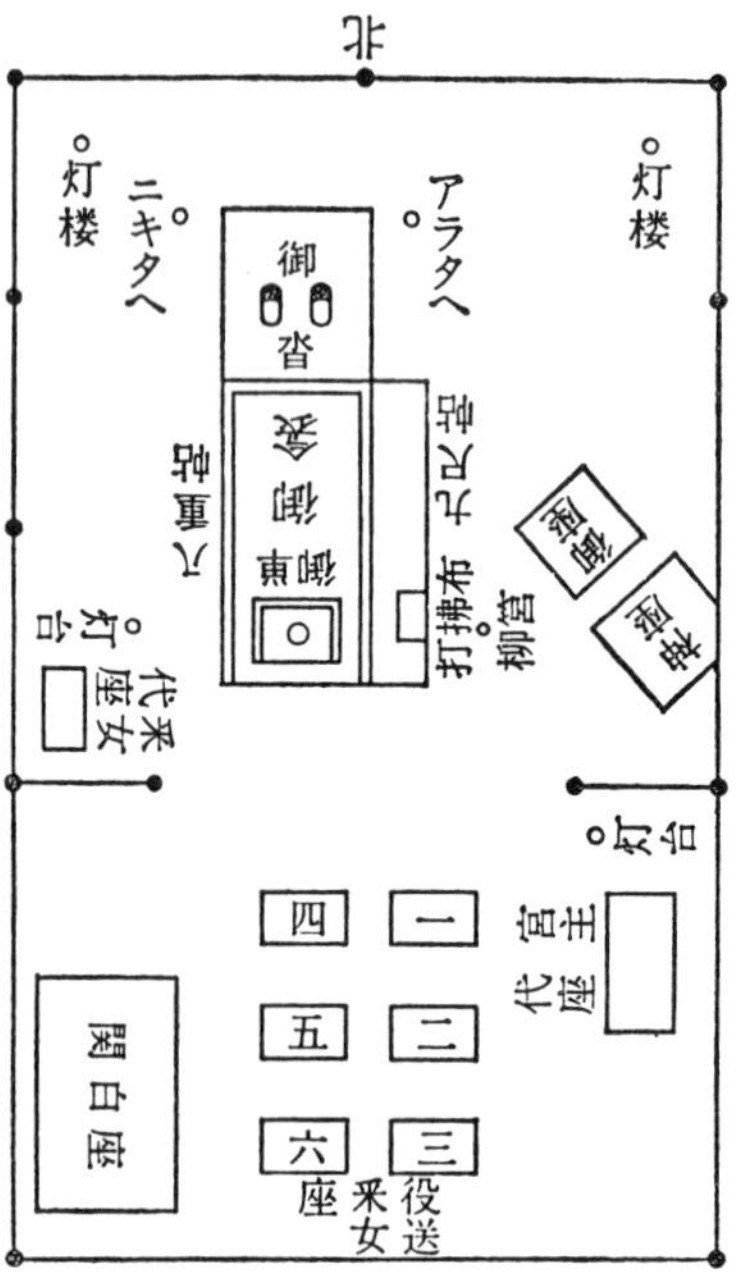

草葺を以てするのは、しかしユキ・スキ両殿にかぎらず、斎郡の斎場も、在京の斎場も、また廻立殿もみなそうなのだが、注目すべきは、これら殿舎が大嘗祭の度ごとに新たに造営され、既製のものを使わなかった点である。[2]これは歴史や時間を白紙にもどして原初の代つまり神代に復帰し、高天の原においてこの祭りが行われるという想定にたつものに他ならない。「高天の原に事始めて」と祝詞などでいっているように、日本の王権の始源は高天の原にあった。従って高天の原はたんに神々の住するところではなく、日本の王権の正統性がそこに由来する、一つの超絶的な他界であった。君主を創造する祭りである大嘗祭が高天の原で行われるゆえんである。

　さて嘗殿は、長さ四丈、広さ一丈六尺、北の三間を室とし、南の二間を堂とし、室の中央には神座が設けられた。式の規定に嘗殿の調度として衾《フスマ》、坂枕、畳などがあげられているのも、この神座の料である。装置から見て、

この神座が寝るためのものであるのはほぼ確かで、それについては何れ後ほどふれる。ところが、この中央の神座の巽《タツミ》にさらに半畳の小さな神座がおかれ、その北に半畳の御座、つまり王の座がおかれることになっていたらしい(3)。この小さい方の神座は天照大神の神座だと思う。前に引いた兼良の言に「天照おほん神をおろし奉りて」とあった。しかし、どの記録にも、嘗殿のなかで降神の儀が行われた様子は見えぬから、この言はにわかに信じがたい。むしろ神座じたいが天照大神であったと考えるべきではあるまいか。前述したように、ここは高天の原なのである。そして高天の原は天照大神の棲家であるから、この神はここにすでに現前しているわけで、したがって嘗殿に入ることにより、王は直ちに天照大神と共殿共床の関係に入ったと見ることができる。

ユキ殿の供膳は亥*の刻(夜十時)に行われる。高橋・安曇両氏が争ったのも、この行立の次第に関してである。その次第はしかし、大して重要でないので省略に従う。とにかくこの深夜に君主はユキ殿において天照大神と饗を共にする。大嘗祭祝詞にいわゆる「天都《アマツ》御食《ミケ》の長御食の遠御食」がこれである。或はそれは書紀一書の天孫降臨の条に見える天照大神の勅にいう「吾高天原《ニ》所御《キコシメス》斎庭《ユニハ》之《ノ》穂《イナホ》」でもある。つまり大嘗の稲穂を天照大神の寄さしのものとして共食するわけで、この共食を薦享ともいった。神に薦め、みずからも享ける意に他ならぬ。薦享の儀にあずかるのは采女で、その模様は江家次第がやや詳しく伝えるが、それによると王は、低頭拍手し称唯して飯の箸を執ったらしい。これは王が稲を聖なるものとして遇しているしるしである。古事記に宇迦之御魂《ウカノミタマ》神、書紀に倉稲魂《ウカノミタマ》命があり、大殿祭祝詞はこれを稲魂なりと注している。伊勢外宮の豊受もまた同類で、稲の霊である。王は嘗殿でこの聖なる稲を祖神と共食することによって、瑞穂の国の君主としての豊饒呪力を身につけようとしたのである。

ユキ殿の儀が終ると、王は廻立殿にもどり、そこで再び湯を使い、それからスキ殿に入御する。廻立殿とは立ちもどるのでついた名かもしれぬ。スキ殿はユキ殿の儀とまったく同じことをくりかえす。寅の一刻(午前四時)にスキの供膳が行われる。同じことを繰りかえすのは、効果が一そう強まると考えたからであろうが、それがたんなる繰りかえし以上の意味をもつことも既述した。それにしても、共食によってのみ瑞穂の国の君主としての資格が一挙に身につくとは思われぬ。なぜなら新しい資格は、たんに附加されたり附着したりするのではなく、古い身分が死んで新しい身分に生れ変るという変身の過程、つまり死と再生の姿をとるのが、昔の習いであったからだ。私は共食ということばを使ってきたが、カトリック臭くなるのをいとわぬとすれば、それは聖餐《サクラメント》といってもよかろう。宣長も「大嘗きこしめす」という語法から見て、「大嘗を、ただ神に供奉《マツリ》たまふことにのみ説《トキ》なすは、古への意にたがへり」「古へのは天皇の御自食《ミミヅカラキコシメ》すことを主《ムネ》と云り」[4]といっているが、確かに新穀を神に献ずるという観念は原始的でない。新穀そのものが神であり、それを食することによって王の体が呪力に充たされるとするのが古義であったと思う。

では、嘗殿の中央の、衾を以て覆われた神座は何か。前言したように、装置からいってこれは寐るためのものでしかありえない。[5] 王は、聖餐のあと衾にくるまりここに臥す所作をしたはずである。いろいろの点からそのことがほぼ間違いなく推測できる。なぜ神座と称するかというに、そのものがすなわち天照大神、またはそれと同格であるとされていたからであろう。そして、ここに臥すという所作を通じて彼は、天照大神じきじきの子となり、つまりは日本国の支配力をもつ君主として再誕するのである。巽の小さな神座は恐らく本来のものではなく、祖神を人格的に現前させようとの欲求にもとづいて、この中央の神座から分化するに至ったものと考えられる。

それが巽にあるのは、伊勢の方位が京都から巽に当っていることと関係があるはずである。

大嘗祭はいわゆる通過儀礼の一つの典型である。通過《パッサージュ》には幾つかの段階が仕切られる。物忌みも沐浴も聖餐もそういう段階の一つである。その最も決定的な段階が、この神座のなかでの生れ変りの所作であったと思う。祭式的通過の特色は、その前後において身分上の転換が死と再生の関係において劃される点にある。たとえば結婚であるが、性的関係があるということと結婚ということとは同義でない。性的関係が結婚にずるずるとつながるのではなく、結婚式によって以前にはなかった全く新しい身分が社会的に創造される。成年式もそうで、これは幼年者として死に、一人前の若者として再生する儀礼であった(6)。世界観としては、そこでは生と死が否定的に循環するわけで、生という直線のかなたに終りとして死があるのではなかった。これは季節の宇宙的循環という時間のなかに生きる古い共同体に固有な考えと見ることができる。天皇も、即位礼においてすでに位を継いではいるけれど、真に完全な日本国の君主として承認されるには、やはり大嘗祭というこの通過儀礼を経て生れ変らねばならなかった。

日本は瑞穂の国とよばれた。これは稲の豊かなみのりを呪的に予祝したことばだが、日本の君主の最重要な職能も、この稲の穂の豊饒をもたらすことにあった。そして彼は、稲の初穂を食するとともにこの嘗殿の神座に臥し、天照大神の子として生誕することにより、天皇としての資格を身につけるのである。ニニギの命、ひいては代々の天子のことをスメミマノミコト（皇御孫）という(7)。

ニニギの命が「天の石位《イハクラ》を離れ」（記）てこの国に降ってきたというイハクラも、大嘗宮の神座《カミクラ》を指すものにちがいない。イハクラは高天の原の岩石の玉座だといったような解釈が今以て行われているが、これは自然主義的俗解で、天の磐盾《イハタテ》、天の磐船、天の磐靫《ユギ》などの例に照らし、イハが呪言であることは確実である。天の岩屋戸にしても、実際の岩窟ではない。天の岩屋戸の本体はヤドであり、やはり大嘗宮を下地にした表象であると考えられる。(8) 普通、岩屋がくれと称されているが、記紀ともに「かくる」といわずに「こもる」と表現しているのに注目すべきである。「こもる」は外界との関係を遮断することであり、今でもオコモリとか参籠とか使われているが、こうした語感を「かくる」は全く持っていない。ただの岩窟なら「かくる」でいい。しかし大嘗宮ならどうしても「こもる」でなければおかしい。王は今や大嘗宮にさしこもり、再生、復活の秘儀をこの神座《カミクラ》で演ずるわけで、即位を宣する高御座《カタミクラ》も、高天の原の神座《カミクラ》を地上にもってきたものであろう。

この間の消息をはっきりさせるには、記紀の天孫降臨神話と結びつけて考える必要がある。天孫降臨の話には、この大嘗宮での右のような演出の影が濃く落ちており、したがってたんに話として読むだけでは充分でない。だが神話の考察は別途にゆずるとし、ここでは祭式の解明に必要なかぎりで神話を一方的に利用するにとどめる。まず、タカミムスヒの命がニニギの命を真床覆衾《マドコオフスマ》で覆って高千穂の峯に降らせた、という記事が神代紀にあるが、古来注釈家を悩ませたこの真床覆衾なるものが、大嘗宮の神座を覆う衾に関連していることは疑う余地がない。(9) すなわち、神座の衾で君主たらんとするものが身を覆う所作があったのがもとで、右のごとき伝承は生じたのであり、その逆ではない。ホノニニギの命すなわち皇孫《スメミマ》がこの国に君主として降臨するという話も、大嘗祭において新しい君主が誕生することとぴったり見あっている。

それにしても、衾で身を覆う所作とは何を意味するか。結論的にいえばそれは、子宮の羊膜に包まれた胎児の状態にもどり、新しい子として誕生しようとする模擬行為であったと思う。カグヤ姫や桃太郎のごとき神の子の誕生のしかたも参考になるが、何よりいい証拠は、古事記と書紀一書において、最初の君主であるニニギの命が生れたての嬰児としてこの国に降ってきたと語られている点である。降臨の段以外で二度ほど使われている真床覆衾なることばが、やはり嬰児との関連を見せている点も見のがせない。大嘗祭はいわば天子のミアレ行事であったが、誕生には生物学的誕生と社会学的誕生とがある。父性にも生物学的なものと社会学的なものとがある。この両面がミアレの祭式的行為で合一するのはきわめて当然といえよう。社会学的誕生が生物学的誕生を象徴的に模倣するのだ。そしてここに、日本国を支配すべきスメミマノミコトという新しい社会的肉体が誕生する。

　この神座について、今一つ確実な証拠は天稚《ワカ》彦の話である。彼は高天の原から三人目の使者として葦原の中つ国に遣わされたが、この国に居ついてしまい復命しなかった。この天稚彦がタカミムスヒの投げ返した矢に胸をつかれて死んだのは、「新嘗して休臥《フ》せる時」(紀)であった。新嘗のときなぜ臥さねばならないか。これを解くのは古事記に「天の若日子が胡床《アグラ》に寐ねし高胸坂に中《アタ》りて死にき」とある一句である。この「胡床」を最近の本は多く「朝床」と訓み改めているが、[10] それではまるで意味をなすまい。これは、全体の意味や文脈を無視し、部分だけしか見ない文献学者のよくおちこむ穽である。日本書紀との対応から見ても、ここは絶対に「胡床」でなければならぬと思う。そしてそのアグラは、すでに江戸の国学者が気づいていたように、大嘗宮の神座《カミクラ》のことであった。[11] つまり、この神座で死の擬態が演じられた印象がこういう話を生み出したわけで、「高胸坂」という特殊ないいかたも、あるいは神座の坂枕にひかれて出てきたのかもしれない。さらにこのあと、天稚彦の喪を弔いにきたアヂシキタカヒコネの神を見て、天稚彦の父や妻は稚彦が生き返ったのだと思い、「吾が君は猶在《マ》しましけり」といってその手足にとりついたという話が続くのだが、ここにもやはり神座において死んで再生した印象がつきまとっている。天稚（若）彦という名も、復活してくる若者の名にふさわしいし、彼の父は天津国魂《アマツクニタマ》とあるから、いよいよ以てこのへんには成年式＝即位式の記憶が残留しているといえる。

しかし天稚彦は、話の上では高天の原の命に服さず殺されたことになっている。これがどういう意味をもつかは興味ある問題だが、今はふれない。神座において再生を完うし、真に君主として天降るのはニニギの命であった。ニニギの命の本名は、天《アメ》ニギシ国ニギシ天《アマ》ツ彦ホノニニギというのであり、すこぶる霊験あらたかな名であるが、これが、個性的な名ではなく、むしろ普通名詞であり、稲穂のにぎにぎしからんことを呪的にほめた名であることは明白である。そういう意味で、世々の天皇はみなホノニニギの命であり、新たなホノニニギの命として初代のホノニニギの命を大嘗宮で再演するのである。つまり、たんに次々に位を受け継ぐのではなく、高天の原直伝の君主として、それぞれ新規に瑞穂の国に降臨する。(12) 大嘗祭の秘儀が祖神天照大神との共殿共床の形で行われるのも、このことを示す。かくして、ホノニニギの命がミヅホの国のタカチホの峯に降臨するという神話の基礎をなすのが大嘗祭に他ならないゆえんを知ることができる。古事記の一節を引用しておく。

故れ爾《ココ》に天津日子番能邇邇芸《ホノニニギノ》命、天之石位《イハクラ》を離れ、天之八重多那《アメノヤヘタナ》雲を押し分けて、いつのちわきちわきて、天《アメノ》浮橋にうきじまり、そりたたして、竺紫《ツクシノ》日向之高千穂之久士布流多気《クシフルタケ》に天降《アモ》り坐《マ》しき。

ここに見られる文勢は、大嘗祭の秘儀とその雰囲気を背景にしなければ、充分には理解されないだろう。「いつのちわきちわきて」は、たんに堂々と道をかきわける意ではなく、警蹕の所であるからこうした表現を取ったものと思われる。(13)「天浮橋にうきじまり、そりたたして」は意味不明とされるが、「そりたたして」は「反《ソ》り立たして」であり、「うきじまり」も複合動詞で、やはり何かの動作をあらわしたことばであるはずである。もしそうだとすれば、それは秘儀を終えて大嘗宮の外にやおら踏み出て行く天皇の所作に関するものと見てほぼまちがいあるまい。彼がスキ殿を出て廻立殿にもどるのは、卯の刻（午前六時）であった。冬至に近い季節の太陽が、ちょうど東天に白むころおいで、つまり、このとき彼はニニギの命として日向の高千穂の峯に降るのである。それは新しい春の到来であるとともに新しい代の開けたことをも意味した。

高天の原は遠くて近い世界であった。天上にあるという点では遠いけれど、この国土にたやすく降りて来れるという意味では近かった。人間から見た場合、古代の神とはそのように遠くて近いという属性をもっていたといえるだろう。

（1）『御代始抄』。

（2）大嘗宮造営の場所は一定しなかった。「倭の、この高市《タケチ》に、小高る、市の高処《ツカサ》、新嘗屋に、生ひ立てる、云々」の歌が古事記にある。しかし既成の殿舎を用いた例もある。たとえば淳和天皇の代には、「大嘗頻御、天下騒動、人民多弊」というので、宮内省をユキ殿、中務省をスキ殿にあてた（類聚国史）。

（3）「神座巽角又供二神座一、半帖一枚向レ巽也。其北敷二御座半帖一枚一」（『兵範記』仁安元年）。この神座のことについては出雲路通次郎「大嘗祭の御調度」（雑誌「中央史壇」第十四巻六号）、川出清彦「新嘗祭神膳のことについて」（『新嘗の研究』所収）が詳しい。

（4）『江家次第抄』に「中和院神今食。新儀式曰、内侍率二縫司等一供二寝具ヲ於神座上一」とあり、その細注に「内裡式云、縫殿寮供寝具、天皇御レ之者」とある。川出氏前掲論文参照。

（5）『古事記伝』。

（6）君主の即位式は成年式を原型とし、それを宮廷的に洗練したものであった。その点については『古事記の世界』参照。

（7）「みまは聖躬の義で、宮廷第一人なる御方の御身——即威霊《マナ》の寓るべき御肉身——の義であった。」（折口信夫『古代研究』）という。これは私の考えにすこぶる好都合な説であるが、果して問屋がそうおろしてくれるかどうか不安がなくもない。四時祭式に「御體」を「於保美麻」とあるのは大御身《ミミ》の転で、スメミマはやはりスメミオヤ（皇祖）に対するスメミマ（皇孫）であろう。

（8）天之石位につき、宣長は「ただ高天原なる大殿にて、此《ノ》尊（ニニギ）の坐々御《マシマスミ》座《クラ》を云なり」（古事記伝）といい、天の石屋戸についても「必しも実の岩窟《イハヤ》には非じ、石《イハ》とはただ堅固《カタキ》を云るにて、……ただ尋常の殿をかく云るなるべし」（同）といっている。これにたいし、イハクラにつき「高天の原なる岩石の御座」（日本古典文学大系）、「山上にある神籠石のようなものを暗示する」（日本古典全書）、石屋戸につき「岩窟と見るべきである」（大系）、「岩屋の戸」（全書）と最近の注釈書がいっているのは、明らかに後退である。ここには古事記研究の方法の問題があるといえる。

（9）この意味を最初に考えようとしたのは、折口信夫「大嘗祭の本義」という論文である。その紹介ならびに批判を私は「古代王権の神話と祭式」（『詩の発生』所収）で行っているので参照を乞う。

（10）日本古典文学大系、日本古典全書等、みな「朝床」に訓み改めている。しかし朝寝するというなら別だが、朝床に寐るという日本語が果してありうるだろうか。なお、全書の日本書紀の「新嘗して休臥せる」の頭注は、「新穀で神を祭り、これを食して寐ていたのである」としている。注（8）でふれたと同様、ここにも方法の問題がある。

（11）鈴木重胤『日本書紀伝』参照。

（12）人麿の日並皇子の殯宮のときの歌にもこの考えが示されている。「天照らす、日女《ヒルメ》の命、天をば、知らしめすと、葦原の、瑞穂の国を、天地の、寄り合ひの極《キハミ》、知らしめす、神の命と、天雲の、八重かき別きて、神下し、坐せまつりし、高知らす、日の皇子は、飛ぶ鳥の、浄《キヨミ》の宮に、神ながら、太敷きまして、……」（万葉集・巻二・一六七）。また、これは遷都の問題ともかかわるのではないかと思う。奈良の都ができるまでは、天子の代ごとに都を遷すのがならいで、それは死を忌むためと従来説明されてきているが、果してそうであろうか。本文でいったごとき王権の論理にもとづき、代がわりごとに新しい都が必要とされたとも考えることができる。

(13)　「稜威道別道別者、警蹕払二御前一謂也」（口訣）。重胤『日本書紀伝』がこれを生かしている。

〔十〕鎮魂祭

ここで鎮魂祭のことに、ごく簡単にでもふれておかねばなるまい。鎮魂祭は大嘗（新嘗）祭の前日、つまり十一月の中の寅の日に行われることになっていた。この日付けから見てもそれは明らかに大嘗と一続きをなす祭りであった[1]。鎮魂、これはタマシヅメとよむ。令義解は鎮魂祭の条に「招二遊離之運魂一鎮二身体之中府一」と注している。しかしタマフリと呼ぶ方が古く、魂を振り動かして更新する意であったらしい。

多くの民族にあって魂は複数で、いろんな種類の魂があったとされる。令集解にも人の陽気を魂、陰気を魄とする中国流の考えを持ってきて鎮魂を説明している。が、果して日本にどういう種類の魂があり、それらがどういう関係にあったかは、まだほとんど研究されていない。ただ、多くの原始民族の例から見て、日本においても、古くは魂は一種の実体であり、それは定期的に更新されねばならぬとされていたのは確かで、タマフリの由来もそこにあるといえる。これをタマシヅメと呼んだのは、身体と魂の二元論が発生し、魂が身体からふらふらと脱出するという事態がしきりに経験されるようになった以後のことであろう[2]。

さて、鎮魂祭の一端は、平安朝の記録類によってうかがい知ることができる。それらによると、巫女が宇気槽《ウケフネ》を踏んでその上に立ち、桙で以てその槽を十回突く。その間、女官が天子の御衣箱を開き、これを振り動かす。そして猨女もこの祭りで歌舞したとある。誰しも直ちに、天の岩屋戸の前で猨女の祖アメノウズメの命が、「汙気《ウケ》伏せて踏みとどろこし、神懸りして、胸乳を掛き出で、裳緒《モヒモ》を番登《ホト》におし垂れ」て踊ったという記紀の話を連想する。紛れもなくウズメの狂おしい神態は、天照大神の魂に活を入れ、あるいはそれを更新し呼びもどそうとするものであった。こういった原始的狂態は、平安朝の記録からはもううかがえなくなっているが、それにしても衣箱を振動させるという点が注目される。衣は天皇の体＝魂の象徴に他ならない。魂が更新されねばならなかったのは、このようにそれが実体であり、その力に盛衰や増減があると考えていたからであろう。経過は省略するが、少くとも祝詞に出てくるタカミムスヒ、カミムスヒは、この魂の力が純化された神であるという側面をもっている。そして鎮魂祭においても、神魂《カミムスヒ》、高御魂《タカミムスヒ》、生魂《イクムスヒ》、足魂《タルムスヒ》、魂留魂《タマツメムスヒ》、大宮女、御膳魂《ミケツタマ》、辞代主の八神と大直《オホナホビ》神とが祭られた。これがいわゆる神祇官の八神だが、生産力が純化し、魂と深い関係を持つに至った消息を知ることができる。

このように鎮魂祭は大嘗（新嘗）祭の一部であり、君主の魂をきりかえ、その力を増殖させようとするものであった。

（1）式に「凡ソ十一月中ノ寅ノ日以前ニ、内外ノ庶事整斎已ニ畢ル。」の細注として「御魂ヲ鏡ムルコト一ニ尋常ニ同ジ」とある。

（2）これらについては拙稿「鎮魂論」（『詩の発生』所収）並びに「稗田阿礼」（本書所収）参照。

〔十一〕隼人

嘗殿での秘儀が進行している間、その庭前では何が行われたか。本文を示せば次の通りである。

悠紀（主基）ノ嘗殿ニ御シタマヘバ、小斎《ヲミ》ノ群官各其ノ座ニ就ク。訖リテ伴、佐伯氏各二人、大嘗宮ノ南門ヲ開キ、衛門府、朝堂院ノ南門ヲ開ク。宮内《クナイ》ノ官人、吉野ノ国栖《クズ》十二人、楢笛工《ナラノフエフキ》十二人ヲ引キテ朝堂院ノ東ノ掖《ワキ》門ヨリ入リ、位ニ就キテ古風ヲ奏ス。悠紀国司、歌人ヲ引キテ、同門ヨリ入リ、位ニ就キテ国風ヲ奏ス。伴宿禰、佐伯宿禰一人、各語部《カタリベ》十五ヲ引キテ、東西ノ掖門ヨリ入リ、位ニ就キテ古詞《フルゴト》ヲ奏ス。皇太子、東南ノ掖門ヨリ入リ、諸親王ハ西門ヨリ入リ、大臣以下五位以上ハ南門ヨリ入リ、並《ミナ》幄下ノ座ニ就ク。六位以下ハ暉《キ》章、修式ノ二堂ノ後ニ在リテ、次ニ依リ列立ス。群官初メテ入ルトキ、隼人声ヲ発シ、立チ定リテ乃チ止ム。楯ノ前ニ進ミテ、手ヲ拍チ、歌舞ス。五位以上共ニ起チ、中庭ノ版位《ヘンニ》ニ就キ、跪キテ手ヲ拍ツコト四度、度別《タビゴト》ニ八遍。（神語ニイハユル八開手《ヤヒラデ》、是ナリ）六位以下相承ケテ手ヲ拍ツコト亦カクノ如シ。

平安朝の宮廷儀式がいかに荘厳化・肥大化していたかを知るよすがとも思い、煩をいとわず引用した。

私は最初、大嘗祭を一つの劇として見るといったが、右の場面でそれは最高潮に達する。深夜の暗闇のなかに「八百万の神」たちが集まり、かすかな庭燎に照らされながら、さまざまな象徴行為を演じている。前にふれたところの、中臣、忌部、猨女らが、嘗殿に出入りする天子の左右に前行するのも、また車持、子部、笠取氏らが菅蓋とその綱を執るのも、また高橋、安曇両氏により、献饌の行立が行われるのも、すべてこの時である。主役はむろん天皇である。稲穂と天照大神も見のがせぬが、群官が跪拝四度、ヤヒラデを拍つのは——これはつまり合計三十二回の拍手になる——嘗殿のなかでアキツ神としてまさに誕生した天子に対するものである。

さてこの部分には、肥大化にもかかわらず、相当重要な事項が織りこまれている。すなわち、吉野の国栖が古風を奏すること、ユキ・スキ両国の歌人が国風を奏すること、語部が古詞を奏すること、隼人が声を発し、また歌舞すること等である。まず隼人のことを取りあげる。

声を発すというのは、犬のようにほえるのである。それもただワンワンとやるのではなく、一定のやりかたがあったことは、隼人式の次の記事によって知りうる。「凡今来隼人、令ニ大衣習ニレ吠。左発ニ本声一、右発ニ末声一。惣大声十遍、小声一遍。訖一人更発ニ細声二遍一。」隼人は宮廷の隷属民で、畿内に移住せしめられていた。大衣は恐らく大兄で、畿内の譜第のものがこれに当り、新参の隼人に犬声を教えたのである。左は大隅、右は阿多の隼人をさす。犬声といえど儀式の一部であるから様式があるのは当然である。隼人は天子の遠幸にも木綿鬘をつけて従い、「其駕経ニ国界及山川道路之曲一、今来隼人為レ吠」（同）とある。恐らくこの蛮族の発声に悪霊をはらう力があると考えられていたのだろう。しかも大嘗祭では百余人の隼人がこれを発するのだから、その印象たるやきわめて強烈なものがあったと思う。こういえば、いかにも隷属民らしい卑しい職掌にきこえるが、忌部氏や高橋氏について前に述べたことがここにもやはり通用するわけで、隼人にしてみれば、犬声を誇るべき忠誠心の表示と感じていたにちがいない。隼人は賤民ではなかった。

彼らはまた歌舞をも教習した。隼人式には、弾琴二人、吹笛二人、百子《ビヤクシ》撃《ウチ》四人、拍手二人、歌二人、舞二人となっている。百子はビンザサラのごとき楽器だが、地方色があったと思われる。さて大嘗祭でのこの犬吠と歌舞の実演に対応するのが、いうまでもなく神代のホデリの命（海幸彦）とホヲリの命（山幸彦）の話で、記紀ともに、前者が後者の「俳優《ワザヲキ》の民」となりそれが今に至るまで続いているという縁起譚としてこの話をかたっている。神話は時間の晴着をきせて大嘗祭におけるこの実習のいわれを説いたものであろう。かくして宮廷に対する隼人の忠誠は、神代伝来のものとして永遠化される。(1)

私は大嘗祭と天孫降臨の話をずっと二重写しにとらえてきたが、この方法が見当外れでないことは、隼人の場合に徴してもわかる。瑞穂の国の新しい君主が創造さるべき大嘗宮の門前で隼人が現に歌舞を奏しつつあるという祭式を考慮せずには、なぜ降臨が所もあろうに隼人の棲む南九州という辺境の地になされたかを理解することは到底できないだろう。奈良朝になっても、いわゆる「王化」にまだ充分にはまつろわず、反乱を起すことさえあったこの隼人の印象は、それほど強烈でもあり異様でもあったわけだ。すなわち、隼人は「王化」にもっとも遠い存在であるが故に、神話的には逆にもっとも近いものとしてかたられねばならなかった。(2) 記紀の系譜でも、隼人の祖はニニギの命の子ホデリの命、またはホスセリの命だとされているが、神話や系譜をそのように方向づけ位置づけたことと大嘗祭とは無縁でない。もろもろの部分を統合する王権という秩序を象徴的に更新し確認させようとする大嘗祭の政治的意義が一ばん後まで現実的に働いたのは、隼人との関係であったといえるかもしれない。

(1) 隼人式に、「凡威儀所レ須、横刀一百九十口、楯一百八十枚」とあり、その楯の細注に、「枚別長五尺、広一尺八寸、厚一寸。頭編二著馬髪一、以二赤白土墨一画二鈎形一」とある。これは明らかに海幸・山幸の話に出てくるハリを型どった考案であろう。隼人の楯は平城京址からも出土している。

(2) 「神武天皇東征の道は隼人の畿内への輪番の道であった」(岡崎敬「日本考古学の方法」、『古代の日本』9)という指摘は重大である。なお隼人については乙益重隆「熊襲・隼人のクニ」、井上辰雄「隼人と宮廷」(『古代の日本』3)参照。

〔十二〕語部

稗田阿礼は宮廷の語部で古事記を暗誦した、という伝説を信じる人は、今ではもうよほど減ってきている。文献に即した実証的な追求が進むにつれ、かつて大写しにされていた語部の姿は、あえなくしぼんでいった。事実、語部なるものが公の記録に顔を出すのは、儀式と式の大嘗祭の条だけで、しかも、「語部ハ美濃八人、丹波二人、丹後二人、但馬七人、因幡三人、出雲四人、淡路二人」という期待外れな（？）形で出てくる。

語部とある以上、それは部民であり、それらが大嘗祭にさいし以上の国々から召集されたと見る他ない。式には語部と並んで物部、門《カド》部の召集のことを記しており、門部は「左右京各二人、大和国八人、山城三人、伊勢二人、紀伊一人」とある。津田左右吉のすでに説くごとく、これら門部が門を守るのを職業にしていたはずがないのと同様、右の語部が「かたり」を職とするものであったはずもない(1)。多分、彼らは農民であった。そして部民制の構造からいって、当然、これら地方部民をひきいるトモノミヤツコが中央にいたとしなければならない。天武紀十二年に三十八氏に連の姓を賜うとあるなかに門部直、語造《ミヤツコ》がいるのが、つまりそれぞれ門部と語部のトモノミヤツコであったに違いない。この語連はしかし、ここに一回出てくるのみで、その後の消息が不明である。ただ姓氏録右京神別に「天語連、県犬養宿禰同祖」とあり、続紀に「少初位上朝妻手人竜麻呂賜二海語連姓一除二雑戸号一」（養老三年十一月）という記事のあるのが僅かな手がかりになる位である。語連と海語連は二流とも考えられるが、いちおう同系と見ておく。出雲風土記の意宇郡安来郷の条の著名な語臣猪麻呂は、臣姓であることからして、出雲地方に棲む語部を統率する家柄の一人であったと見ることができる。事実、出雲には語部を名のるものが相当多くいた(2)。

このようにたどってくると、地方の語部という部民から中央のトモノミヤツコである語連へとつらなる階層的体系が、ややはっきりつかめてくる。第七節で、阿波国忌部――つまり忌部氏の地方部民――が大嘗祭にさいしさまざまの献物をすることにふれたが、式によるとその阿波国忌部五人は中央の忌部氏の指揮下にこの祭りに参加している。それと同じように、地方の語部たちも語連にひきいられてこの祭りに臨んだはずである。ところが前節に引いた式の本文では、大伴氏、佐伯氏が語部をひきいて入ってくるとある。これは、中央の語連の家がすでに断絶していたためではなかろうか。その一つの証左となるのが、実はさきほど引用した続紀の一節である。というのは、海語連の姓を賜わった朝妻手人竜麻呂なるものは、帰化族であったらしいからである。手人は工人である。雑戸卑人であったのも手人という身分と関係があろう。そして朝妻については姓氏録大和諸蕃に朝妻造が見える。恐らく竜麻呂も従来はこの下にあったと思われる。[3]それが養老三年に海語連の姓を賜わった。どういう経緯か知るよしもないが、これは海語連がたんなる氏の名になっていたこと、あるいは語連家の語部のトモノミヤツコとしての職掌はすでに廃絶に帰していたことを暗示するものといえるはずである。猨女などもそうだが、旧族にして世の移り変りにたえられず退転した家々は相当多かっただろう。

　ところで語部が「古詞《フルゴト》ヲ奏ス」とはどういうことか。よく引きあいに出される記事は、北山抄や江家次第の「其音似レ祝《ノリト》、又渉二哥声一、出雲美濃但馬語部各奏レ之」である。古詞は純粋の歌ではなく祝詞に似た語りごとであり、高調部では歌曲に渉ったことが知られる。もっとも、こういう平安朝の記事をどこまで往古に及ぼしうるか、何ともいえない。しかし大嘗祭の上述のごとき性格からいって、語部の果した役が何らかの形で古事記のなかに痕跡を留めているはずだと予想することは許される。現に吉野の国栖は語部と同席で「古風」を奏したが、その国栖の歌曲は記紀にちゃんと残っており、前に言及した、「白檮《カシ》の生《フ》に、横臼《ヨクス》を作り、横臼に、醸みし大御酒、甘らに、聞こし以ち食《ヲ》せ、まろが父《チ》」がそれであるから、語部の「かたり」もほぼこの線に沿って考えることができる。神語《カムガタリ》と呼ばれる、ヤチホコの命を中心とした一連の歌、また天語《アマガタリ》歌と呼ばれる雄略記の三首がそうだと見る説がある。(4)それらの歌が何れも「事の、語りごとも、こをば」とうたいおさめているのは、語部の口つきかもしれないし、またそこには構成上純粋の歌とはややちがう点もある。(5)ヤチホコの命の話が出雲のこととなっているのは、出雲から出た語部の口にかかったものかもしれず、また天語歌三首のうち「新嘗屋」を扱ったのが二首あるのも、大嘗祭とのつながりを見せている。

天武四年紀に、大和、河内等十三ヵ国に勅し、百姓の能く歌う男女を選んで貢上せしめたことがある。雅楽寮の歌人・歌女に充てたのであろうが、まだ生活の一部として歌が生きていた当時では、百姓のなかに国ぶりの歌を能くするものが多かったに相違ない。とはいっても、祭式との関係からすれば、のど自慢とはちがい、それらは家々に伝習される形をとることが多かったはずで、ユキ・スキの歌人・歌女もかくして選ばれたのであろう。少くとも語部で大嘗祭に出てくる家は固定し、家のほまれとして古詞が伝習されていたと考えていい。ただ、神語も天語歌も歌詞から見ると豊《トヨ》の明《アカ》り、つまり大嘗祭の饗宴の席で演じられたものであって、嘗殿の前で奏される「古詞」という趣が感じられない点に問題が残る。もしかしたら「古詞」は伝わらずに滅び、宴席で演じられたものだけが伝わったのかもしれぬ。それとも、神語や天語歌をまさに「古詞」として受けとっていいのだろうか。そのへんのことはどうもよく分らない。

語部のことは以上で終るが、何れにせよ古事記を語部が暗誦していたとするロマンチックな考えが成りたたないのは明らかである。そうかといって、たんなる文献主義では古事記の成立の謎は解けないだろう。その若干を私は、天孫降臨や隼人等のことを扱った節で方法的に暗示したつもりだが、古事記の成立論そのものは本稿とはあまりかかわりがないので省略する。

(1) 津田左右吉「上代の部の研究」。
(2) 正倉院文書、天平六年の出雲国計会帳、同十一年の賑給歴名帳に語部某々の名が多く見える。また後者に語部首なる姓が見えるから、風土記の語臣の外にも地方的首長のいたことが推測される。また出雲以外では、美濃、尾張、阿波、遠江、備中などにも語部のいたことを示す資料を『姓氏家系辞書』はあげている。
(3) 続紀に「詔、除二春宮坊少属少初位上朝妻金作大歳、同族河麻呂二人、並男女、雑戸籍一、賜二大歳池上君姓、河麻呂二河合君姓一」(養老四年)とあり、この族のものがこのころ新しい姓をもらって雑戸を除かれていた消息を知ることができるが、竜麻呂もまた同類と思われる。
(4) この説を最初にとなえたのは、多分、鈴木重胤『祝詞講義』であるが、それを分析的に示したのは津田左右吉『日本上代史研究』である。倉野憲司『日本文学史』(第三巻)の叙述も、だいたい津田説を踏襲している。
(5) 「普通の歌曲に於いて屢々見る如きハヤシやくりかへしの記されてゐるものが無い」、「長歌は短歌の如く其の結末に長句、それは概ね七音の句を二つ重ねることになつてゐるが、語りごとには一つも其の例の無いこと」が、津田前掲書で指摘されている。

〔十三〕神器

卯の日のことがすむと大嘗宮は直ちにとりこわされ、ここに舞台は一転して、以下地上の行事となる。つまり新たな君主が誕生し、彼はこの葦原の中つ国に降臨するのであり、中臣・忌部らいわゆる「五伴緒」もそれにつき従って降ってくる。そして翌辰の日には豊楽《ブラク》殿でユキの節会、巳の日にはスキの節会となる。この辰の日のことでもっとも重大なのは、中臣が天神《アマツカミ》の寿詞《ヨゴト》を奏し、忌部が神璽の鏡剣を天子に捧げる儀である。同じことが即位礼でも一時行われた。(1) 前にいったように、即位礼は大嘗祭の分化であるから、これもその一部を写したものと思われる。

鏡、剣、玉はいわゆる三種の神器だが、神器はつまり regalia で、王権や酋長制に固有な呪物である。そしてその種類は、文化や文明に応じて実に多種多様で、棒とか、斧とか、扇とか、羽とか、鼎とか、傘とか、動物の皮とか、指輪とか、腕輪とか、冠とか、前王の骨とか歯とか、髪の毛とか爪とか、等々、世界中のそれらをかき集めたら、むくつけきこと、『マクベス』に出てくる魔女の釜の中味に匹敵するだろう。その点、鏡、剣、玉というのは、文明の、したがってまた支配・被支配関係のかなり進んだ社会の選択ではないかと思われる。ここではしかし、この三種がなぜ選ばれたかではなく、(2) それらがいかなる意味を総体としてもつものであったかを、簡単にこれまでの文脈に即し考えてみる。

呪器が大切とされるのは、そのものとしてではなく、それが先祖伝来のものであり、祖先を物的に象徴するからである。大嘗祭でこの呪器が新しい君主にわたるのも、彼が先祖と合一し、それによってその継承を正統化するためであった。嘗殿の秘儀がすでに先祖との合一を意味したが、これはそれを目に見える形に儀式化したものといえる。同族的組織にもとづく相続は、呪器のあるなしにかかわらず、多かれ少かれこのような形式をとるであろう。前述したように、宮廷の祭式を分掌する諸の氏はその役を神代以来、つまり先祖このかたのものと考えていたが、先祖伝来ということはそれら職掌にとって欠くことのできぬ大事な部分であった。地方の首長職の場合も同じであったと見るべく、律令時代になっても郡司はたいてい譜第のものが任じられた。天皇なる職においてこの先祖伝来ということを象徴する呪物が三種の神器であったに他ならぬ。

神器のことが天孫降臨の条の一節として語られているのには、だから深いいわれがある。古事記では、「此之鏡者、専為二我御魂《タマ》一而、如レ拝二吾前一、伊都岐奉《イツキマツレ》」と天照大神はニニギの命に勅し、書紀一書では、「是時天照大神、手持二宝鏡一、授二天忍穂耳尊一而祝《ホギテ》之曰、吾児視二此宝鏡一、当レ猶レ視レ吾、可三与同レ床共レ殿以為二斎鏡《イハヒノ》一」となっている。それは祖先の霊であり、その霊威を所有することによって始めて君主の正統性は保証されたのである。そしてここでも、新たな君主の創造される大嘗祭が記紀神話を照射している側面のあることを知りうる。

神器については、もっと考えねばならぬ問題がある。なかんずく、いわゆる同床共殿をはばかり崇神朝に鏡剣を倭の笠縫邑に遷し皇女豊鍬入姫命に祭らせ、次いで垂仁天皇のとき皇女倭姫命をしてさらにこれを伊勢の五十鈴川のほとりに遷して祭らせたという話には相当重大な意味があるはずだが、(3)今はふれずにおく。

(1)　持統紀四年春正月の条に「物部麻呂朝臣、樹二大盾一、神祇伯中臣大嶋朝臣、読二天神寿詞一。畢、忌部宿禰色夫知《シコフチ》、奉二上神璽剣鏡於皇后一、皇后即天皇位」とある。忌部氏はこれを古語拾遺で神武天皇のとき以来のこととしている。しかしこの儀を即位式で行うことはやがて廃されたらしく、貞観儀式にそのことがすでに見えていない。

(2)　これらが選ばれた由来は、むろんよくは分らないが、そのそれぞれの意味については近く別途に考えたいと思っているし、ここの主題ともかかわらないので省略する。

(3)　「稗田阿礼」(本書所収)参照。

〔十四〕天神の寿詞

天神《アマツカミ》の寿詞《ヨゴト》とは中臣寿詞のことである。この寿詞は周知のように宇治左大臣頼長の『台記』の元治元年の大嘗会の別記に記し留められたのが世に出たのである。果してどこまで古い姿を伝えているか疑問なくもないが、とくに新たに考案されたものとも思えないので、やはり由緒ある古伝と見ておく。

その内容は、天皇の「御膳《ミケ》つ水」、つまり酒や飯に用いる水は、この国土の水に「天つ水」を加えて用いる、その「天つ水」を中臣氏の遠祖が求めた来歴を語る部分が中心になっている。御膳の水にかんする所伝は記紀その他に若干例がある。大嘗祭にさいしても在京斎場の設営のなかに、「其ノ井二処。トシ訖リテ御井ハ造酒児始メテ掘ル。造酒児ノ井ハ稲実卜部始メテ掘ル」という一項が式には規定されている。ところが中臣氏がこの水のことに与っている様子が見えない。これは、かつて中臣の司るところであったのが、中臣の神祇官人としての地位の向上にともない消え、古伝としてのみ残ったのだろうか。

天神の寿詞ということばは他にも一度使われている。姓氏録、右京神別下、丹比《タヂヒ》宿禰の条に「云々、御殿宿禰ノ男色鳴《シコメ》、大鷦鷯天皇（仁徳）御世、皇子瑞歯別尊（反正天皇）、誕二生淡路宮一之時、淡路瑞井ノ水ヲ奉レ灌二御湯一。于レ時虎杖《ヒノ》花飛二入御湯瓫《ホトギ》中一。色鳴宿禰称二天神寿詞一、奉レ号曰二多治比瑞歯別命一。乃定二丹治比部於諸国一、為二皇子湯沐邑一、即以二色鳴一為レ宰。云々」とある。これは紀にもある話で、名代部の起源説話である。この話をもとに、天神の寿詞は皇子誕生のときにそれを産育する家々でとなえたもので、中臣の天神の寿詞も天子が湯を使うときとなえられたものとする説も出されているようだが[1]、これは逸脱である。皇子が生れたからといって必ずしも天皇になるとはかぎらないのだから、天神の寿詞などととらえられるはずがない。この姓氏録の一節を反正紀と読み比べれば分るが、それはただ名をたたえて多治比云々と称したということを大げさに天神寿詞といったまでで、つまり、おのれの先祖に箔をつけるためこのことばを持ちこんだのである。それも天皇の名代部であったからこそ成りたったわけで、とにかくこの話をもとに中臣の場合を推すのは本末顚倒である。また、産湯の水が御饌の水になったりするのは、伝承の論理としてありそうもない。

神祇令の「凡践祚之日、中臣奏㆓天神之寿詞㆒」の義解には、「謂以㆓神代之古事㆒為㆓万寿之宝詞㆒」とある。むろん、天神のとなえた寿詞の意ではない。寿詞は下から上に申すもので、中臣は跪いてこれをとなえ、そのときは群臣も共に跪いたのである。出雲国造神賀詞《カムヨゴト》に、「天津《アマツ》次《ツギテ》の神賀《カムホギ》の吉詞《ヨゴト》」という句が見える。天神の寿詞も、神代すなわち高天の原伝来のわが聖職の縁起を申しのべ、それによって新しい代を常磐堅磐にことほぐということであったと思う。出雲国造カムヨゴトと対比させれば、「天神寿詞」も「天つ神のヨゴト」ではなく、もとは「天つカムヨゴト」といったかもしれぬ。[2] 中臣は字義通り中つ臣であり、神と人、高天の原と地上との間をとりもつ役であった。[3] 中臣寿詞においても、降臨後、中臣の遠祖が高天の原のカムロキ・カムロミの命のもとに、天つ水の出どころにつき教えてもらうため、天の浮雲に乗り上って行ったとある。前述したように、寿詞奏上の行われる辰の日は地上の第一日であり、もう高天の原での行事は終っていた。丑から卯にわたる三日間の致斎《マイミ》も解け、辰の日には、八百万の神々であったものどもも小忌衣を脱ぎすて、今や地上の群官として舞台にあらわれる。この地上第一日目に、天子はこのように中臣寿詞を受け、かつ神器を取得するのである。この寿詞は冒頭に、「現つ御神と大八嶋国知し食《メ》す、大倭根子天皇《スメラ》が御前に、云々」といっているが、「現つ御神」とはそこに天皇が現前していることを意味する。宣命でこの語が常用されるのも、天皇が群臣の前に臨んで宣する——少くとも建て前としては――からで、この語をたんに神としての天皇という意に一般化してしまうのは正しくない。

天神の寿詞が即位礼に転用されたゆえんも、かく考えて始めて理解される。即位礼はいわば高天の原ぬきの新任式であった。そして中臣がこれを奏するのは、群臣の代表として宮廷に忠誠を誓うという意をもつものであったと思う。万葉集巻十九の次の歌が参考になる。

天地と、相栄えむと、大宮を、仕へまつれば、貴くうれしき（大納言巨勢朝臣）
天にはも、五百《イホ》つ綱はふ、万世に、国知らさむと、五百つ綱はふ（式部卿石川年足朝臣）
天地と、久しきまでに、万世に、仕へまつらむ、黒酒《クロキ》白酒を（従三位文屋智努真人）

新嘗の肆宴の応召歌だが、大嘗にも移して考えてよかろう。

さて私はさきに、在京斎場の御井に中臣が与っていないのを訝ったが、これは少し見当外れであった。なぜなら斎場の御井は高天の原のことに属するに対し、寿詞は「現つ御神と大八嶋国知し食《メ》す大倭根子天皇」、すなわち地上の君主の御膳《ミケ》にかかわるのだからである。「……云々、月の内に日時を撰び定めて、献る悠紀主基の黒木白木の大御酒を、大倭根子天皇が天都御膳の長御膳の遠御膳と、汁にも実にも赤丹《アカニ》の穂にも聞食《キコシメ》して、豊明りに明り御坐《マシマ》して、云々」というのも、したがって卯の日の事ではなく辰の日の節会の御饍をさし、中臣の天つ水を交えて作られたこの飯と酒を大いに平らげて活力をつけてほしいという意にとらねばならぬ。現にこの寿詞奏上に続き、ユキの国献上の供御《グコ》及び多明物《タメツ》――群臣に給わる料――の色目が奏され、そのあと饗宴になるのである。

伊勢神宮にも御井社のこととして中臣寿詞とほぼ同じ水取政《モヒトリノマツリゴト》に関する縁起が残っている。[4] 伊勢宮司となった中臣がもちこんだものとすれば、これから宮廷のことを逆推できる。まず、宮廷にも座摩《ヰガスリ》巫の祭る神五座（並大、月次、新嘗）のなかに生井神、栄《サク》井神、綱長井神がある。これらは神祇官に属していたから、当然、中臣の所管に入っていたと考えていい。万葉集の藤原宮御井の歌（巻一）に徴しても、宮殿の造営に井の水がいかに大事であったか分る。それは「……、高知るや、天の御蔭、天知るや、日の御影の、水こそは、常にあらめ、御井の清水」と、水によって宮をたたえている。都遷しのたびに、水は問題になったはずである。しかも、かつて都遷しは代ごとに行われた。中臣の遠祖に対するカムロキ・カムロミの事依さしは、「此の玉櫛を刺し立てて、夕日より朝日の照るに至るまで、天都詔戸の太詔刀言《フトノリトゴト》を以ちて告れ。かく告らば、麻知《マチ》は弱蒜《ワカヒル》に由都五百《ユツイホ》篁《タカムラ》生ひ出でむ、其の下より天の八井出でむ、此《コ》を持ちて天都水と聞し食せ」というのであったが、この事依さしのまにまに天つ水を太占《フトマニ》にトうのが中臣の職であったのだろう。[5] 生井、栄井、綱長井が大宮処の神とされるに至ったのは、かく考えるともっともである。中臣寿詞が地上降臨の初日に読まれたゆえんもここにあるといえそうである。

（1）折口信夫『日本文学史ノート』I参照。
（2）池田弥三郎『日本芸能伝承論』参照。
（3）鎌足伝に「其先出レ自二天児屋根命一、世掌二天地之祭一相二和人神一、仍命二其氏一曰二中臣一」とあるのは、必ずしも後世的解釈ではあるまい。これがまた、中臣を前身とする藤原氏が政治的勢力をたくわえた一つの根源をなすものであると思う。なお注（5）参照。
（4）『神宮雑例集』巻一参照。
（5）「天児屋命主二神事之宗源一者也。故俾《シム》下以二太占之卜事一而奉上任焉」（神代紀一書）。

〔十五〕 饗宴

大嘗（新嘗）の饗宴を豊《トヨ》の明《アカ》りという。豊楽、豊宴などと書いた例もある。豊楽殿はだから豊明殿である。豊は美称というより呪称、明《アカリ》は酒を飲んで顔の赤らむことで、祝詞では「赤丹《アカニ》の穂」ということばを用いている。つまり、これは直会であり共食である。儀式や式で辰巳午と三日にわたりやられることになっているのはむろん肥大現象で、奈良朝までは一日だけであった。が、何れにせよこれは一代の宴であって、大いにえらぎ楽しみ、しばしば淵酔に及んだようである。祭りはアソビであり、つまり消費であった。とくにこれは豊饒の祭りの直会であるから豊かさが誇示されねばならなかったし、また気前よくふるまうことは王者の特権であるとともに、一般に人々が王に期待した徳目でもあった。古い記録を読むと天皇は事あるたびに、まるで義務であるかのように臣下に禄を賜うということをやっているが、貨幣による富の蓄積の可能でない社会では、富を消費することが権威を示すやりかたであったわけだ。

それにしてもこれは稀に見る莫大な消費であったといえる。しかもその実、それを持ち出すのはユキ・スキ両国であったわけで、その饗宴用の多米物の品目の量を一部示せば、ユキの国でたとえば雑魚の鮨一百缶《モタヒ》（担夫二百人）、飯一百櫃（担夫二百人）、酒一百缶（担夫二百人）、雑魚ならびに菜一百缶（担夫二百人）等々となる。スキの国また同様であるから、ばかにならない。ユキ・スキ両国に免税の措置がとられることがあったのも当然である。[1]

ところで、この直会、共食の意味は、ふつう解されているように、ただたんに供物の飲み食いを共にする点にあるのではあるまい。アイヌの熊祭りでは、野生の熊ではなくて、人間が何年間か育てた熊が犠牲に供される。

大嘗祭の稲も、たんに稲というより、祝詞にいわゆる「手肱《タナヒヂ》に水沫《ミナワ》画垂《カキタ》り、向股に泥《ヒヂ》画寄せて、取作」ったもので、とくに、ユキ・スキの斎田で物忌みきびしく、いわば自然を性格化してえられた収穫である点に注目しなくてはなるまい。このとき稲は共同体そのものである。嘗殿でそれを食べることが、だから天皇にこの国土を支配する呪力を附与するのだ。人類学者の説く贈与論で明らかにされているように、何かを与える(捧げる)ことは自己を与えることであり、またそれは交換を建て前とする。そして今や人々は、この直会で天皇の恩頼《ミタマノフユ》をわかち与えられ、それによって、王権への所属と連帯を強め新たにする。これが共食のもつ意味であったはずである。

しかし豊の明りの意味はそれにとどまらない。物忌みが弛び、解け、ここにおいて人々は嬉笑し、拍ちあげ遊んだのである。この席で演じられた種目はユキ・スキの国風、国栖の古風、和舞《ヤマト》、田舞、久米舞、吉志舞、大歌、五節舞、その他であり、この饗宴が古代歌謡や古代芸術の一つの淵叢であった趣を見せている。ウタ(歌)は多分ウツ(拍)の名詞形で、手を拍ちあげさんざめくのでウタゲという。それらを一つ一つ追求するのはやめ、記紀に関係するかぎりでいうと、前にふれた国栖の歌は恐らくこのときのものであろうし、かつては語部もこの席に臨み天語歌や神語を演じたかも知れず、また久米舞の歌詞が神武天皇の東征物語のなかに織りこまれているのは周知の通りである。というより、久米歌が初代の君主神武天皇の物語と結びつくゆえんは、それが大嘗祭のときの演出であったこととき離しては理解できまい[2]。祭式が神話を生み、それがさらに歴史化される道筋は別途に考察しなければならぬが、天孫降臨、隼人の服属、そして神武東征物語という風にたどって来るならば、これら一連の物語の骨組を規定しているのが大嘗祭に他ならぬという事情が見えてくるはずである。

記紀歌謡のなかには、ユキ・スキの国風の歌も或はまじっているかもしれぬが、それらは大部分、催馬楽と神楽歌の大前張《サイバリ》・小前張としてまとめられていったのではないかと思われる。小前張の一首「細波《ササナミ》」と題する米舂歌が近江の風俗であったことは前述した。清暑堂の神楽じたい、大嘗祭のこの豊の明りから分化し独立して行ったものといえるだろう。記紀歌謡の多くは大歌として雅楽寮に伝承されたものだが、某天皇「豊明きこしめす日」とか、それに類した前置きを有する歌が少くないのは、やはりこの饗宴においてこれらがうたわれた消息を映していると見ていい。また、それらに恋愛歌が多く、しかもそれが、例の神語などもそうだけれど、すこぶる性的な歌いぶりとなっているのは、自然の豊饒を祝う饗宴歌であることと関係がありそうである。この饗宴のあと、次節に見るごとく、性の解放の儀礼が聖婚という形で行われたのではあるまいか。

（1） 仁寿元年十一月の宣にいう、「悠紀国の今年の庸物、主基国の今年の田租免《ユルシ》賜ふ、両国の卜相《ウラニアヘル》郡司には、特に御物賜はくと宣る」（文徳実録）。三代実録、仁和元年十二月の条にも、「除ニ免伊勢備前両国百姓去年庸一、以下供ニ大嘗会一多上費也」と。またユキ・スキ両国の国郡司は位一級を上げることになっていたようである。

（2） 「神武天皇」（本書所収）参照。

〔十六〕 聖婚

聖婚については式も儀式も何らふれていない。従って、式の本文に即して行くという本稿の主旨からすれば、私は当然ここで筆をおくべきなのだが、これにふれずに終るのは、やはり心残りである。ほとんど論理的にも、聖婚をぬきにして君主の新任式は考えにくい。従来、この問題を考えずにきたのは、王権がもっぱら政治史や倫理史の対象にされ、それのもつ固有の構造に注意する人があまりいなかったためと思われる。私はさきに即位式が成年式の洗練された一形式であることに言及したが、結婚を成年式からきり離せないのと同じ理由で、即位式からも結婚の問題をきり離せない。性の解放をともなわないならば、自然を豊饒ならしめんとする君主の呪力は点睛を欠くことになる。新任の君主がすでに結婚していたらどうなるかというのは、自然主義風な老婆心にすぎない。

このことを考えるのに資料がまるでないわけではない。「(出雲筑前)国造兼帯神主。新任之日、例皆弃レ妻、取二百姓女子一、号為二神宮采女一、便娶為レ妻。妄托二神事一、遂扇二淫風一。理合二懲粛一。宜下国司卜二定一女一供上レ之。(1)」これをいわゆる初夜権にひきつけて解する説は、多分まちがっている。初夜に花を散らす権利を国造がもっていたのなら、百姓の花嫁の結婚にかかわるはずなのに、ここはそうではなくむしろ国造じしんの新任の日のこととして書かれている。やはり記事の通り、国造が新任の日に、神宮の采女と称して百姓の女と婚する「淫風」が平安初期まで地方には残っていた、と解さねばなるまい。そしてその記事が重要なのは、宮廷におけるかつての聖婚の記憶をたぐりよせるよすがになるのではないかと思われる点である。国造と同じように、天子も「新任之日」に国つ神の女と婚するという儀礼を行っていたのではあるまいか。こういうことがらに関しては、宮廷と国造との間に構造上の一致があるはずで、後者はそのならわしを「淫風」よばわりされる時まで持ちこしていただけであろう。

ここで誰しも想い起すのは、ニニギの命と木花開耶《サクヤ》姫との結婚のことである。高千穂に降臨したニニギの命は笠沙の御崎で顔よき乙女に出逢った。誰が女かと問うと、大山津見神の女だという。そこでニニギの命はこの女と一夜婚した。しかも女は一夜にして孕んだとある。いろいろと説話がくっついているのはとにかくとし、この基礎に古い聖婚の記憶が生きているのは確かなことのように思われる。日本古代には「母なる大地」という観念は育たなかったけれど、天つ神の父が国つ神の母のもとに寄り来たり、そこに聖なる神の子が誕生するという考えには、著名な山城の賀茂伝説を初めとし、かなり一貫したものがある。かかる女性が玉依姫とよばれたのは、すでによく知られている。[2] 生殖過程に無知であったため誕生が奇蹟あつかいをされたと見る実証主義には、もうあまり信をおくわけにはゆかない。父性の問題は原始神学上の問題であり、誕生一般ではなく神の子の誕生が奇蹟とされた。それは、この世ならぬ他界の力の啓示でなければならなかったからである。

賀茂伝説もそうだが、木花開耶姫の場合にも、父が誰であるか、生れようとするのが果して天つ神の子であるかどうかが問題となり、燃える焰によってそれを試したと語っている。一夜にして孕んだのを怪しまれたためとあるのは、あくまで説話上のことにすぎない。光のごとく、矢のごとく少女の胸や番登を射て孕ませた神もあった。実行としての核心はむしろ、即位の日、天子が国つ神の女と一夜婚するという点にあったと思う。一夜きりの mock queen といってもいい。日本でも、天は父性、地は母性であったのであり、高天の原から降ってきた天子は、国つ神の女と婚することによって地の豊饒を予祝せねばならなかった。スサノヲの命の婚した相手も、国つ神の女稲田姫であった。ヤマツミとワタツミは国つ神を代表するものであり、その女が天つ神と婚した例が多いゆえんも、かくして理解できる。万葉集冒頭に、

籠《コ》もよ　み籠持ち　掘串《フクシ》もよ　み掘串持ち　この丘に　菜摘ます児　家聞かな　名告らさね　そらみつ　大和
の国は　おしなべて　吾こそ居れ　しきなべて　吾こそ坐せ　吾こそは　告らめ　家をも名をも

という雄略天皇御製と伝える著名な歌があるが、いかなる場面をうたったものか、まだはっきりしたことがいわれていない。私もかつて、歌垣のときの歌であろうとしたにとどまる。(3) しかし、以上の考察と睨みあわせるならば、聖婚の歌であると考えてほぼ誤らない。「そらみつ、大和の国は、云々」の表現は、たんに天皇であることを名告っているにしてはいささか大仰すぎる。とりわけ最後の「吾こそは、告らめ、家をも名をも」は、不都合ですらある。(4) これは、今まさに天皇の位に即いたもののことばとして見て初めて、その句勢を正確に理解できる。この歌が万葉の冒頭にすえられたのも、かかる来歴がものをいっているはずで、記紀に相当数ある天皇の求婚歌なども、聖婚という観点から見直さねばならぬものがあるように思う。

即位式が成年式の要約であったごとく、聖婚は人民の世界の性の解放の儀礼である歌垣またはカガヒの要約であったということができる。

（1）類聚国史、延暦十七年十月。
（2）柳田国男「玉依姫考」（『妹の力』所収）参照。
（3）拙著『万葉私記』第一部参照。なお安永寿延『伝承の論理』に聖婚についてのすぐれた考察がある。
（4）日本古典文学大系『万葉集』がここを「われにこそは、告らめ、家をも名をも」と「に」をわざわざ入れて訓み、この不都合をほぐそうとしたのは分るが、この歌の右のような来歴を考えると、それはいささか御苦労千万だということになりかねない。

（初稿　「文学」昭和四一年一二月、同四二年一月号）

神武天皇

一　方法について

神武天皇をとりあげるのは、日本古代王権の構造や性格を解く重要な鍵になることがらがそこにあると考えるからだが、どういう角度からどうそれに近づいて行くかにつき、若干問題がなくはない。たとえば、戦後すでに幾人かの歴史学者の手になる神武天皇研究が出ているけれど[1]、正直にいって、それらに見られる史学的——これが必ずしも歴史的と同じでないこと、あたかも韻文と詩が同じでないのに似る——方法だけで神武天皇をどこまで具体的にとらえることができるか、相当疑わしいように思う。神武天皇という特定の相手に対しいかなる方法や訓練が必要かという配慮が、そこではあまり払われていないからである。

神武天皇を扱うには、この人物に関する記紀の記述が歴史であるか神話であるかを、まず一応、見定めてかかる必要がある。それを純粋に歴史であると考える人は今はもうほとんどいないから、さしあたり除外してよかろう。問題はしかし、もしそれが歴史でなく神話であるならば、当然、歴史を扱うのとは異なる方法が要請されてくるはずなのに、依然、歴史を――いわゆる歴史をだが――扱うのと同じやりかたがずるずると持ちこまれている点にある。この折衷は、歴史と神話の概念がはっきりと立っていないのに由来するといえる。歴史の事実をどれだけふくむかによって歴史であるかどうかが決まるわけではなく、歴史の事実をいくらふくんでいても神話は神話であり、逆に神話をいくらふくんでいても歴史は歴史であり、つまり両者を区別するのは量ではなくてあくまで質の問題であるはずである。その点、津田左右吉が神代の物語を《神代史》と称し、それが今でもかなり多くの学者によって不用意に使われているのは、歴史とは性質を異にするところの神話を第二次的な歴史と見なそうとする心性がまだなかなか根深いことを示す。

だが、神代はついに歴史ではない。そもそも神代とは史をこえたものという意味をもつはずで、したがって《神代史》という名称は自己矛盾である。神話に対し史学的ではあっても歴史的とはいえぬ接近法が生れてくるのも、この自己矛盾に気づいていないことに関係する。そうした接近法を、本稿ではできるだけ避けたいと思う。神武天皇に関する記載も、史たらんとしてついに史ではないからである。では、神話と歴史は具体的にどうちがうか、また神武の物語はどのように史たらんとして史ではないか、ということが問題となるが、それは以下の分析を通して順次答えて行くべきことがらに属する。ただここでは予備的に、歴史と神話は時間の観念においてまるでちがうものであるという点だけをいっておく。歴史が世界を時間的継起の秩序においてとらえようとするに対し、神話は時間をこえ、むしろ無時間的であろうとする志向をもつ。神話の世界に歴史がないのではなく、歴史的意識がないという意である。神話的時間には、現在がそこから流出し現在がそれに規定される絶対的過去すなわち創造がある点で、歴史的時間と異るといいかえてもいい。

　中国の古言に詩滅んで春秋おこるとあるのは、歴史の方が詩よりも後期の産であるのを語るものだが、神話はここにいう詩に近いものと見てもよく、現に古い世にはどこでも神話は詩の有力な一体、いわば真理性を主張するところの詩であった。《神代史》という概念がまずいのは、こうして詩に近い本質をもつものを史に近づけ、神話的時間を歴史的時間にたやすく翻訳することによって、神話の内実を見失うからである。神話から歴史をひき出すのには、多くの危険を覚悟しなければならぬ。そして以下見るように、神武天皇も右にいう絶対的過去にぞくする神話的人物であった。

　むろん詩が史と無関係であるとか、日本の神話を歴史ぬきで研究していいとかいうことでは毛頭ない。記紀の神話は牧歌的な原始社会の遺物ではなく、紛れもなく日本の古代王権の意志によって結構されたものであり、なかんずく、ここにとりあげようとする神武天皇は人皇第一代、建国の君主としてあらわれる人物であって、歴史との因縁が浅くない。ある意味では、歴史と神話がもっとも鋭く神武天皇においては交叉し、からみあっているといえる。しかしだからこそ、神話と歴史の概念をはっきりと把持することがかえってますます必要となるわけで、津田左右吉が神話研究について、「……其の語るところに如何なる事実があるかと尋ねるよりは、寧ろそこに如何なる思想が現われているかを研究すべきである、……こういう性質の物語は、物語其のものこそ事実を記した歴史では無いが、それに現われている精神なり思想なりは厳然たる歴史上の事実であって、云々(2)」と語っているのは、期せずして典型的に十九世紀風の知性主義《インテレクチュアリズム》(3)の表明となっている点に興味がある。神話は「思想」のあらわれであり、そして「思想」が、神話という不合理で、私たちの日常経験に背馳した形式をとってあらわれるのは、文化の未発達な、あえていえば無知な時代であったために他ならぬ、という考えかたにこれは帰着する。

この考えかたでは、自己のもつ観念が過去を測る尺度となり、神話のもつ独自性はその網目から逃げてしまう。さきにふれたように、多分に情緒的要素をもち、詩の一体である神話は、「思想」というもののたんなる表出ではありえない。「思想」はむしろ神話の展開に参加し、それを促進したり、修正したり、時には肥大せしめたりしたと見るべきで、神武天皇のような政治色の濃い人物の場合にあっても、これは変りがない。少くとも、神武天皇を神話的人物と見なそうとするかぎり、神話の概念をはっきり把持することが方法上ぜひとも必要である。私の関心は、神武天皇実在説に対しその架空であるゆえんを証明してみせることにあるのでも、また神武天皇を鋳造した「思想」が「厳然たる歴史上の事実」であるのを確かめることにあるのでもなく、このような人物が、なぜ、いかにして創造されたか、その内的必然性を解明することにある。極言すれば、私にとって神武天皇は、光源氏が源氏物語の作中人物であるように、記紀という作品のなかの人物に他ならない。ただ両者、作がらを異にし、人物の造られかたが同じでないまでである。

（1） 植村清二『神武天皇』（一九五七年）、門脇禎二『神武天皇』（一九五七年）等。

（2） 『古事記及日本書紀の研究』一六頁。『日本古典の研究』（上）もほぼこれを踏襲している。

（3） これはエヴァンス・プリッチャードがフレイザーを評したことばとして著名だが、それは津田左右吉に転用できるはずである。

二　神代から人代へ

まず神武天皇がいかなる系譜関係をもっているかという点から考える。次にあげる系図は、古事記によるものである。

- ○天照大神――天之忍穂耳《オシホミミ》命
  - ○―天火明《ホアカリ》命
  - ―番能邇邇芸《ホノニニギ》命
    - ○―火照《ホデリ》命
    - ―火須勢理《ホスセリ》命
    - ―火遠理《ホヲリ》命（亦名、穂穂手見命）
      - ○―鵜葺草葺不合《ウガヤフキアヘズ》命
        - ○―五瀬命
        - ―稲氷命
        - ―御毛沼命
        - ―神倭伊波礼毘古命（神武天皇）（亦名、若御毛沼命、豊御毛沼命）

書紀には本文の他いくつかの一書があるけれど、このあたりの系譜関係は古事記とほとんど変っていない。この図を見てまず注目されるのは、穂と稲あるいは食物への連想をもった名がずらりと並んでいることである。オシホミミ、ホノニニギは、いうに及ばない。さらに火明、火照、火須勢理、火遠理と火《ホ》のついた名が四つあるが、火《ホ》はすなわち穂である。現に、火遠理命の亦の名は穂穂手見命とあり、紀の方ではそれを火火出見と書いている。火照命以下三人は、一夜にして孕んだ木花開耶《サクヤ》姫を試すため産屋に火をつけた、その火の盛んに燃える時に生れたのでそうした名を負ったとなっているが、これは穂が火《ホ》に転じて作られた説話に他ならない。次にウガヤフキアヘズの四子であるが、古事記伝にいうごとく五瀬命のイツセが厳稲《イツセ》であるならば、これも稲に縁のある名となるし、さらに稲氷命は紀には稲飯命とあり、また御毛沼命のミケはもとより御食《ミケ》である。そして最後に神倭伊波礼毘古つまり神武天皇も、亦の名が若御毛沼、豊御毛沼であるから、右の系図のうちウガヤフキアヘズを除くすべてが、稲または穂を以てするたたえ名であるという次第になる。のみならず、紀によると神武天皇は神日本磐《イハ》余《レ》彦火火出見尊、つまり祖父と同じ名であった。これらの事実はいったい何をかたるか。

　神武天皇という名は漢風の諡号であり、後につけられたものであるから、大して参考にならない。カムヤマトイハレビコという名も新しい。イハレは大和国の邑の名、神武紀に、天皇の軍隊が賊を破り、その軍勢が集満《イハミ》たるを以て磐余《イハレ》と称したとか、八十《ヤソ》梟帥《タケル》のそこに屯聚《イハミ》居たるを滅ぼしたのでかくいったとする地名説話がある。また履中天皇は磐余稚桜、清寧天皇は磐余甕栗《ミカクリ》、継体天皇は磐余玉穂にそれぞれ都を定めたと記紀にあるから、五世紀中葉から六世紀にかけての時期が、カムヤマトイハレビコという名を初代君主にかぶせるのに一番ふさわしい時期であっただろうとも推測されなくはない。(1) しかしそのさい果してカムヤマトイハレビコというであろうか。

いわないと思う。ヤマトイハレビコはヤマトタケル、ヤマトヒメなどと同次元の名で、宮廷が大和に都して天の下を支配するに至ったそのイハレを負う君主の意に解すべきである。したがってそれより、その亦の名、若御毛沼、豊御毛沼、火火出見等の方が遙かに重要だということになる。

稲や穂への連想をもつ名をつらねた右の系図から、神武天皇がホノニニギの再現、または分身に他ならぬことを見てとることができるはずである。「大嘗祭の構造」で私は、代々の天皇が大嘗宮の神座で天照大神直系の子すなわちホノニニギ＝スメミマノミコトと生れ変り、稲を豊饒ならしめる呪力を帯した支配者として高天の原からこの国土に天降って来る次第をやや詳しく考察したが、この見地からすれば、神武天皇がニニギの再現または分身であるのはむしろ当然の話ということができる。というより、代々の君主はすべて初代君主であり、神武は初代君主のなかのいわば大文字の初代君主であったわけで、かくして神武は大嘗祭のなかから脱化してきた人物と見て、ほぼまちがいない。事実、後に示すようにその物語は、この祭式を中核に置いて眺めないと根本的には理解しがたいものとなるであろう。

ここで、神話的人物がいかに造られるかにつき一言しておくのも、無駄であるまい。さきには光源氏を引き合いに出し、神武天皇も記紀の作中人物に他ならぬといったけれど、もとより両者は質を異にする。前者が作者個人の内部から想像的に績ぎ出されたとすれば、後者は祭式という魔術的行為を演ずる主役から脱化してきたものである。少くともそれは、知性主義者の考えるごとき、或る思想のたんなる反映、またはその思想によるたんなる鋳造物ではない。仕上げとしてはまさにそうにちがいないが、それの鋳造にはやはり鋳型が必要であったはずで、それを提供したのが祭式であったと私は考える。若御毛沼命以下の亦の名が、すでにそうした型の一部で、とくに火火出見という祖父の名が神武においてくり返されているのに注目すべきである。自然のリズムと結びついている祭式には時間がない。習俗にもやはり時間がない。それらはつねにくり返される。そこにあるのはいわば永遠性と循環性である。神話の世界が無時間的なのも、それが祭式や習俗の表現または縁起であることが多いからで、かくして代々の君主は時間をこえてホノニニギの再現または分身でありえた。右にあげた系図はそのへんの消息の一端をかたるものである。

だが一方、神武天皇がもはやホノニニギの単純なくり返しでないことも明白で、神代から人代へと、疑いもなくここでは次元上の一つの転換がとげられている。人代とは歴史的時間に属する世界のことだが、この転換の軸になっているのが神武天皇である。記紀の記述も人代になると、歴史上の事件をかたっているかのような口ぶりに変ってくる。神武天皇の実在を信じようとする人が出るのも、この点うべなえなくもない。また逆に、神武天皇を思想的鋳造物とする説にも、根拠がないわけではなく、現に神武の物語には、色濃く国家の政治思想が投影されている。こうした意味では、神の代から人の代への移行は、神話から歴史への移行であったと一応はいうことができる。しかし、あくまで一応である。古代人にとって、時間は糸のごときたんなる線ではなく構造的なものであり、その構造がいかなるものであり、それがここでどう変ろうとしているかを明らかにしないかぎり、神話から歴史へという命題は大して意味がないばかりか、問題を単純化しすぎる点でかえって害になりかねない。このことは何れ後節で一つの主題として扱うつもりである。(2)

（1）　直木孝次郎「継体朝の動乱と神武伝説」（『日本古代国家の構造』所収）参照。そこでは「津田説を参照していうならば、神武伝説の大体は、継体朝の歴史に関する記憶のまだ薄れていない六世紀前半ないし中葉、継体から欽明に及ぶ時代に、当時伝えられていた継体朝の歴史をモデルとして形を整えたものと考えられる。」といわれている。私はかかる見解をむげに否定するものではないが、その素朴反映論的思考には相当問題があると思う。神武の物語にはやはりそれなりの、もっと深い基礎構造があるのではあるまいか。

（2）　八節参照。

三　神武東遷

天孫降臨が南九州の地になされたゆえんについては「大嘗祭の構造」で多少ふれたのでくり返さない。さてこの地から大和へ進出するいわゆる神武東征の物語には、新旧さまざまの立場からだが、何らかの歴史的事件がふくまれているのではないかとする説がある。これらの説では、耶馬台国の問題とか、考古学上の文化東漸の問題とかと、この東征物語とが陰に陽にからんでくるわけだが、ここには、新説として最近となえられた騎馬民族説[1]をとりあげて少し検討しておこう。

これによると、「日本国の発祥の地」は任那《ミマナ》であり、まず「そこを根拠として崇神天皇を主役とした天神（外来民族）が北九州に進撃し、ここを占領したのがいわゆる天孫降臨の第一回の日本建国で、その結果、崇神はミマ（ナ）の宮城に居住した天皇――御間《ミマ》城天皇《キノスメラミコト》と呼ばれたと同時に、ハツクニシラススメラミコトの称号も与えられることになったであろう。」とし、さらに幾代かの後にそれがこんどは畿内に向って進出した。この「第二回の日本建国の主役」は応神天皇で、このときのことが「架空の征服者」神武の東征物語に「反映」している、とうことになるわけである。そのことが各種の論証をともなって説かれており、とにかくこれは、一つの立場からなされた大胆な仮説といえる。

この説にはしかし、幾つか難点がないわけではない。もっとも致命的な難点は、それによって日本古代における政治・社会構造を説明できないことであろう。支配階級が内部において自生してきた場合と、外部から征服者として臨んだ場合とでは、当然、政治・社会構造はちがってくる。日本古代の政治と社会の、あらゆるレベルを通して見られる構造的同質性は、支配階級が外部からの、少くとも今来の征服者ではなかったことを何よりもはっきりと示していないだろうか。(2) この点はしばらくゆずるとしても、記紀の天孫降臨と神武東征の物語を、それぞれいわゆる第一次建国、第二次建国に結びつけて説くのは、自己の仮説の帳尻を合わせようとするあまり、他の学問の水準を少し無視しすぎていることにならないだろうか。それを一々論議するのはさしひかえるが、(3) 記紀の本文からそうした歴史的事件を読みとろうとするのは、相当無理な注文であり、高天の原は満州だといった式の読みかたと大差ないもののように思われる。

さて古事記では、イハレビコは「何地に坐《マ》さば、平らけく天の下の政《マツリゴト》を聞し看《メ》さむ。猶東に行かむ」といって日向を発ったと記している。その点、書紀の方はもっと先取りして「余謂《ワレオモ》ふに、東に美《ヨ》き地あり、青山四《ヨモ》に周《メグ》れり。……天の下に光宅《ミチヲ》るに足りぬべし。蓋し六合《クニ》の中心《モナカ》か」と、初めから大和が目的地であることを匂わせている。それはとにかく、この日向からの道を古事記伝が国覓《マギ》だと見ているのに注目したい。大伴家持は「族を喩す歌」で神武東征のことを「国まぎしつつ、云々」と歌っているし、また高千穂に天降ったホノニニギの命は、「そじしの空国《ムナグニ》を頓丘《ヒタヲ》より国覓ぎ行去《トホ》りて」（紀）笠沙の崎に至り、そこを吉き地として宮居したとある。「そじしの空国[4]」という文句がよく分らないけれど、国覓ぎとは都すべき吉き地を求める意であることは確実で[5]、また国覓ぎが天子の即位に連関する儀礼であったらしいことも、天孫降臨――つまり君主の誕生――と連関してそれがかたられていることから、ほぼ推測できる。先刻引いた記と紀の文に「天の下」という語が出てくるのも見のがせぬ。これは漢語の天下から造ったことばに相違なく、古事記におけるその典型的用法は、「某所某宮（畝火の白《カ》檮《シ》原《ハラ》宮、葛城の高岡宮、等）に坐しまして天の下治らしめしき」というのであるが、神武東征が実は国覓ぎ、しかもすでに全国を統一した君主の国覓ぎに他ならぬゆえんが、ここにも読みとれると思う。

だがそれにしても、何とはるばるとした国覓ぎではないか、と誰しも怪しむにちがいない。古事記によると、神武天皇は日向を発ってまず宇佐に立寄り、そこから筑紫の岡田宮に一年、安芸の多祁理《タケリ》の宮に七年、吉備の高島宮に八年いて、そこから難波の渡を経て河内の国に上陸した。年数は少しずれるが、書紀の方もだいたいこれと一致する。その間、サヲネツヒコが海路を先導した話があるだけで、他に記事らしいもののない点も両者一致するのだが、このことは、日向からの海路は、私たちの思いやるほど、そう遠くはなかったことを意味するはずである。天孫降臨の行われた南九州に棲む隼人は、別途にのべたように、地理的・政治的に宮廷にたいし一番遠い存在なのだが、しかしそうであるからかえって祭式的には一番近い存在とされたのである。伝統的権威の外側に存する勢力は、神代に内転され、めくりこまれる。そしてこのことによって、それはこの伝統的権威との同化をとげる。この伝統的権威の体系が不変であると意識されているからである。

ホノニニギが隼人の棲む南九州の地に降臨したのもそのためだし、そして神武は「隼人の畿内への輪番の道[6]」を東征という名のもとに国覓ぎしつつ進んだのである。神武の祖父火遠理《ホヲリ》が隼人の祖火照《ホデリ》――書紀によると火酢《ホス》芹《セリ》——と同胞であった次第を考えあわすならば、このことはさして不思議ではない。空間も、たんなる地理的な拡がりではなく、神話的であった。現に古事記は、吉備と難波の間に速吸門（豊予海峡）があるかのごとく平気で書いている。地理知識に乏しかったしるしというより、国覓ぎにとってこういうことはつまりどうでも構わぬことだったと見るべきだろう。神武天皇が河内に上陸して大和を平定し終るまでの道順や地名と一つ一つまともにつきあうわけに行かないのもそのためで、要は「国覓ぎ行去《トホ》る」ことにあった(7)。

しかし、海路を先導したサヲネツヒコが倭国造（倭直《アタヒ》）の祖であったという点は注目を要する。倭国造家は倭大国魂社の神主であったわけで、崇神紀に次の記事がある。初め、天照大神と倭大国魂の二神を天皇の大殿の内に祭っていたがその神の勢を畏れて、天照大神を豊鍬《スキ》入姫に託《ツ》け、大国魂の神をヌナキイリ姫に託けて祭らせた。けれどもヌナキイリ姫は髪落ち体痩《ヤサカ》みてその任にたえなかったので、倭直長尾市をして祭らせた、云々(8)。宮廷にとって倭大国魂の神が天照大神と並んで大切な神であったことがわかる。神名帳には大和坐大国魂神社（名神大）とあり、今の大和神社のことだが、それは字義通り倭の国の魂、その根源的な霊をになう神に他ならない(9)。そして崇神紀の記事からみると、古く大和宮廷は、天つ神たる皇祖天照大神と、地もとの国つ神たる倭大国魂の神とを並び祭らねばならなかったのではないかと推測される。とにかくこういった倭大国魂の神に仕える倭国造家の祖サヲネツヒコなるものがまず現われて神武天皇を導いたという話は、いわゆる東征物語の意味を見きわめる上で一つの相当重要な鍵になると思う。

この説話と現実との関係は次のように考えることができる。すなわち、東征の海路を導いた功によりサヲネツヒコは倭国造になったのではなく、倭国造家が倭の国の霊である大国魂の神を祭る家として宮廷と古い特殊な関係を有していたからこそ、その先祖が初代君主と説話的に結合せざるをえなかったのだ、と。ここでふたたび騎馬民族説にもどるが、この説は、速吸門で亀の甲に乗ってやってきたサヲネツヒコが海導者になったという古事記の所伝に比較すべき説話が夫余や高句麗の建国伝説にも見出されるとし、「夫余の始祖東明が、その故国を逃れて施掩水という河まできて渡れなかったので、弓をもって水を撃つと亀が浮んできて橋をなしたので、東明は渡ることができ夫余の地に到り、王となった」という所伝（魏略逸文、後漢書東夷夫余伝）をあげ、さらに「高句麗の始祖朱蒙についてもほとんど全く同じような所伝がある」ことをもって、神武東征の物語を北方民族による日本の第二次建国に擬する有力な証拠にしている。しかしこれには方法的に問題がある。説話は世界を股にかけて歩きまわる大旅行家である上、多元発生的でもありうるから、その類似をいきなり民族の移動と結びつけて解釈するのは、特殊な場合を除きすこぶる危険である。肝心なのは、その意味をそれの属する独自の文脈のなかでとらえることにある。神武の物語におけるサヲネツヒコについていうなら、その第一義は彼が倭大国魂の神を祭る倭国造の祖とされている点であり、亀の甲に乗ってやってきたというのはいわば説話的要素で、現に書紀の方には亀の甲云々の話がない。それが夫余や高句麗と似ているという指摘には何ら反対すべき理由はないけれど、その意味づけは、もっと慎重でなければなるまい。

　サヲネツヒコという名も、うっかり見過せない。これまでいったことを整理し直す必要もあるので、念のため次に古事記を引用する。

　其の国（吉備）より上り幸でましし時、亀の甲《せ》に乗りて、釣しつつ打ち羽挙《はぶ》き来る人、速吸門に遇ひき。ここに喚《ヨ》び帰せて、「汝は誰ぞ」と問ひたまへば、「僕《ア》は国つ神ぞ」と答へ曰《マヲ》しき。又、「汝は海道《ウミツヂ》を知れりや」と問ひたまへば、「能く知れり」と答へ曰しき。又、「従《ミトモ》に仕へ奉らむや」と問ひたまへば、「仕へ奉らむ」と答へ曰しき。故ここに槁機《サヲ》を指し渡して、其の御船に引き入れて、即ち名を賜ひて、槁根津日子《サヲネツヒコ》と号けたまひき。

此は倭国造等の祖。

私はサヲネツヒコが倭国造の祖である点をもっぱら強調してきたが、それだけでは不充分なことが右の一文から察せられる。サヲネツヒコは釣をし、「海道」を知っているものである。書紀の方でも、「漁人《アマ》」である彼を「海導者」にしたとある。サヲネツヒコの「サヲ」も船をさすサヲにかかわる名である。そうだとすれば、さきに亀の甲に乗ってきたのは説話的偶然にすぎぬかのようにいったけれど、浦島太郎と同じでこれは彼が漁人であったためと見なければなるまい。亀は海神の使いである。問題は、サヲネツヒコがこのように漁人であることと、彼が倭国造の祖であることとがどう関連するかにある。

それを解く鍵になると思われるのが、次の二つの記事である。「摂津国菟原《ウバラ》郡人正八位下倉人水守等十八人賜二姓大和連一。播磨国明石郡人外従八位下海《アマ》直溝長等十九人賜二大和赤石連一」(続紀、神護景雲三年六月七日)、「阿波国名方郡人従八位上海直豊宗、外少位下海直千常等、同族七人賜二姓大和連一」(三代実録、貞観六年四月廿二日)。これによって見るに、摂津、播磨、阿波等の漁人たちの首長が倭国造家の勢力下にあった消息が分る。淡路国に大和大国魂神社(名神大)があるのも、おそらくこれらと同じ関係にもとづくものと推定される。姓氏録の摂津国(神別、地祇)に「大和連。神知津彦十一世孫御物足尼之後也。」とある大和連がそれらをとりしきっていたのかも知れぬ。しかし姓氏録大和国（神別、地祇）の大和宿祢の条に「出レ自二神知津彦一。神日本磐余彦天皇、従二日向国一向二大倭国一、到二速吸門一時、有二漁人一云々……是大倭直始祖也。」とあるから、倭国造家が総本家であったことは間違いない。神知津彦とは、海道をよく知れるものという意で、書紀にいう椎根津彦もそれと同類の名である。何れにせよ倭国造はたんに大和国の一勢力であっただけでなく、瀬戸内の漁人集団をも支配していたわけで、神武東遷の物語でサヲネツヒコが海導者として登場してくるのはこのためと見てよかろう。つまり大和国の地政治学は、かなり古い世から瀬戸内海ときってもきれぬものであったことになる。

大和国の霊をつかさどるものという点では、夢の教を承け天皇が、椎根津彦に弊《ヤブ》れた衣服と蓑笠とを着せて翁の姿につくり、弟猾《オトウカシ》に箕《ミ》を着せて姫の姿につくり、敵中を突破して天の香具山に到り、ひそかにその嶺の土を取って来させたと書紀にある話が重いといえる。大和平定のことが成るか成らぬかを、これで占なったわけで、香具山の土は大和国の物実《モノシロ》であった。(10)

（1）江上波夫「日本における民族の形成と国家の起源」（東洋文化研究所紀要第三十二冊）による。

（2）この問題は別章「国譲り神話」で扱ったので参照していただきたい。

（3）ミマナとミマキノスメラミコトと関係がないとはいえまい。ただ、書紀では、日本に来た任那人に崇神天皇が「云々、汝が本つ国の名を改めて追ひて御間城天皇の御名を負ひて、汝が国の名と為よ」といったとあって、地名起源説話の形をとっているのを無視すべきでない。崇神天皇がハツクニシラススメラミコトと称されたゆえんは、第八節でとり扱うつもりであるから今はふれない。なお、天孫降臨についていえば、それを「第一次建国」というごとき歴史的事件にたやすく直訳してはならないことは明らかだと思う。

（4）ソジシは「膂宍」とある。背の肉のことで、そこは肉が少いから不穀の地、不毛の地を「ソジシの空国」といったのだと、古くから解されている。かなり大事な句であったらしく、書紀本文の外、二つの「一書」でこれが使われている。しかも、ちょうどこの部分において古事記原文が意の通じないものになっているのが注目される。これは多分、古い祭式的詞章で、記紀編纂のころ、すでに意味不明となっていたのではないかと思われる。なお、これについては次節参照。

(5) 古い注釈にも「覓レ国者求二覓可レ都之邑一也」（纂疏）とある。なお、新君主の国まぎが、神の国まぎと形式を同じうするものであることが、左の記事によって推測できる。「住吉の大神現《ア》れ出でまして、天の下を巡り行《イ》でまして、住むべき国を覓ぎたまひき。時に、沼名椋《ヌナクラ》の長岡の前《サキ》に到りまして、乃ちのりたまひしく、『こは実《マコト》に住むべき国なり』とのりたまひて、遂に讃め称へて『真住み吉し、住吉《スミノエ》の国』とのりたまひて、仍ち神の社を定めたまひき。」（逸文摂津風土記）。なおスサノヲの命も「宮造作《ツク》るべき地を出雲国に求《マ》ぎ」、須賀の地に到り「吾ここに来て、我が心すがすがし」といって、そこに宮居したとある（記）。

(6) 「大嘗祭の構造」第十一節の注（2）参照。

(7) これは明らかにいいすぎで、東征物語の道順や地名に固有な意味がかくされていることは否めない。それについては後に若干言及する点があるはずだが、詳しくは近く別途に考えてみるつもりなのでそれに譲ることにする。

(8) この家が代々この神に仕えていたことは、「以二従五位下大和忌寸五百人一為二氏上一、令レ主二神祭一」（続紀、和銅七年二月）、「大倭神主正六位下大倭宿禰水守、云々」（天平十九年四月）等によっても知られる。

(9) 国魂と名のつく神は、もとより大和にかぎられない。式の神名帳で、国玉神社（和泉）、河内国玉神社（摂津）、国玉神社（尾張）、国玉命神社（伊豆）、大国玉神社（陸奥）とかなり拾うことができる。それらはそれぞれ国造によって祭られていたと推測される。しかしとりわけ倭国魂の神が特殊な位置を占めていたことは、憶良の「好去好来」の歌によってもわかる。「……もろもろの、大御神たち、船の舳《へ》に、みちびきまをし、天地の、大御神たち、大和の、大国霊、ひさかたの、天の御空ゆ、天翔り、……」（万葉、巻五）。

(10) 朝廷を傾けんとして武埴安彦の妻が、ひそかに香具山の土を取りヒレに包み呪咀した話が崇神紀にあるのも参考になる。

四　熊野

神武天皇はなぜあえて熊野を行きめぐって大和へ入ったのか。それは、「吾は日神の御子として、日に向ひて戦ふこと良からず。故、賤しき奴《ヤツコ》が痛手を負ひぬ。今より行き廻りて、日を背負ひて撃たむ」と期したからだとされているが、この説明は説話上のものであって、額面通りうけとるわけにはゆかない。古事記で、熊野から山越しに吉野に入るのに吉野河の河尻に出たというごとき図形になっているのも、熊野云々が一つの説話であることを示す。が、これはなかなか重要な話であったらしく、古事記の序にも「化熊出ㇾ水」と言及している。さてこの話の要めは次の短かい一文にある。「熊野村に到りし時、大熊髪《ホノ》かに出で入りて（大熊髪出入）即ち失せぬ。ここに神倭伊波礼毘古命、忽かに遠延《ヲエ》まし、また御軍《ミイクサ》も皆遠延《ヲエ》て伏す」と。

「大熊髪」というところは古来難訓で、誤写説もとなえられているが、しばらく最近の通説に従うとし、ここで一番問題になるのは、大きな熊が出てきてそのため全軍がヲエて伏したという点であろう。このことが何を意味するかにつきすでに論考が幾つかあるけれど(1)、私はそれらとやや異る角度から考えてみる。まずヲユということばである。書紀には「瘁」字をあてており、これは病み疲れる義であると普通いわれているが、いささか疑問がある。少くともヲユが一般的に病み疲れる義でないのは確かである。ことばには、それが生きるところの文脈がある。ヲユの用例から見るとそれは蠱惑されること、つまり悪しき神のいぶきにあたり病み臥す意であるとほぼ確認できる。(2) このときのことを書紀は、「時に神、毒気を吐きて、人ことごとに瘁《ヲ》えき」と記している。注(1)に記した諸説に組するわけにゆかぬのは、それらがヲユを、このことばの用例に反し、守護霊が示現し恍惚状態に入る意にとりなし論を進めているからである。本文に忠実であろうとするならば、この大いなる熊は守護霊などではなく、荒ぶる神の化身だと見なければならぬ。序の「化熊」といういいかたも、この解釈を助ける。

さらに私は、熊が出て来るのは、それがつまり熊野たるゆえんであると考える。熊野という語は多義的で、出雲風土記に、暗く奥ごもった谷を「クマクマしき谷」とあるから、クマノは隠野《コモリノ》の転化かもしれず、またそのクマは隈《クマ》でもあり、カミと同根でもありうる。また熊襲、熊鰐、熊鷲、熊鷹などのクマは猛きものを指す称である。未開の異境として古代人が畏怖の念を、そういう熊野に寄せていた時代があったはずである。(3) 平安朝以後、いわゆる熊野信仰がさかんになるにつれ、熊野は一つの神秘境へと変って行く。かつて抱かれていた畏怖の念がやわらぎ、逆に新たな憧憬の念をさそう霊地になったのだ。もっとも、古代にもすでに牟婁の温湯《イデユ》は知られており、謀反の罪に問われた有間皇子が偽って病を養ったのもこの地であるが、熊野三山のあたりはまだ荒ぶる神の棲息する荒茫の地であったらしい。古事記伝には、「抑此地(熊野村)は牟婁郡の半に過て、数十里に亙て、いと〳〵広く、一国ともあるべきを、一郡にも建てられず、和名抄の郷名にだに載《ノラ》ざるは、山国にて、古は民いと少かりつと見ゆ」といっている。けだし、荒ぶる神が大いなる熊と化して現われ、毒気をはいて人々を蠱惑したとしても不思議ではない。

不思議なのはむしろ、神武天皇はなぜこうした地を行きめぐり大和に入ったかという点である。答はしかし案外簡単で、それは熊野が大和から見てまさに「そじしの空国《ムナクニ》」であったからではなかろうか。「そじしの空国」

が不穀の地、不毛の地の意に古来解されていることを前節で注記したが、やはりこの解釈は重んずべきもののように思う。この句には今一つ用例がある。仲哀天皇が熊襲を討たんとした時、神あり、皇后（神功）に託《カカ》って「天皇、何ぞ熊襲のまつろはざるを憂へ給へる。こはそじしの空国なり、云々。この国にまさりて宝の国あり、云々。こをたくぶすま新羅国と謂ふ、云々」（紀）と教えたとある。クマソのソとソジシのソ（背）が重なり、熊襲の国を「そじしの空国」とする連想ができ上っていたらしく見えるが、とにかく神言としてこの句が用いられているのが注目される。東征は国まぎであった。そしてそれには「そじしの空国を頓丘《ヒタヲ》より国覓ぎ行去《トホ》りて」行かねばならなかったのではあるまいか。「頓丘より」は、もっぱら峯伝いにという位の意であろう。

「そじしの空国」に対するのは「うまし国」つまり豊饒の国である。右の引用でも「空国」と「宝の国」とが対比して使われている。国まぎと国見との連関がここにうかがえる。現に神武紀には、即位後、天皇「腋上の嗛《ホホ》間《マ》の丘に登りて、国状《クニガタ》を廻らし望みてのりたまひしく、『あなにや、国し獲つ。内木綿《ウツユフ》のま狭《サ》き国と雖も、蜻蛉《アキツ》の臀呫《トナメ》せる如くもあるか』と。これに由りて始めて秋津洲の号あり。云々」という著名な国見の記事がのっている。(4) すぐ想い出すのは、舒明天皇の国見の歌「大和には、群山あれど、……うまし国ぞ、あきづ島、大和の国は」（万葉巻一）である。天皇は即位のあと山に登り、己れの領国をほめたたえる呪言を発することになっており、そして、それは、呪言を唱えればそのことば通りいい国になるという一種の言霊信仰にもとづくものであったらしい。この系統をひくのが国見歌で、記紀歌謡や万葉のなかにいくつか散見される。例の思国歌《クニシノヒ》の「大和は、国のまほろば、たたなづく、青垣、山隠《ゴモ》れる、大和しうるはし」などもそのなかに入る。

アキヅは地名である。孝安天皇は葛城室《ムロ》の秋津《アキツ》島に都したといわれ、また万葉にアキヅ野やアキヅの宮がうたわれている。が、なぜアキヅシマが大和に冠せられるに至ったか、よく分らない。アキヅ島は秋つ嶋で、瑞穂国と同じく秋の稔ゆたかな国の意と見る説が有力なようだが、アキツシマがアキヅシマに簡単に転じうるものかどうか。語感としても秋つ嶋の方が後世的にひびく。アキヅシマと並ぶものにシキシマがある。これも欽明天皇の都した地の名である。地名のアキヅが国見の呪言において蜻蛉と結合し――国見では「内木綿の」とか「山隠れる」とかの連想が働いているが、それを蜻蛉のつるんだごとしと見たのである――、それに豊饒の観念が加上されていったのではあるまいか。それはとにかくとしても「あなにや、国し獲つ」ということばに、吉き地、吉き国の意がすでに充分ふくまれている。そしてこの国見は、いわば国まぎの帰結であったわけで、たたえ名としての蜻蛉島＝豊秋津島の由来が初代君主にかかわることとして語られたのも、一応理解できると思う。熊野から吉野に出たことが、すでにそういう吉き国を得べき前兆として語られているのかも知れない。

しかし、私はいささか先取りしすぎたようである。神武天皇はまだ即位するには至っておらず、「そじしの空国」たる熊野を「頓丘より国覓ぎ」通らんとして荒ぶる神の息吹にあたりヲエ伏したところであり、周知のように大和平定という事業が行手にまだ残されている。

（1）　西田直二郎「日本上代のトーテミズム痕跡の問題と呪術についての二三の考察」（『内藤博士頌寿記念史学論叢』所収）、三品彰英「久麻那利考」（『建国神話論考』所収）がこのことを扱っている。二十数年前、これらを読んである種の感銘を受けて以来、私はひたすらこの著者らの暗示している方向にそってこの問題を考えてきたのだが、以下にのべる理由から今度はこれを棄てることにした。また同じころ折口信夫「大倭宮廷の剏業期」という論文にも心ひかれた記憶がある。これはむしろ神武天皇論と見るべきものだが、今回読み返して見て、正直のところ、かなりいい加減な思いつきの論にすぎないのが分り、ちょっと寂しいと思った。連想心理学にもとづくその所説には、厳密な本文批評の精神にたえない部分が相当多い。

（2）「度《ワタル》二信濃坂一者多得二神気《カミノイブキ》一以瘼《ヲエ》臥」（景行紀）「被《サレ》二蛇毒《ヲロチニヲヤ》一而多亡」（仁徳紀）等の例、みなそうである。また春日政治『古訓点の研究』には、仏典の訓点のなかからヲユの他動詞ヲヤスの例をいくつかあげているが、すべて蠱惑する義であるのは、この語の意味をほぼ決定するものといえる。

（3）この点、出雲と紀伊と種々通じる点があるのが注目される。イザナキの命は出雲と伯伎の境なる比婆之山に葬られたとある一方、紀伊国熊野の有馬村に葬られたともあり、熊野という地名も双方にあり、また意宇郡速玉神社と牟婁郡熊野速玉神社も同名である。これは、大和からみて出雲が政治的に荒ぶる神の世界であったのに対し、熊野が自然として荒ぶる神の地であったという共通性によるのであろうか。それとも、出雲が大いなる周辺を代表するのにたいし、紀伊が大和と直接界を接する畿外の地であったからであろうか。

（4）「国之獲矣」はクニミテツと在来よまれているが、今は日本古典全書の訓に従った。なお国まぎと国見とは同じ意だと篤胤が『古史伝』でいっているのを注記しておく。

五　大和平定の物語

神武天皇が河内から熊野を行きめぐり、そこから大和に入った道順に、前後あいかなわぬ地理上の曖昧さがあるのは、すでに一言した通りだが、ここに配置されているもろもろの物語の成りたち、その性格を考えるならば、そういう曖昧さの生じるゆえんも、かなりはっきりする。その一つ一つの物語を追っかけて行くのはやめ、本節ではおもに説話の方法という立場から、もろもろの物語がどういう風に配置されているかを探ってみたい。

神武天皇の系図などをもとにして日本太古には末子相続制が行われていた、という説がかつてとなえられ、問題となったことがある。今日どう決着がついているか知らないけれど、話の糸口に使わせてもらう。第二節の初めにかかげた系図の示す通り、神武は確かに四人兄弟の末子である。そして書紀では四人のうち神武が皇太子に立ち、他の三人は東征の途上で戦死したり、常世の国に渡ったり、海に入ったりしたことになっている。これはしかし必ずしも末子相続制をあらわしたものではない。書紀通釈のように長子五瀬命が皇太子に立った記事が省かれたのだろうというのも、うがちすぎで、もっと卒直に昔話などによくある末子成功譚に属するものと見るべきである。兄弟が一対になって出てくるのもそれに似た話法であり、大和平定物語に関するものでは兄宇迦斯《エウカシ》・弟《オト》宇迦斯、兄師木《エシキ》・弟師木がある。しかもその場合、必ずといっていいほど兄が悪玉で弟が善玉となっているのは、話の効果を印象づけるためである。それに説話というものは、正直とか、親切とか、勇気とかの徳目をかたろうとするものであったはずで、[1]大和平定の物語で兄ウカシと兄シキは宮廷に賊するもの、弟ウカシと弟シキはまつろうものとなっているのも、フォークロアのこの手法を踏襲したものに他なるまい。

だが、私が説話の方法ということばで意味しようとしたのは、必ずしもこうした手法上のことだけでなく、神武の大和平定物語の核になっているものは何か、またもろもろの物語はいかなる道筋を通ってこの核に結びついているかという点である。

まず宇陀《ウダ》の兄ウカシ・弟ウカシのことからとりあげよう。といっても、話の内容はすこぶる類型的で、兄ウカシが降服を偽わりワナをしかけ陥れんとたくらんでいるのを弟ウカシが告げあらわしたので、兄ウカシは神武の軍によって打ち滅されたというのであり、「宇陀の、高城に、鴫罠《シギワナ》張る、云々」[2]の歌一首がこのときうたわれたとなっているだけである。話はかくたわいないけれど、ここには問題の中心に近づいて行く一つのきっかけがある。それは弟ウカシが宇陀の水取《モヒトリ》（主水部）の祖とされている点で、川や池の水をミヅというにたいし、飲む水のことはモヒといった。つまり水取は宮廷の飲水や粥を作ったりすることを職とする品部で、宮内省の被管の主水《モヒトリ》司は、それが官制化されたものである。ところで兄ウカシ・弟ウカシの話が大和平定物語の一部として出てくるのは、宇陀地方の土豪がかつて宮廷に抵抗した記憶をとどめたものであろう、と普通いわれている。私もこういった考えをむげに斥けようとは思わないが、しかし、たんにこれだけではあまりにも平面的で、結局何もいわないのと同じではあるまいか。少くともこうした平面的な考えでは、次にとりあげる鴨県主の問題を、神武東征物語の文脈のなかで同時に解決しえないという憾みがある。

今まで述べてきたこととも関係があるので、平定後おこなわれた論功行賞の記事の一部を左に引用する。「以二椎根津彦一為二倭《ノ》国造一。又給二弟猾《ニ》猛田邑一、因為二猛田県主一。是菟田主水部《モヒトリラ》遠祖也。弟磯城《シキ》名黒速《ハ》為二磯城県主一、復以二剣根《トイフモノ》者一為二葛城国造一。又頭八咫烏《モ》亦入二賞例一、其苗裔《ハ》即葛野《カツノ》主殿《トノモリ》県主部《ラ》也」（紀）。ここにいう「葛野主殿県主部」とは山城の鴨県主のことで、つまり八咫烏は鴨県主の先祖である。姓氏録の鴨県主の条には、「神魂《カミムスヒ》命の孫、鴨建津身命、大なる烏となりて」神武天皇の軍を導いたとあり、例の逸文山城風土記には、「日向の曽《ソ》の峯に天降《アモ》りましし神、賀茂建角身命、神倭石余《イハレ》比古の御前《ミサキ》に立ちまして、大倭《ヤマト》の葛木山の峯に宿りまし、そこより漸に遷りて、山代の国の岡田の賀茂に至り、云々」とある。ここでは、いわゆる賀茂伝説の分析はさしひかえる。(3)

私の問題としたいのは、鴨県主の家伝ともいうべき八咫烏の話が、神武天皇の大和平定の物語とこのように結合しているのにはどんな意味があるかという点である。

まず職員令には、主殿寮の職掌を次のように規定している、「掌下供御輿輦、蓋笠、繖扇、帷帳、湯沐、洒二掃殿庭一、及燈燭、松柴、炭燎等事上」。延喜式の主殿寮には「車駕行幸供奉」という一条も見える。そして現に賀茂氏は鴨県主系図の示すように、この主殿の職に古くから伝統的に仕えていたのであり[4]、前引の書紀に葛野主殿県主部と記されているのもそれを示している。このことがなぜ重要かといえば、右のごとき職掌こそ、八咫烏が神武天皇のミサキとなって導いたという神話を生み出す母胎であったに相違ないからで、つまり八咫烏云々は、宮廷主殿部としての右のごとき職掌の起源説話であった[5]。

そこでこの職掌の内容をもっと吟味する必要がある。三代実録(元慶六年十二月廿五日)によるに、従前は令の規定で主殿寮の殿部四十人は、日置、子部、車持、笠取、鴨の名負五氏から充てることになっていたけれど、ある氏は絶滅し、ある氏は寮に仕えるを快しとしないので、異姓の人を以てその欠を補うを許したとあるが、これとの関係ですぐ想い出されるのは、大嘗祭で天皇が廻立殿から大嘗宮に入御するさいの、「宸儀始出。主殿官人二人執レ燭奉迎。車持朝臣一人執二菅蓋一、子部宿禰一人、笠取直一人、並執二蓋綱一膝行各供二其職一。還亦如之」という式の記事である。殿部の名負五氏のうち、車持、子部、笠取三氏の名がここに見えるのに、鴨、日置二氏の名が見えぬのは、主殿寮にこの二氏がすでに出仕しなくなった後の記録であるからだともいえるが、しかし最初の「主殿官人二人執レ燭奉迎」という職掌には鴨氏が、少くともかつては与っていたと見る方が妥当なようである[6]。もしそのように考えていいとすれば、鴨県主氏は燭を執って、廻立殿と大嘗宮との間の天子の往還を導いたわけだが[7]、この先導こそ――それは一般の「車駕行幸供奉」の祭式的集約でもあったはずである――、八咫烏が神武天皇のミサキとなったという話を生み出す核であったと見て誤らない。燭を執って導くことが八咫烏の話に化けるのをいぶかしむ向きもあるかも知れない。しかし、大嘗のときのユキ殿・スキ殿の秘儀が天孫降臨の話となり、国覓ぎが神武東征の話になったりするのを考えるならば、山の芋をたやすく鰻に変ずる神話的転換において、「秉燭照路」という祭式的行為が八咫烏の話へと変ずるのは、さしておどろくにあたらぬことではあるまいか。[8]

鴨県主氏の始祖神話が神武天皇と結合する媒介をなすのが大嘗祭であったことは、ほぼ疑えない。それに、この祭りで主殿寮のつとめる役には、なかなか重いものがあり、廻立殿の例の天の羽衣のことに与るのも、また嘗殿に燈を点じたりするのもその役であった。とくに平安遷都以後、賀茂社は伊勢に次ぐ大社となり、斎宮の制にならって斎院までおかれるに至ったが、これは、たんに地の利を得ていたためということだけでなく、鴨氏の祖が天つ神であり――八咫烏をつかわしたのは天照大神または高木神であった――、ミサキとして神武天皇を導いたという伝承、ならびにその基礎をなす職掌がものをいったのではないかと思う。恐らく鴨県主は、かつて殿部の伴造であったと推測される。[9]

さて、「大嘗祭の構造」という一文で詳しく考察したごとく、大嘗祭は君主を創造するための祭式であった。この祭式が歴史化されるとき初代君主のなかの初代君主である神武天皇は誕生する。すなわち、天孫降臨を主題とする神代の物語は君主新任の祭式に照射された創造神話（creation myth）であるが、神武の物語では、その同じ祭式が歴史を開くという新たな次元に転用され、神話の歴史化がおこなわれているわけである。このことを結論づけるにはまだ例証が不充分なので今は予備的にいっておくにとどめるが、しかしこれ以後の叙述は、神武の物語の核心によこたわるものが大嘗祭であり、そこからさまざまの物語が放射されているという仮説に導かれることになる。

そこで、さきにあげた弟ウカシを祖とする宇陀の水取のことにもどるが、そのさいやはり大嘗祭のとき水取氏が大嘗殿に収める蝦鰭盥槽《エビノハタブネ》を執る役になっていた事実を無視できない(10)。エビノハタブネというのは、海老の鰭状に造った水槽で、大嘗宮における天子の手洗の料である。この水取氏、つまり水取部の伴造は宇陀の水取の裔と考えてほぼまちがいあるまい。宇陀郡には、水分四社の一つで、祈年祭祝詞などにも見える宇陀水分《ミクマリ》社がある。宇陀の水取はこの水の神に仕えていたものと思われる。

そういえば熊野から吉野河の河尻に出たあと、阿陀（宇智郡）の鵜養の祖・贄持之子、吉野首の祖・井氷鹿《キヒカ》、吉野の国巣の祖・石押分之子、宇陀の水取の祖・弟宇迦斯《ウカシ》などといった「国つ神」らが一かたまりになって登場してくる。鵜養は、後に見るように久米歌に出てくる「鵜養の伴」がそれであろう。また吉野の国巣が大嘗祭にさいし贄を献じ国風を奏することは周知のとおりである。右のうちよく分らぬのは吉野首だが、しかし吉野水分神は名だたる水の神であるから（吉野には宮廷の御厨もあった）、前述の宇陀の水取とほぼ同列に考えてよさそうである。何れにせよ神武東征の軍が大和の宇智、吉野、宇陀あたりを経めぐっているのは、そこが宮廷祭祀と深い因縁をもつ「国つ神」らの棲みかであり、その因縁を初代君主の事蹟としてかたろうとしているのだと思う。

次には物部氏だが、この氏の先祖ニギハヤヒに関する話が神武の物語のなかに出てくることと、大嘗祭で宮門に楯矛を立てるのがこの氏の職であったこととは(11)、やはり無関係ではあるまい。楯や矛はもとより武器であるが、悪しき霊《モノ》のやってくるのを防ぐという呪的な意味を持っており、モノノベの原義もそこに由来するらしい(12)。物部氏は武門の家であったかのごとくいわれるけれど、むしろ呪的な性格が著しい。そのもっともなるものは、始祖ニギハヤヒが天つ神から授かったという十種《トクサノ》瑞宝、つまり息津《オキツ》鏡、部津《ヘツ》鏡、八握《ヤツカ》剣、生《イク》玉、足《タリ》玉、死反《シニカヘシ》玉、道《チ》反玉、蛇比礼《ノヒレ》、蜂比礼、品物比礼《クサグサノモノ》をめぐる鎮魂の秘術である。これには天つ神伝来の次のような呪文があった、「若有二痛所一者《シラバイタム》、令二茲十宝一《シテコノトクサノ》、謂二一二三四五六七八九十一《ヒトフタミヨイツムナナヤココノタリヤト》而布瑠部《フルヘ》、由良由良止《ユラユラト》布瑠部。如此為之者《カクセバ》、死人《モ》反《ラン》レ生矣」（旧事紀）。貞観儀式や江家次第などによると、猨女の鎮魂法と習合して行われていた様子が見えるが、やはり古い由緒をもつと見てよかろう。

神武天皇の軍が熊野で毒気にあたり失神状態に陥ったとき、熊野の高倉下《タカクラジ》が夢に建御雷神からフツノミタマなる剣を得、それを天皇に献ずるや、みな眠から覚め、よって熊野の山の荒ぶる神はおのずから退治されたと記紀はかたっているが、私はこの物語こそ物部氏の鎮魂の起源に関するものであると考える。「ヲユ」の状態から覚めたのは、まさに呪文の「死人反《モラン》レ生」であり、悪しき神の毒気をはらった点も、先にいったモノノベの職掌と一致する。そして古事記が、このフツノミタマなる剣は石上神宮にあるといっているのは、まるで種明ししてくれているようなもので、石上神宮つまり布留御魂神社は物部氏の仕える神であった。こう見てくると、旧事紀が高倉下をニギハヤヒの子としているのも、あながちな所伝とはいいきれない。高倉下は高倉主で、霊剣が倉に落下したところからつけた名であり、そしてそれは石上神宮の神庫《ホクラ》との連想をもつものに相違ない。ホクラは高い倉である。(13)

ところが記紀では、高倉下のこの天剣の話と例の天津瑞《アマツシルシ》の話とは別々にきりはなされている。ニギハヤヒに関する古事記の本文は「故ここに邇芸《ニギ》速日命参赴きて、天つ神の御子（神武）に白ししく、天つ神の御子天降り坐しつと聞けり、故、追ひて参降り来つ、とまをして、即ち天津瑞《シルシ》を献りて仕へ奉りき。故、邇芸速日命、登美《トミ》毘古が妹、登美夜毘売を娶して生める子、宇摩志麻遅《ウマシマヂ》命。此は物部連、穂積臣、婇臣の祖なり。故、かく荒ぶる神等を言向け和し、伏《マツロ》はぬ人等を退《ソ》け撥《ハラ》ひて、畝火の白檮《カシ》原宮に坐しまして、天の下治らしめしき」とあるのみである。古事記伝が「天つ神の御子天降り、云々」はニニギの命の降臨をさすと解しているのは誤りで、もとより神武天皇のことをさすとすべきである。それはとにかく、ここに見える天津瑞と高倉下の天剣と十種の瑞宝とはどういう関係にあるかが問題になるが、三者は同一物であり、ちがったもののように語られているのは説話上の展開にすぎないのではなかろうか。三者みな天つ神からの授かりもので、かつ宮廷に献上されていることは、少くともそれらが神話的等価関係にあることを示す。つまり高倉下の天剣は十種の瑞宝の象徴に他ならず、その瑞宝はまた天津瑞でもあるということになる。

この関係に新しい要素を導入したのは書紀である。古事記にはたんに「即ち天津瑞を献りて仕へ奉りき」とある部分を書紀は拡大し、天の羽々矢と歩靫《カチユギ》がその天津瑞であり、それが天つ神の子であるかどうかを判定する印のものであるという点に力を入れている。そしてニギハヤヒが正統で神武天皇は偽せものと考えて抵抗していた長髄彦（登美毘古）は、天皇がニギハヤヒと同じ天津瑞を持っているのを見て怖じ恐れたが、その後も改心しなかったのでニギハヤヒがそれを殺し天皇に帰服したと語っている。古事記に比べ、これは一つの新しい説話的発展であった。その場合ニギハヤヒの方が先に天から降ってきていたことになっているのも、天津瑞の意味をこのように説話的に拡大させたことに関係しよう。

そのへんのことがたとえどうであろうと、物部氏の始祖に関する話がこうした形で神武の物語のなかに織りこまれていること、並びにその物部氏が大嘗祭の宮門で楯と矛とを執る職に当っていたこととの相関こそ重要である。かくして水取氏、鴨氏、物部氏三氏の始祖伝説を統一的につかむことのできる環が何であるか、かなり明らかになったと思う。やはりこの大和平定物語の一部として出てくる吉野の国栖が大嘗祭と因縁の深いものであることは、前言したとおりである。さらに、次節に扱う久米歌が大嘗祭のときの歌であるゆえんに思い及ぶならば、神武天皇という人物の創造は大嘗祭の照射ときりはなせないものであること、少くともこの祭式がその鋳型になっているという見こみが一そう強まってくるであろう。[14] 古語拾遺の神武天皇の条にかんする記述が、大嘗祭の話をもっぱら中心にしているのも、斎部広成ひとりの偏見であったとはいいきれぬものがある。

（1）いささか余言にわたるが、今昔物語などの説話集に教訓的要素の著しいのは、たんに仏教の影響というようなものではなく、説話の伝統が仏教化されたまでのことだと思われる。説話や昔話のなかにある教訓的要素を排除してよむことが「文学的」な扱いであるかのように考える向きが強いが、むしろ説話というものにおいては、教訓的であることと楽しむこととが統一されていたとすべきではあるまいか。

（2）この歌については次節「久米歌」の項を参照。

（3）これについては肥後和男「賀茂伝説考」（『日本神話研究』所収）があり、古くは伴信友「瀬見の小河」がある。

（4）この系図がかなり信頼できるものであることは、井上光貞「カモ県主の研究」（坂本太郎博士還暦記念会編『日本古代史論集』上）参照。なお、この系図によると、鴨県主は主殿寮だけでなく主水司にも出仕しているが、それは「大嘗祭の構造」でふれた「湯沐」ということと関連するのであろう。

（5）佐伯有清「ヤタガラス伝説と鴨氏」（『新撰姓氏録の研究』所収）参照。実は私は、八咫烏の話が鴨氏の殿部としての職掌から発生したとする考えを、自分ひとりの発明だと早合点していたところ、佐伯氏の右の論文にすでにそのことがいわれているのを知り、正直なところ少しがっかりしたのだが、しかしそれにより、自分の推測が必ずしも独断でなかったのを知り、今はもっと確信を以てこのことがいえるようになったのをよろこぶ。

（6）同上。

（7） なお北山抄の大嘗会の条に、ここの部分を「秉燭照路」といっているのも参考になる。

（8） ここにどうして烏が現われるかについて、前掲「賀茂伝説考」に、烏が太陽と縁のあるものであったことを示す中国の事例をあげているのは、一つの解釈の方向といえる。大津皇子も著名な「臨終」という漢詩で「金烏臨二西舎一云々」といっている。それとも烏は神の使として、または暁烏が太陽をみちびくものとして考えられていたのであろうか。八咫烏を熊野の神の使と見る説もあるが、文脈的にはやはり天照大神の使であると思う。ギリシャ神話でも烏がアポロンの使の役をしている。

（9） 井上光貞前掲論文。

（10） 「大嘗祭の構造」七節参照。

（11） 「大嘗祭の構造」七節参照。

（12） 折口信夫「大嘗祭の本義」参照。当時の考えでは兵器は神器でもあったことは、赤盾、赤矛を以て神を祀った例（崇神紀）や、祠官に兵器を神幣とせんと占わせて吉かったので、弓矢と横刀を諸社に納めさせた例（垂仁紀）などでわかる。

（13） 垂仁紀にいう、「五十瓊敷命、妹大中姫に謂《カタ》りて曰はく、『我は老いたり。神宝を掌ること能はず。今より以後は、必ず汝主《ツカサド》れ』といふ。大中姫命辞《イナ》びて曰さく、『吾は手弱女人なり。何ぞ能く天神庫《アメノホクラ》に登らむ』とまうす。五十瓊敷命の曰はく、『神庫高しと雖も、我能く神庫の為に梯を造てむ。豈庫《ホクラ》に登るに煩はむや』といふ。故、諺に曰はく、『天の神庫も樹梯《ハシダテ》の随に』といふは、此其の縁なり。然して遂に大中姫命、物部十千根大連に授けて治めくむ。故、物部連等、今に至るまでに、石上の神宝を治むるは、是其の縁なり」。

（14） ただここで本節の最初に引用した書紀の一文に、少し注釈を加えておく必要があろう。そのなかの「弟磯城名黒速為二磯城県主一、復以二剣根者一為二葛城国造一」という部分をとばして私は論を進めてきたからである。磯城はいうまでもなく倭六県《ムツミノアガタ》（高市、葛木、十市、志貴、山辺、曾布）の一つで、宮廷と古い特別の関係を結んでいた県である。したがってその創立を初代君主の時代にあるとするのは、一応もっともな成行きである。しかし、葛城国造に剣根なるものを任じたと次にいっている記事は信用できない。この剣根という名は、前後の脈絡なしにここに突然出てくる。この記事は後から割りこんだのではなかろうか。

六　久　米　歌

神武天皇の大和平定物語の軸になっているのは久米歌である。歌と物語との関係がどうなっているかは後にのべるとし、まず歌そのものの考察から入りたい。記紀ともに大同小異だが、ここは古事記から引用する。

㈠宇陀の　高城《タカキ》に　鴫罠《シギワナ》張る
　我が待つや　鴫は障《サヤ》らず
　いすくはし　鯨障る
　前妻《コナミ》が　肴《ナ》乞はさば
　立柧棱《タチソバ》の　実の無けくを　こきしひゑね
　後妻《ウハナリ》が　肴乞はさば
　柃《イチサカキ》　実の多けくを　こきだひゑね
　　ええ　しやこしや　こはいのごふぞ

ああ　しやこしや　こは嘲咲《アザワラ》ふぞ
(二)忍坂《オサカ》の　大室屋《ムロヤ》に
人多《サハ》に　来入り居り
人多に　入り居りとも
みつみつし　久米の子が
頭椎《クブツツ》い　石椎いもち　撃ちてし止まむ
みつみつし　久米の子らが
頭椎い　石椎いもち　今撃たば良らし
(三)みつみつし　久米の子らが
粟生《アハフ》には　韮《カミラ》一茎《モト》　そねが茎
そ根芽《ネメ》つなぎて　撃ちてし止まむ
(四)みつみつし　久米の子らが
垣下《カキモト》に　植ゑし　椒《ハジカミ》　口ひびく
我は忘れじ　撃ちてし止まむ
(五)神風の　伊勢の海の
大石に　這ひ廻《モトホ》ろふ　細螺《シタダミ》の
い這ひ廻り　撃ちてし止まむ

㈥楯並《タタナ》めて　伊那佐《イナサ》の山の
木《コ》の間《マ》よも　い行きまもらひ
戦へば　我はや飢《エ》ぬ
島つ鳥　鵜飼が伴　今助《ス》けに来ね

前にいったように、久米歌は大嘗祭の豊の明りにおいてうたわれたもので、このことは久米歌を考える上に相当大きい意味をもつと思うのだが、従来その点に留意する人があまりいないのは、大嘗祭と久米歌との結びつきをたんなる偶然にすぎぬと見なしていたためであろう。私にしてもそうだが、しかしこれはどうもまちがっている。次に示すごとく、久米歌のモチーフは、それが豊の明りにおいて演じられたことと不可分の関係にある。

㈠の歌の中心になっているのは「肴」つまりサカナであり、古女房がサカナをといったら、ちょっぴりタチソバの実ほどもくれてやれ、いとしい若女房がサカナをといったら、しこたまイチサカキの実ほどくれてやれ、というほどの意。前半は語法としてはその「肴」を引き出す序にあたるわけだが、鴫わなを張りこんでいたところ、鴫はひっかからず、何と鯨がひっかかったという大胆な飛躍によってそれを喚び出している点に、「饗宴の享楽」[1]を主題とするこの歌の身上があると見てよかろう。鯨が鴫わなにひっかかるのはいかにも唐突だからというのでこれを「鷹《くち》ら」とする通説は、実証主義のわなにひっかかったものというべく、第一、食えそうもない鷹——クチはタカの朝鮮語だという——の肉をどっさりくれてやれとは、いったいどういうことか。それはとにかく、この歌が酒もりに関するものであることは明らかで、物語地でもこれは饗宴の歌とされている。

㈢の歌の「韮《カミラ》」もまた「肴《ナ》」にちがいない。カミラは臭韮、つまりぷんと臭うニラのことだが、式の大膳職に新嘗祭の小斎《ヲミ》の給食《ジキ》やその解斎の給食として、「清蒜房、蒜英各二合、漬菜一合、韮搗《ニラツキ》二合」などとあるのが注目される。この韮搗は、万葉に「醤酢《ヒシホス》に、蒜搗き合《カ》てて」（一六・三八二九）とあるから、ニラのあえものであろう。このニラツキとカミラとを直接結びつけるわけにゆかぬけれど、古代の饗宴において韮が有力な「肴」の一つであったであろうと推測してほぼ誤りあるまい。同じことが㈣の歌の「椒《ハジカミ》」についてもいえる。「植ゑし椒、口ひびく」は、たんに一般的にハジカミを食えば口がぴりっとするという比喩ではなく、まさにいま食ったこのハジカミでなければならぬ。そのように解した方が、少くとも歌が一そう生きてくる。ということは、歌がその現場でとらえられたことになる。㈤の歌の「細螺《シタダミ》」もまた同断で、式の大嘗祭の阿波国の献物のなかに、潜女の採ったあわび、うに、かき等とならんでシタダミがある。かりにこういう記事がなくとも、シタダミがやはり饗宴の「肴」であり、それがかかる歌いかたを喚び起しているものであることは、以上の例から容易に推察できる。次のような愛すべき歌謡が万葉には伝えられている、「加島嶺《ネ》の、机の島の、小螺《シタダミ》を、い拾ひ持ち来て、石もち、啄《ツツ》きやぶり、早川に、洗ひ濯ぎ、辛塩に、ここと揉み、高杯《タカツキ》に盛り、机に立てて、母に奉りつや、めづ児の刀自《トジ》、父に奉りつや、むめ児の刀自」（巻十六）。

さて㈥の「戦へば、我はや飢《ヱ》ぬ、島つ鳥、鵜飼が伴、今助《ス》けに来ね」は、いわゆる腹がへってはいくさは出来ぬで、饗宴の席で腹のへった真似をし、ほがらかに笑うという主旨のものであったと思う。そしてここに「鵜飼が伴」が出てくるのは、神武天皇が熊野から大和に出ようとする途次、吉野河のほとりで、贄持《ニヘモツ》之子という名の国つ神にあい、それが阿陀の鵜飼の祖とされていることと不可分に結びついている。つまり、鵜飼が伴のこの伴は、たんに鵜飼の衆といった意ではなく、鵜飼を以て宮廷に仕える特定の部曲を指すはずである。ではこのような関係が久米歌においてなぜ生じるのか。

以上はいわば久米歌の表面を素材的に掠めてきたにすぎないが、次にはいささか角度を変え、久米歌を担ったところの久米部の性格について考えてみる必要がある。その出発点となるのが実は(二)の歌である。字づらからは分りにくいが、記紀ともにこれが宴において賊を打とうとしたときの歌とされているのには、相応の理由があったとしなければならぬ。とくに古事記には「かれここに天つ神の御子(神武天皇)の命以ちて、饗《アヘ》を八十建に賜ひき。ここに八十建に宛てて八十《ヤソ》膳夫《カシハデ》を設《マ》けて、その膳夫等に、歌を聞かばもろともに斬れと誨へたまひき。かれ、その土雲を打たむとすることを明して歌ひけらく」としてこの歌を掲げている。普通この部分は、敵をあざむく手として久米部を膳夫(料理人)にしたてたのだと解されており、事実、説話的にはその通りだが、しかしこの表現の根本には、久米部が戦士であるとともに膳夫でもあった時代の記憶が生きていると見るのが正しいであろう(2)。倭建命が東国征服におもむいたとき、久米直の祖、名は七拳脛《ナナツカハギ》というのが恒に膳夫として奉仕したという記事(景行記)も、久米部がたんに戦士でなく膳夫でもあった消息をかたっている。供膳を専門に掌る高橋氏や安曇氏などが出てくる以前には職掌はもっと未分化で、久米部も、戦士であり膳夫であり、かつ生活としては狩猟もやれば農業もやるといった具合であったのではないかと考えられる。

久米歌が大嘗祭の饗宴の日にうたわれたのは、このように見てくると決してかりそめでないことが分る。久米歌じたい「肴」をうたっている点ですでに饗宴向きの歌であった。そしてそれは久米部が膳夫であったことにもとづくらしいのである。以上のことを念頭において久米歌を読み直してみると、いささか豁然たるものがあるとはいえないだろうか。韮にしてもハジカミにしても、シタダミにしても、また鯨にしても、たんなる点景ではなくて、膳夫として久米部が手がけたものであり、なかんずく韮やハジカミは「久米の子らが、粟生には、韮一本」「久米の子らが、垣下に、植ゑし椒」とあるごとく、みずから作ったものであるわけで、こうした物と人間との親近性の強さがここでは特徴的である。これらの物がぴしっと歌句のなかに定着し、しかもそれが比喩に転化するそのす速さと正確さも、右の点を考慮に入れてはじめて納得されるであろう。

㈠の歌にとどまらず久米歌のすべてが「饗宴の享楽」の歌であるゆえんを、かくして知ることができる。古代の饗宴は強烈な歓楽であったはずだが、そういう性格がかなりはっきりとここには示されている。それに久米歌は、たんにうたわれたのではなく舞踏歌であり、平安朝の記録では二十人が二列になって舞うとある。歌そのものからもかなり強い集団的舞踏のリズムがきこえてくるといえるだろう。

だがいうまでもなく、久米歌の特色は戦闘歌謡である点にある。いや、その特色は饗宴の歌であると同時に、戦闘の歌であった点にある、と訂正される必要がある。㈠の歌の末尾に「ええ、しやこしや」というハヤシ詞に「こはいのごふぞ」と原注があり、「ああ、しやこしや」には「こは嘲咲《アザワラ》ふぞ」とある。イノゴフは攻撃的態度に出る意であるらしいから、「前妻が、肴乞はさば、……後妻が、肴乞はさば、云々」で爆笑する笑いを、敵に対する攻撃的な嘲笑へと転換させていることになる。㈢㈣㈤においても、韮やハジカミやシタダミといった肴の形象が、たたかいを喚起する比喩句へと急転していっている趣を見るべきである。「粟生には、韮一茎、そねが茎、そ根芽つなぎて」という表現は、いくら苅り取ってもすぐに簇生してくる韮に対する耕人的経験を下地に、根こそぎやっつけてしまおうと歌ったものであり、「垣下に、植ゑし椒、口ひびく、我は忘れじ」も、植えた椒である点が一つの眼目で、それを今しも饗宴で食った、その焼けつくような辛味が間髪を入れず、忘れがたい報復の念に詩的等価を見出すという具合に歌われている。そのさい「われ」なる気力旺んな個人が久米の子らという集団の外がわに特立しているのが注目される。(3) 実証はできぬが、歌において舞踏において、彼は恐らく音頭取であり指揮者であったにちがいない。㈤の歌でシタダミが石の上を這いまわる軍勢の姿へと飛躍するのも、久米部をひきいて叱咤する「われ」なる個人の存在を予想させる。この個人をいかなる範疇で規定したらいいか、やはり《英雄的》とよぶ他なさそうに思う。「撃ちてし止まむ」が命令形でなく、うたずば止まじという決意の表明である点も見のがせない。

このように久米歌は、饗宴歌であるとともに戦闘歌であり、かつ舞踏歌でもあるという性格をもつ。生活性を背負っているという魅力がある一方、英雄歌としてはいささか展開に乏しいという憾みもある。「われ」が三人称に進化するためには、舞踏という狭い枠から脱け出し、もっと自由な武勲詩としてそれが享受されるような機会が必要であったはずである。それはとにかく、久米歌が一人の英雄を予想、または前提していることは確かで、そして記紀ではそれが神武天皇に擬せられているわけだが、この結びつきを偶然の成り行きと見ることはできない。久米歌が大嘗祭、つまり新しい君主を創造する祭式の饗宴の日に演じられたからこそ、その主格には初代君主が歴史的に擬せられるに至ったのだ。では大嘗祭がなぜ初代君主を喚起するかという疑問が当然生じてくるが、それには後ほど答えるとし、ここでは話をふたたび神武天皇にもどし、物語のなかで久米歌がいかに位置づけられているかを考えてみる。

久米歌の主格と神武天皇、歌そのものと物語地とが内的に統一されておらず、むしろ両者が火と水のように背きあっていることは、すでに研究されているから繰り返さない。(4) 久米歌を構成する個々の歌と物語との相関関係も、記紀必ずしも一致していない。これは、核としてまず久米歌があり、後から物語が歌の説明として、または縁起として、その周辺にくっついたり、かぶさったりしてきた事情を語るものである。たとえば古事記では、㈢㈣㈤の歌につき、何ら状況の説明はなくただトミビコをうたんとせし時の歌とあり、その間を「又歌曰」でつないでいる程度で、いかにも縁起を歌にくっつけた恰好である。それに対し書紀は、㈢㈣を金の鵄が弓弭に止った云々の話ではじめ、さらに歌意を兄五瀬命が以前クサカで長髄彦（トミビコ）の矢に当って死んだ恨みに結びつけ、㈤はヤソタケルをうつときの歌とするといった風に、説話的展開を与えようとしている。ところが、その展開が歌そのものからの内的展開でないため、歌の予想する主格と神武天皇とはむしろ背きあわざるをえなかった。

明らかに神武天皇は国家的理念によって鋳造された、とまではいえないにしても、上塗りされているということができる。ただ、この人物を果して専制君主と規定していいかどうかは、多少疑問である。despotic なものと見るより divine なものと見る方が、本文に忠実な読みではなかろうか。神武天皇の大和平定にさいしその危機を救ったのは霊鳥や霊夢であり、魔術的な力の方が権力的なものに優位しているかのように語られている。後のものだが、神武という諡号もまんざら意味がないわけではあるまい。それに、海神の女玉依姫を母とし、ワカミケヌまたはトヨミケヌとして生れたといった神話的出自も、専制君主にふさわしいとはいえまい。東遷を導いたサヲネツヒコが大和国魂神に仕えるものであったこと、大和平定の途上に出てくる宇陀の水取、鴨県主、吉野の国栖、物部等の氏が大嘗祭に縁の深い次第についてもふれたが、これまた神武天皇の身辺に神的なもの、divine な要素が漂っていることを示す。久米部をひきいた大伴氏が、大嘗祭で宮門の開閉を掌り、また久米舞を奏する氏であったのは、あらためていうまでもない。

次いで着目されるのは、この大和平定の物語で、討伐さるべき敵がつねに多少とも荒ぶる神、またはもの、つまりデーモンとして描き出されている点である。まず土蜘蛛がある。これは尾が生えているとか(記)、身短かく手足が長い(紀)などと書かれている。ナガスネヒコというのも、正常な名づけ方ではあるまい。化けもの扱いしないときも、敵がたを賤しめ、矮小化して描いており、ワナをしかければきっとひっかかることになっている。つまり「攻むれば必ず取り、戦へば必ず勝つ」(紀)という神話的な筋書が前以て敷かれているわけで、かくして「荒ぶる神どもをことむけやはし、まつろはぬ人どもを退《ソ》け撥ひて、畝火の白檮《カシ》原宮に坐しまして、天の下治らしめき」(記)という予定の結論に達する。この流儀は、たんに despotic なものでなく、やはり divine なものと見る方が正確ではあるまいか。

ここで、天孫降臨の条を想い出さぬわけにゆかない。降臨せんとする天忍《オシ》穂耳命は天の浮橋に立ち、豊葦原の水穂国は「いたくさやぎてありなり」といったとあるが、これはそこが「荒ぶる国つ神ども多《サハ》」に蟠居する地であるためであった。書紀がこの荒ぶる神どものことを「邪鬼《アシキモノ》」と呼んでいるので分るように、それらはものであった。大国主命が三輪の大物主と同化されるのも、ものの総元締で彼があったのにもとづく。そして天孫降臨はこの荒ぶる神どもを「ことむけやはす」ことによって行われた。これと全く同じ論理が、舞台を変えて神武天皇の物語で再現されている事実に目を留めなくてはならぬ。そこにあるのは祭式の論理である。そしてその祭式、具体的には大嘗祭では、荒ぶる神やものどものうようよする原始的混沌を君主たるべきものの力で克服し、それに新しい王権的秩序を与えることが主眼とされていた。久米歌＝久米舞も、荒ぶる神とのそういった模擬戦

(mock combat) を表出したものに他ならず、ただ記紀では、この模擬戦が初代君主の実戦であったかのごとく語られているまでである。どの民族においても最初の歴史書は多少とも、祭式や神話や伝説を歴史化するということによってしか成りたたないのではなかろうか。

神武天皇が大嘗祭式のなかから脱化してきた人物であるらしいとの見通しが、次第にはっきりしてきたと思う。問題はしかし、この脱化過程がどういうものであったかにある。これを明らかにするため、もっと違う角度から神武天皇を考えてみることにする。(5)

(1) 高木市之助「記紀歌謡おぼえ書」(日本文学、一九五四年二月号)。
(2) 佐伯有清「宮城十二門号と古代天皇近侍氏族」(『新撰姓氏録の研究』所収) 参照。
(3) 高木市之助「日本文学における叙事詩時代」(『吉野の鮎』所収) 参照。
(4) 石母田正「古代貴族の英雄時代」(雑誌「史論」) 参照。
(5) なお久米歌については、前掲高木氏の論のほか、土橋寛「久米歌と英雄物語」(『古代歌謡論』所収)、上田正昭「戦闘歌舞の伝流」(芸能史研究、三号)その他があるが、まだ不明な点が多く残っているように思う。それらに関しては今はふれない。

七　即　位

神武天皇の物語は天孫降臨物語の新しい再生であるといったけれど、このことをもう一度確かめておいた上で先に進みたい。まず、両者が同じ構造をもつことをもっともよく見せてくれるのは、高倉下のえた霊剣に関する記載である。この霊剣の力により熊野の荒ぶる神はおのずから切り伏せられたのだが、左に引用するのは、この霊剣をえたゆえんを彼が天皇に答える条である。

高倉下答へて曰く、「己が夢《イメ》に、天照大神、高木神二柱の神の命以ちて、建御雷神を召して詔りたまはく、『葦原中国はいたくさやぎてありなり、我が御子等不平《ヤクサ》み坐すらし、其の葦原中国は、専《モハ》ら汝《イマシ》が言《コト》向けし国なり。故、汝建御雷神降るべし。』とのりたまひき。ここに答へ白さく、『僕《ア》は降らずとも、専ら其の国を平《コトム》けし横刀《タチ》有れば、其の刀《タチ》を降すべし(此の刀の名は、佐士布都神と云ひ、亦の名は甕布都神と云ひ、亦の名は布都《フツノ》御魂と云ふ。此の刀は石上神宮に坐す。)此の刀を降さむ状《サマ》は、高倉下が倉の頂《ムネ》を穿ちて、其れより堕し入れむ。故、あさめよく汝取り持ちて、天つ神の御子に献れ。』とまをしき。故、夢の教の如、旦《アシタ》に己が倉を見れば、信《マコト》に横刀有りき。故、是の横刀を以ちて献りしにこそ」とまをしき。(記)

この一文を読み誰しも気づくのは、葦原中国は「いたくさやぎてありなり」という降臨の条に出たことばが、ここに再出していることである。ともに一字一音の仮名で記してあるところから見て[1]、これは多分、祭式的詞章であったと思う。神話を解釈する一つの鍵は、通時的にかたられているものを共時的なものに還元してみることにある。通時として場面を変えてかたられているからといって、たんに歴史主義的に受けとるならば、神話の神話たるゆえんは蒸発する。神話の下地には無時間的な祭式がある。そして祭式は特定の構造をもっている。そういう構造として、天孫降臨と神武の物語とは共時的である。それは右の引用にあるごとく葦原中国を平らげた建御雷神がほぼ同じ役を以てふたたび登場してきているのでも察知できる。古事記では葦原中国をことむけたのは建御雷神と天鳥船神となっており、書紀では経津《フツ》主神と武甕槌《タケミカヅチ》となっているが、フツヌシとタケミカヅチは同身異名に他ならない。イザナキの命が十拳《トツカ》剣を抜いてカグツチの神の首を斬ったとき、そのツバについていた血、「湯津石村《イハムラ》に走り《タバシ》就きて成れる神の名は、甕速日神。次に樋速日神、次に建御雷之男神。亦の名は建布都《フツ》神、亦の名は豊布都神」（記）とある。剣、天日、雷電、この三者の間を連想が往き来しているのが分る。そして高倉下のえた剣の名はフツノミタマ（サジフツ、ミカフツ）であるから、それはフツヌシ・タケミカヅチそのものだといえるわけで、つまり神武天皇大和入りの物語は、ニニギの命の再降臨という性格をもつ。

そのへんの消息は、大伴氏に関する記述にもうかがえる。ニニギの命が天降ったときの、「故、ここに天忍日命（大伴氏の祖）、天津久米命（久米直の祖）の二人、天の石靫《イハユギ》を取り負ひ、頭椎《クブツチ》の大刀を取り佩き、……御前に立ちて仕へ奉りき」（記）という記事を、久米歌㈡の「久米の子が、頭椎《クブツツ》い、石椎いもち、云々」と対比してみればいい。天忍日命、天津久米命が神武の条で道臣命、大久米命と名が変っているのは、ホノニニギがカムヤマトイハレビコ（神武）になるのと同じで、純粋に説話上の発展に属する。むろんそれに意味が無いというのではなく、通時の底に共時を探ることが通時の意味をとらえ直すのに必要なまでである。神武の物語は、かくして神代の降臨物語の人代における新版であり、したがってやはり大嘗祭の照射を初代君主の業績として歴史化したものと見ることができる。神武紀の本文に、「冬十月、癸己の朔、天皇その厳瓮《イツベ》の粮《ヲシモノ》を嘗め、兵を勒《トトノ》へて出で、まづ八十梟《タケ》帥《ル》を、国見の丘に撃ち破り、云々」という風な大嘗祭を暗示する記事が、久米歌「神風の、伊勢の海の、云々」の前置きにあるのなども、脱化しようとした祭式の脱けがらが尻尾にくっついている姿に他なるまい。

だが以上は、いわば足もとを固めるための後向きの議論であった。これを前向きに転じるには、やはり神武天皇の即位の問題に焦点をしぼらなくてはならない。もとより、物議の種は「辛酉年春正月、庚辰朔、天皇即二帝位於橿原宮一」という書紀の僅か一行の文字である。例の紀年論と紀元節の問題がこれとからむわけだが、ここでの私の主な関心は、「春正月」に即位したとある意味が何であるかを、右に述べて来た文脈のなかで確定することにある。

まず目をひくのは、神武天皇とかぎらず、正月に即位したと書紀の記す天皇の数がすこぶる多い点で、統計によるに、神武天皇から持統天皇まで四十代のうち二十一代が正月即位となっている。十二月と二月の即位を入れると、ちょうど八割が正月前後に即位した勘定になる。また正月即位という記事が、仁徳天皇（十六代）以前と舒明天皇（三十四代）以後とにほとんど集中しているのが特徴的である。こう見てくると、神武天皇の正月即位は或る類型の表現であり、たんにそれだけを歴史上の事件または作為としてとり出しあげつらうわけにゆかぬゆえんが、はっきりする。[2] 即位は、神話と並ぶ王権研究上の重要な概念である。神話の概念がないためどういう混乱が起きているかはすでにふれたが、即位についても同様で、神武天皇のそれをめぐるてんやわんやは、この無概念性に災されている面がすくなくない。

ところで、正月即位という類型を規定しているのが大嘗祭であることは、ほぼ疑問の余地がない。「大嘗祭の構造」で考察したように、天皇の候補者はそこでホノニニギを再演することによって日本の君主という身分に復活するのであるが、これは時間の始源にもどることによりそれぞれの君主の新しい代が初まると考えられていたことを意味する。代がわりごとに都遷しが行われたのも、たんに死の穢を忌んだのではなく、この復初の観念にもとづくものと思われる。しかも十一月の大嘗祭は、暦でいえばだいたい冬至のころにあたる。冬至は冬と春とが行きあい、太陽が死んで新たによみがえる日であるが、天文学のない時代の人びとにとっては、新たな太陽を呼びもどそうとする情緒的希求はきわめて強烈であったはずである。クリスマスをはじめ、北半球に棲む農業民族の祭りが、冬至のころに集中しているゆえんである。何か目じるしになるものを決めておいて日脚を測るというやりかたで、人間は冬至の存在には一般にかなり早くから気づいていたといわれる。日本人も、つとにこれを知っており、宮廷の大嘗（新嘗）祭や鎮魂祭、民間の霜月祭りなどは、もとをただせば同じ根から発したものにちがいない。君主の即位が新しい代の初まりでありえたのも、大嘗祭がこういった自然のリズムとの対応関係をもっていたからである。単位を一年に限れば、年ごとの新嘗祭が、稲の収穫祭りであるとともに春を呼ぶ祭りでもあったことになる。

かく考えると、大嘗祭を基礎に春正月即位という観念が生れてくるのは、あと一歩だといえるだろう。しかし、この一歩が実は重大である。なぜならこの一歩は、一つの飛躍であり、その背後に暦の変化、並びに或る種の社会変化が予想されるからである。具体的には、大陸から天文暦が入ってきたため在来の自然暦に相当の修正を加え、両者間の調節をはからざるをえなくなったという事態がつまりそれである。自然暦が季節や時の自然的変化にもとづく生活暦であるにたいし、天文暦はいうまでもなく地域差を無視し、それをこえたもっと抽象的・普遍的な暦である。東洋ではこの天文暦が、広大な版図を擁する帝国を形成した中国で作られるに至ったのは、きわめて当然な成り行きであった。天文暦は、帝国的な政治統一にとって不可欠の部分であった。日本の場合でも、それを輸入し採用したことと政治的統一国家の形成とは、きりはなせない関係にあったはずである。

自然暦から天文暦へのこの移行過程にはさまざまな困難が伴ったであろうと推測されるが、それはとにかく、本節の主題にかかわることでいえば、新しい暦に対応すべくまず祭式の分化と再組織がここで行われざるをえなくなったことである。さらにしぼっていうなら、大嘗祭の一部が正月儀礼に移されて漢風化し、正月儀礼がまた即位礼——狭義の(3)——を規定するといった変化が起ってきたのである。すなわち、旧暦における年ごとの新嘗祭と一代一度の大嘗祭との関係は、新しい天文暦における正月儀礼と即位礼の関係として新たに再生産されたわけで、事実、内容的に見ても、正月儀礼と即位礼との類似は、新嘗祭と大嘗祭との類似に等しいということができる。即位礼が官僚的な大儀であり、大嘗祭が神事のなかの大祀と規定されたゆえんも、かくして理解できる。正月即位が舒明天皇から持統天皇にかけての後期に集中している事実は、新しい暦制をとり入れそれを実行しようとしたものに他ならず、他方、神武天皇から仁徳天皇に至る最初期が多く正月即位と記載されたのは、この志向を過去に投げかけ、正月即位を初代以来のものに永遠化しようとしたものと見ることができる。

だが、この移行過程にはもっと重要な問題が含まれている。自然暦から天文暦への変化は、時間の意識の質的変化を意味する。自然暦のなかの時間意識は、季節を単位に円環を描いて年ごとにくり返される形をとる。太陽は日々に新しで、そこではくり返しが同時に新生であった。この時間意識を規定しているのはもとより祭式だが、生活として見れば、経済活動がすべて自然のリズムに結びついている古い共同体がこれに対応する。日本古語で稲がトシとよばれたのは、これで以て自然過程を仕切っていたしるしである。稲が一年の単位になるのを怪しむかも知れぬが、生活暦では稲と関係のない何ヵ月かは、当然ノー・カウントになったはずである。しかし稲で表示されるところのトシは、円環のくりかえしであって、ついに暦年ではありえない。時間の意識がかかる円環を破り、継起的に流れる縦の線として自覚されるのは、天文暦の媒介による点が多いといえる。そしてそれは、社会構造が複雑化し、狭い共同体的な生活の枠をこえたさまざまの社会的・政治的事件が経験されるようになる過程と包みあっていたであろう。神話や祭式の世界から歴史の世界へ、神代から人代への時間意識の転換が、ここに次第にとげられて行く。この二つの世界の接点に初代君主・神武天皇は立つ。

祭式の主役が物語のヒーローに脱化し、祭式的たたかい——不毛の季節と豊饒の季節とのたたかい、混沌と秩序とのたたかい——が実戦であるかのように一回化される点は、神話も初期の歴史も大して変らない。違うのは、歴史物語の主人公はモータルであり、かつその事蹟が継起的時間の枠組を与えられている点である。木花咲耶姫と婚したニニギの命以来、王は死すべき存在とされているが、そういう人間が物語に登場し、歴史的事件の主役であるかのごとくかたられたのは、神武を以て最初とする。そのへんにも、神武天皇がニニギの命の歴史化された新しい分身として造り出されてきた事情の一端をうかがいとることができる。それが歴史化された分身であることは、久米歌中心の戦闘が、既述したように祭式的模擬戦を物語にしたてたものであった点からも疑う余地がない。神武天皇は大嘗祭のなかから脱化してきた人物であり、したがって歴史的過去にではなく絶対的過去にぞくする人物に他ならぬ。いいかえれば、その東征と大和平定の物語は、現にいま都が大和の地にあって、天皇により日本国が統治されているという政治体制の起源と由来を、歴史であるかのようにかたった新しい神話である。

（1）神武記には「伊多玖佐夜芸帝阿理那理」とあるが、降臨の条には「伊多久佐夜芸弖有那理」とあり、厳密には一字一音でない。
（2）倉林正次「正月儀礼の研究」（日本文化研究所紀要第十六輯）参照。
（3）「大嘗祭の構造」第三節参照。

八　ハツクニシラススメラミコト

二人のハツクニシラススメラミコトがいる。一人は神武天皇、もう一人は崇神天皇である。書紀には前者を「始馭天下之天皇」と記し、後者を「御肇国天皇」と記している[1]。しかもこの両者の間に、俗に欠史時代などと呼ばれる、系譜だけを並べた八代に及ぶ天皇――綏靖、安寧、懿徳、孝昭、孝安、孝霊、孝元、開化――の代がはさまっている。サンドウィッチなら一番うまい部分に当るが、これはあまり食えそうもない。しかし、二人のハツクニシラススメラミコトがあり、その間にかかる八代が介在しているのはなぜかということはやはり問題で、これにはすでに古来多くの推測が立てられている。だが、この部分が後世の加上であろうという点でほぼ一致する程度で、いかなる意味の加上かという段になると、さまざまの推測が入り乱れ、まだ定説とよべるほどのものはないようである。以下、私のいうところも一つの仮説にすぎない。ただ私はそれを、ここでは神武天皇論の一部としてとりあげる。

崇神天皇がもとは初代であったのが神武天皇まで延長され、その間に八代が挿しこまれたのだとする見方がかなり有力である。私もかつて同じ主旨の論をなしたことがある。始馭天下之天皇という方が御肇国天皇というのより字面は一そう観念的であるから、この説はかなりもっともだということができる。また神話的系譜は、伸縮がかなり自在で、古事記ではスサノヲの命の六世の孫である大国主命が書紀の本文では直接の子となっているのなども、その一例である。だがそれをたんに伸縮自在という風に考えていいかどうかは疑わしい。右の例でも、スサノヲと大国主との間に何代かがわりこんだのであって、大国主の先がスサノヲまで棒のように延長されたものでないことに注目すべきである。帝紀においても、崇神で初まっていたのが先に延びて全く新たに神武が定立されたのではなく、そもそも二人のハツクニシラススメラミコト、換言すれば二つの先祖が存在していたのではあるまいか。

先祖には生物学的な先祖と、神話的先祖の二種類があったと考えられる。多くの貴族や豪族の先祖が記紀では宮廷の系譜に結びつけられ、宮廷を本家とする大きな同族的系譜体系が作り上げられているのは周知の通りだが、もし先祖がたんに生物的・血縁的なものであったとしたら、いかなる権威を以てしても、こうした擬制の体系を押しつけることはできなかったはずである。血族観念の強さが拡大されて血縁的擬制がおのずから作り出されたと見るのは正しくあるまい。擬制は一つの社会構造であり、したがってそれに対応する観念構造を予想するのであり、同族(ヤカラ、lineage)組織において、生物的先祖の奥に神話的・社会学的先祖が一つの範疇として創出されるのも、この組織がそもそも擬制的なものをふくんでいたからに違いない。擬制を虚偽と感ずる心性は自然主義の産みおとしたものであり、むしろそれは『古代法』の著者メインのいうごとく、個人がまだ単位でなかった世において人間が結合するためになくてはならぬ一つの発明であったと見るべきである。ただ、政治的契機が導入され、それとからみあうことが不可避になるにつれ、この擬制はいよいよ肥大し、こじつけが多くなっていった。だが、とにかく宮廷系譜がもろもろの貴族や豪族の先祖を統合したのは、氏々のこの神話的先祖を通してであった。中央の伴造と地方部民との同族関係を規定したのも、同じ構造と論理であったはずである。なお、ついでにいえば、古代の氏なるものは、大中小さまざまなレベルのなかの最大の同族に相当し、それが政治的単位をなしていたと私は考える。

先祖崇拝の母国古代中国の例を見るに、天子は五廟または七廟と称され、それは一の太祖廟と二昭二穆の四親廟、または三昭三穆の六親廟よりなるのであるが、その太祖はすなわち神話的先祖であり、周室でいえば后稷がそれに当る。[2] さらに注目すべきは、四親廟または六親廟はいわゆる「親尽」きるにしたがい一代ずつこれを太祖廟内の夾室に「祧」される点である。つまり「親尽」きて霊化した魂は、太祖＝始祖に次々と融合し個性を失って行くのである。中国古代のこうした廟制を以て、かかる廟制をもたぬ日本を律することはむろんできぬが、先祖の問題を考える上で一つの有力な参考にはなる。

一方、柳田国男は、日本の庶民の間に見られる「とむらひあげ」の習俗を中心に、「人は亡くなって或年限を過ぎると、それから後は御先祖さま、又はみたま様という一つの尊とい霊体に、融け込んでしまう」[3] ものであることを論じている。その年限は五十年どまりのようだが、これは庶民の葬制では経済的負担を減らすため、少しでも早く「親尽」きることが望まれた消息を示すものと思う。だが、もとより、近世庶民の先祖観によって古代の貴族の先祖観を測ることはできない。葬制と先祖観と直結しているわけでもない。しかし、これらの例から、死者と先祖は必ずしも同じものでないという重要な命題を学びとることができる。

死者と先祖とを区別しないならば、先祖の問題は徒らに混乱するばかりである。死者は一定の手続きを経て先祖になるのであり、しかも誰でもがなれるわけでなく、いわゆる家督を継いだものだけがその列に加わった。これは先祖という観念がたんなる血族的なものではなく、社会学的なものであったことを示す。先にも一言したように、同族は非血族をふくむのであり、必ずしも血縁団体ではなかった。したがって先祖崇拝をたんに信仰として抽象的に扱うのは片手落ちで、それは男系を以て縦につらなる同族組織の規制に固有でもあり不可欠でもある信仰であったと見なすべきである。縦につらなるといっても、古い時代にはその同族系譜の深度はきわめて浅く、数代さきはもう神の代に融けこんでいるという状態が永く続いていたであろう。その場合にもすでに、同族組織の本質に照らし、神話的先祖は存在したと推測されるのだが、しかし一族がはびこり、分節し、重層化し、他族との政治的・経済的交渉や葛藤等がしげくなり、構造上の変化が経験されるにつれ、系譜は深くなるとともに、神話的先祖はいよいよ特立されるようになったはずである。

私は前節で、暦の変化にともない時間意識が変ったことに言い及んだが、しかし暦の変化はいわば上からの仕上げであり、その基礎にあるのは同族構造の変化であっただろう。未開社会における最小同族の系譜の深さは概ね一定しており、祖父の祖父、つまり五代を以て尽き、そのさきは忘れられて行くとされる(4)。先祖を肉体的に考えれば、これはその記憶が子孫に伝わる限度を示したものというべく、中国古代天子の四親廟もこれを廟制として規定したものであるらしい(5)。これは歴史的時間の単位が世代であり、数世代以前は神代に属していたことを暗示する。少くとも自然暦の生活のもちうる時間の限度は、せいぜいこの程度であっただろう。だが、当然のことながらその時間の奥行きは、同族の大きさに比例して深化する。最小レベルの同族よりは中級レベルの同族の方が、またそれより上位の同族のレベルの方が一そう深い時間の奥行きをもちうる。時間は系譜的構造関係と不可分であったからだ。構造上の変化が起らないかぎり、太初と現代をつなぐ時間の深さは変らないわけで、この構造上の変化を惹き起したのが、他でもない階級分化をテコとして統一国家の形成に向かう歴史の複雑な運動であった。もろもろの氏の先祖の系譜を統合した帝紀において時間の奥行きが最深となるのも、そのためである。だがそこでも、その時間はたんに連続的ではなく、構造関係の反映であるという性格を失わない。

さて私は神武天皇を、宮廷系譜における神話的先祖つまり太祖と見る。その亦の名が、ワカミケヌあるいはトヨミケヌ、すなわち豊饒霊の意であったのを思い出していただきたい。周王室の太祖も后稷（キビの君）であった。周の代々の王がたなつものの世襲的負担者であったのをこれは意味する、と考えるグラネ風の見解がもし正しいとすれば、日本の王との間に奇しくも性格上の一致が見られることになる。それはとにかく、神武天皇は、右にいう意味での神話的先祖＝太祖であることにおいて初代君主であると見てほぼ大過ないと思う。ワカミケヌ、トヨミケヌは前に述べたようにホノニニギと同格、そのくり返し、または分身であったから、神武天皇が太祖に相当する人物であることは、いよいよ疑えない。もっとも、理論的にはホノニニギが太祖であるが、現実には神武天皇が太祖である。ホノニニギを神代の方にくり入れ、新たな分身として初代君主・神武天皇を定立しようとする力が、そこに働いている。律令制へと収斂される日本古代国家の創出過程は、大陸文明の烈しい衝撃と古い同族的な基軸とがもつれあって複雑な屈折や矛盾を生み出し、過去の伝承との関係においても独特な緊張関係が日程にのぼってきたはずで、初代君主として神武天皇が定立されてくる過程は、高天の原のパンテオンが整序されてくる過程と重なっていたであろう。神の代と人の代とがあり、人の代の先端が神の代に接するというのは、古い形式であるはずだが、この時間形式が記紀では独自に政治的に組織化されつつ存続する。その両者の接点に神武天皇は立つ。神は世界を作り、先祖は社会を作る。そして神武天皇がハツクニシラススメラミコトであるゆえんも、現にいま宮廷のある大和の地に、この人物が初めて都を定め、天皇による日本国支配の初代を開いたとされるのにもとづく。

このように見るならば、神武と崇神との間に八代の世が挿入されている意味も、ある程度はっきりするのではあるまいか。つまりそれは「祧」された先祖に新たな名を附し、帝紀のなかに位置づけたものであろう。それが八代であるのは、大八嶋とか八岐大蛇とかの八と同じく数の多い意をもつ、とする説をここで生かしてもいい。ただこの「祧」云々は、これらの人物が実在であったことを前提とするわけでは決してない。私の問おうとするのは、二人のハツクニシラススメラミコトの間に、ほとんど記事のない八代が挿入されているという帝紀の形式を規定した先祖観が何であったかという点である。すなわち神武天皇は、もと崇神天皇から初まっていた帝紀をたんに棒延ばしにして定立されたのではなく、神の代との接点に立つ神話的先祖または hero-ancestor として独自の存在理由をもつ人物として作り出されたのである。それもたんに恣意的にではなく、大和の地にあって「天の下」を最初に統治したこの神話的先祖は、君主を創造する祭式である大嘗祭のなかから脱化するという形で造型された、と私は考える。前にも一言したようにあらゆる君主が初代君主であったが、その初代君主のなかの大文字の初代君主として歴史物語の主人公とされたのがつまり神武天皇だということになる。ただ、大嘗祭といっても、高天の原を舞台とする卯の日の神事ではなく、その地上的部分、すなわち饗宴のときの久米歌や、国覓ぎがその中心になっているのに注目すべきである。

（1）　古事記では崇神天皇を所知初国之御真木天皇《ハツクニシラシシミマキノスメラミコト》と呼んでいるが、神武天皇については、とくにそのような称号を記していない。なお孝徳紀に神武天皇のことを始治国皇祖《ハツクニシラススメミオヤ》といっており、神武・崇神を並称した記事としては、継体紀の詔に「磐余彦之命、水間城《ミマキ》之王より云々」とあることを附言しておく。

（2）　諸橋徹次『支那の家族制』、諸戸素純「祖先崇拝の理論」（文化、十五巻一号）等参照。とくに後者は示唆に富む。

（3）　『先祖の話』六八頁。

（4）　明治の登極令においては、即位にさいし神武山陵、並びに前帝四代の山陵に勅使が参向することになっているが、これが何にもとづくか大方の教示を乞いたい。なお「同族と時間」の問題は、社会人類学の主題の一つとなっており、その方法と成果には、日本の古代研究にとっても無視することのできぬことがらが含まれているように思われる。もっとも、系譜がつねに五代で尽きるとは限らず、それは種族により八代とか十二代とかであり、必ずしも一定してはいない。大事なのはしかし時間の構造性であり、これを考慮に入れないと、記紀の分析の角度にも重大な狂いが生ずるのではないかと思う。少くとも従来、神代から人代への、または神話から歴史への移行の問題が、すこぶる安易に平面的に扱われているのは否めない。なおこのことは「国譲り神話」（本書所収）でも言及したので、参照していただきたい。

（5）　諸戸素純、前掲論文参照。

（初稿　「文学」昭和四二年二・三月号）

ヤマトタケルの物語

はしがき

ヤマトタケルの話をのせた古事記の本文、つまり景行記に対する私たちの読みは、まだ不徹底・不正確の域にとどまっているとのそしりをまぬがれない。戦後にかぎっても、この人物にかんする論考はすでに相当数でているのだが、その間、視点のぶれとでもいうべきものがかなり甚だしい。それは、本文の読みの不足と不正確さを棚にあげ、あらかじめ己れの懐中する心情や観念でもって対象をまるめこもうとかかる傾きが強いためと見てよかろう。かくいう私じしん、読みがろくにできていないのに、いささか気軽に、通りすがりに、この人物に言及してきたことを切に反省しなければならない。ヤマトタケルはいわば、記紀の人物中もっともなじまれている一人である。この馴れのはぐくむ一種霧のような幻想が、厳密であるべき本文の読解にくもりをかけるのであるらしい。

それは、本文にかんしいわれねばならぬこと、またはいいうることがまだ充分にはいわれないうちに、他のことがいわれすぎている消息を示すものである。そのいわれねばならぬこと、またはいいうることを、本文に即して可能なかぎり開いてみようとするのが本稿の目標なのだが、それには記紀のうち、ヤマトタケルの行動や性格が一そう生き生きと描かれている古事記の方を本文としてまずえらばねばならない。この撰択は決定的である。さもなければ、現に多少ともそうなっていると思うのだが、古事記と書紀との雑炊ができあがってしまうだろう。書紀は、あくまで古事記本文を読み解く上での比較上の材料としてのみ、ここでは援用される。「書紀から古事記を類推したり、書紀を通して古事記を読んではならない。古事記の物語はそれ自体独立した芸術的世界として理解しなければならないのである」[1]という石母田氏の提案に私も賛成したい。

しかしその代り、全体を構成する話の一部を勝手にふくらませて辻褄を合わせたり、自分に不都合なところをちょんぎったりする我がままは、ここでは一切ゆるされない。で、一見いささか野暮で無芸なやりかただけれど、できるだけすべての話を、景行記のかたる順に従って、たがいに連関させつつ、一つ一つとりあげて吟味するというかたちで私は進もうと思う。かくして課される桎梏は、とかく私たちを心情的な逸脱にさそいがちなこのヤマトタケルという人物を相手とする今の場合、一つの有効な抑止力としてはたらくであろう。だが実は、それだけではない。古事記本文のかたる世界に入りこむためには、この桎梏にむしろ身をゆだねることが必要なのである。

さきに読みの不充分さという点にふれたが、それがたんに文献学的な意味でいわれたのでないのはむろんである。文献学者はしばしば言葉をそれの生きる文脈から事物として切りとり、それを抽象的に固定させ、あたかもそのなかに意味がかくれているかのようにふるまう。これは一種の言語独房論である。それに対し私たちは、言葉を古代人固有の記号と象徴であると見、それを通して、古事記のヤマトタケルの物語がいかなる構造、いかなる旋律を実現しているかを理解しようとするわけで、話を一つ一つとりあげるというやりかたで進むのも、この旋律の流れをききもらすまいとするために他ならない。もし従来の心情的あるいは観念的な逸脱をたんなる文献学的客観主義に還元するだけならば、それはもとの木阿弥というものである。成否のほどはむろん別として、以下はそういう一つのこころみである。

（1）石母田正「古代貴族の英雄時代」（論集史学）七四頁。

一　兄をつかみ殺した話

この話はおよそ以下の通りである。すなわち景行天皇、小碓命《ヲウス》（ヤマトタケル）に向っていうには、「なんじの兄の大碓、朝夕の食饌の席にとんと姿を見せぬ。これは何としたことか。なんじ、兄のもとに行き、ねんごろにさとし聞かせよ（専ら汝泥疑《ネギ》教へ覚せ）」と。しかるにその後、五日たっても大碓はなお姿をあらわさない。そこで天皇、不審におもって、小碓に問う、「何としたことぞ。日数をへても、なんじの兄は一向に出て来ぬな。もしや、まだ教えさとさぬのではないか（若し未だ誨《ヲシ》へず有りや）」。小碓、答えていう、「すでに、ねんごろに致しました（既に泥疑《ネギ》つ）」。「ねんごろとは、いかようにしたぞ」。小碓、答えていうに、「朝署《アサケ》に厠に入りし時、待ち捕へて搤《ツカ》み批《ヒシ》ぎて、其の枝を引き闕《カ》きて、薦に包みて投げ棄《ウ》てつ」(1)と。

この話は、ヤマトタケルの人となりがすでにして勇猛苛烈であった次第をかたったもので、これがヤマトタケル物語の発端にふさわしい事実と行動の叙述であることはすでにいわれている通りで、私もその点は、まったく異存がない。しかし、たんにそのように見るだけでは実はまだ皮相で、この話の意味を充分読みとったとはいいがたい。なぜなら、この話の軸、つまり説話的展開を支えるテコになっているのは、「泥疑」と字音で記されたネギという言葉であるからだ。「泥疑」という言葉はここで三度くりかえし使われている。しかもそれが「泥疑二字以レ音」と本文に注されているのは、古事記の作者または記者がこの二字にアクセントを置こうとした消息を示すもので、事実、この言葉の解明なしには、この話のもつ固有な意味はあらわれてこない。

ネギはいうまでもなくネグの連用形で、ネグには、神の心を安め、その加護を願う意と、いたわる・ねぎらう意とがあり、ネガフ・ネギラフはどちらもこのネグからの派生語で、神人のネギはその名詞化である。(2)そして、景行の「泥疑《ネギ》教へ覚せ」は、大儀ながらという心ばえを以て、兄王に出てくるようねんごろに教えさとせという意であった。ところが、ここでこのネギという語が三度も使われているのは、景行の意味したネギという語を小碓がいわば逆手にとって兄をつかみひしいだ、そのいきさつをかたらんがためである。すでに、この点に気づいた人もいるが、まだ充分明確にされたとはいえない。(3)文脈として一ばん大切なのは、兄が厠に入ったところを待ち捕えて搤み批ぎ、丁寧にも其の四肢をぶち折ってコモにつつんで投げすてた行為そのものが、実は小碓のいわゆる「泥疑《ネギ》つ」ということの実体に他ならぬという点である。暴力的にいじめるのを「可愛がってやる」とヤクザことばでいうのと同じで、つまり、景行が兄をねぎらい教えさとせといったのを受けて小碓は、かくは兄の身体を手あつくねぎらったわけである。しかも四肢をばらしただけでなく、それらをわざわざコモにつつんで投げすてたのだから、これは紛れもなく一個の見事な「ネギつ」であったことになる。

なお、「搤批」をツカミヒシグと訓んだのは宣長だが、この言葉は大国主の国譲りの段に、建御雷神が建御名方神と力くらべしようとしてその手をとり、「若葦を取るが如、搤み批ぎて投げ離」った云々、とやはり手と関連して用いられていることをいっておく。また「其の枝を引き闕きて」の「枝」は、手足のこと、胴体をカラダとよぶにたいし、四肢をエダといった。「若葦を取るが如」もそうだが、まるで樹木の枝——木の幹はカラと呼ばれた——でもひしひしと折りひしぐような、古代語特有な苛烈な表現である。何れにせよ、ネギという言葉を逆転しすばやく実行したその小碓命の、人の心胆を寒からしめるふるまいかたが、この部分の眼目である。たんに強暴であるだけなら、大したことはないし、またそれだけでは、英雄としての資格に欠けるものがあるといわざるをえない。小碓においては智力と暴力とがかく無気味に結合していた。だからこそ景行天皇はその「建く荒き情《ココロ》」に畏怖を覚え、こんな奴をそばに置いておいたら何をしでかすか分らぬというので、彼をクマソ征伐につかわすのである。

ところで、オホタラシヒコ（景行）と小碓（ヤマトタケル）とは父と子の関係である。そして小碓はその父にとって、いわば怖るべき子供《アンファン・テリブル》であった。一般に、古い世における父と息子とを一面的に権威と従順の関係としてのみ見るのが正当でないことは、エイディプス王の劇が、たんにギリシャとかぎらず、人間の深い潜在意識を原型的にあらわしたものであるゆえんを考えるだけでもわかる。この関係は両義的であり、父と息子とは一定の状況のもとでは、かたがたライバルでさえあった。景行記は次のような話を伝える。すなわち景行天皇は、三野国造の祖、大根王のむすめ、兄比売《エヒメ》と弟比売《オト》という姉妹が容色すぐれていると聞き、子の大碓をして二人を召上げようとした。しかるに使者に立った大碓は、見めでてこの姉妹に通じ、それを己れのものにしてしまい、他の女をさがし求め大根王のむすめと詐って父のもとに献上した。そこで天皇は、……云々。

これは女にかんし、父と子とがライバルであった例であるが、景行天皇と小碓命の父子関係にしても、それが緊張をはらむのは、王位にたいし二人が互いにライバルでありえたことに由来する。

古事記によると、景行の代にはワカタラシヒコ（成務天皇）、小碓、イホキノイリヒコという三人の皇子を太子（ヒツギノミコ）にしたとある。これにつき古事記伝が、日本古代ではヒツギノミコは一人とかぎらず複数であり、むしろ一人の皇太子を定めるようになったのは漢風による、といっているのは恐らく正しい。もともと古代日本には、誰が王位を継ぐかについて自動的な定めはなく、諸皇子または皇弟らが対等の権利を以て争い、そのなかの最強者が王位を我がものとするならわしであった。といえば意外に思う人もあるかもしれぬが、実はそれが王権を維持し強化するゆえんでもあったのだ。記紀に伝える雄略天皇の物語は、かかる闘争の一つの典型である。それにふれるのは省略するが、ここで大事なのは、王位をめぐる緊張関係は、空位時代の諸皇子、皇弟間に経験されるだけでなく、現役の天皇と諸皇子・皇弟との間でもやはり経験されたはずだという点で、たとえば壬申の乱をみちびくに及んだ天智天皇とその弟大海人皇子（天武天皇）との深刻な葛藤関係など、その好例といえよう。アフリカの王国には、王位を保全するため王の兄弟や皇子を都の外に追放する例が多く、また、皇子が王を殺し、王より強いことが証明されれば、その皇子は王位を要求しうるということが伝統化されている国さえあるようだが、構造的にはこれは古代の日本とてもほぼ同様であったと見てよく、景行天皇が小碓命をクマソ征伐につかわしたのなど、紛れもなく一の追放であった。

　ヤマトタケルの物語で兄をとりひしいだこの話が重みをもつのも、それが王位にたいする挑戦でもありえたからである。父子のかかる緊張関係は、民間レベルでも相続問題にからんで何らかの形で経験されたはずだが、王座という特別なものの争われる王族の間では、当然のことながらこの緊張は一そう劇化せざるをえない。記紀に記された、神武天皇の庶兄タギシミミの謀反から壬申の乱に至る、王位継承をめぐる数多い内乱の過程を見るならば、そこにまさしく《王権の劇》と呼ぶべきものが演じられていた消息を知りうるだろう。ヤマトタケルの物語も、古代の王権に固有なこの構造のなかで読まるべきだと私は考える。少くとも、古事記のヤマトタケル物語の文学性をささえるテコになっているのが、景行と小碓とのかかる劇的対立関係であることは確かで、その点、日本書紀のヤマトタケルには、文学の主人公としての資格に欠けるものがある。書紀の伝えでは、西征にまず出向いたのは景行天皇で、ヤマトタケルは二番手の代理としてその後始末をつける役にまわされている。兄をつかみひしぐ話もそこにはなく、そのたけだけしさについても、「幼にして雄略の気あり。壮に及んで容貌魁偉。身長一丈、力よく鼎をあぐ」と、漢ざまの美辞麗句で片づけているにすぎない。

　もっとも書紀には、大碓・小碓の兄弟は双児として生れ、それを怪しんで景行天皇が臼にどなったのでこの名がついた、という古事記にはない話を伝えており、これをヤマトタケルの本質にかかわる話であるかのごとく見なす人さえいるのだが、これはどうも書紀に一杯くわされた議論のようである。オホウス・ヲウスという名が双児云々、臼云々の話を起源説話として呼び起こしたのであり、決してその逆ではないからだ。古代の説話にはくせものが多い。それらと対等につきあうには、私たち学者は、もっと糞マジメでなくなる必要があるのではなかろうか。

(1) 現代語訳していう場合、『古事記の世界』でもそうであったように、石川淳『新釈古事記』に多く負うていることをいっておく。

(2) 『時代別国語大辞典』参照。

(3) 吉井巌「ヤマトタケル物語形成に関する一試案」(『天皇の系譜と神話』所収)参照。そこではこの話は、「馬鹿正直だが異常な力をもつ主人公を浮彫りする」ものと解されている。

二　クマソ征伐

西征に臨み小碓は、叔母なるヤマトヒメから女の衣と裳とをさずかった。それを身にまとい、童女の姿となってクマソの屋敷にしのびこみ、室寿《ムロホギ》の宴たけなわなるに及び、ふところから短剣をとり出し、まず兄なるクマソタケルを胸から刺し通し、さらに逃げる弟《オト》タケルをもとらえ、これを「熟苽《ホソヂ》の如」く斬り裂いた、云々。ホソヂは、おそらくは生瓜に対し、よく熟れた瓜をさす名で、秋口の食膳にも上り[1]、その歯ざわりなど当時の人にはなじみのものであったはずだが、そのホソヂのごとく弟タケルをざっくと斬り裂いたというのは、兄の手足をひしひしと折った小碓の怪力をあらためて想い起こさせる表現である。しかも、つかまって押し伏せられた弟タケルが、申すことありといってそれをいい終るや否や、直ちに、ホソヂのごとく彼を斬ったのである。話の輪廓はすこぶる簡単だけれど、書紀にはないこういう芸術的尖端を古事記の方はもっている。

ところで、相手をワナにかけてやっつけるというやりかたは、何ら珍らしいものではなく、スサノヲの大蛇退治や神武天皇の大和平定物語に見られるごとく、それは古代の物語の様式であり、むしろすぐれた智謀のあかしでさえあったのだが、それにしてもヤマトヒメという人物がなぜここに登場してこざるをえないかは、やはり一考に価する。ヤマトヒメについては別節に論ずるとして、まずかの女が伊勢神宮に仕える最初の斎宮であった点を見のがせない。西征の時だけでなく、いわゆる東征にさいしても、かの女はヤマトタケルに草薙剣と火打袋とをさずけている。すでに宣長のいっている通り、これはヤマトタケルの物語が何らかの意味で伊勢神宮の神威譚という性格を有していた消息を暗示する。ヤマトヒメ・ヤマトタケルという名の組みあわせも、決して偶然ではないと思う。

だが、このへんのことを根本的に把握するには、たんに景行記に専心するだけでなく、もっと視野をひろげ、古事記中巻の構成がどうなっているか、そのなかでヤマトタケルの物語がいかに位置づけられているかに、しばらく目をそそがなければならない。古事記が上・中・下三巻に分けられている意味は何か、ということもあわせて問題となるだろう。

中巻冒頭の神武の話の主題は、現に天皇が大和の地に都し天の下を治めているという政治的体制の起源由来をかたることにあったと見て誤らない。それについては別のところで述べたのでくり返さぬが、(2)なおつけ足していえば、日向から大和へ移ってからの神武天皇の亦の名カムヤマトイハレビコにしても、そのイハレは磐余《イハレ》の地を指すと考えるより、由来とか由縁とかを意味するイハレ、つまり宮廷がヤマトに存するイハレを担った名と解する方が、一そうふさわしいのではないかと思う。次いで系譜のみをつらねた八代があり、「初国知らしし」天皇とよばれる崇神の物語が次に来るのだが、そこでは「天神《アマツカミ》・地祇《クニツカミ》の社」の制、賦役貢納の制を定めたことが記されている。次いで、部民制の起源説話を主題とした垂仁記があり、さてそれに次ぐのがこの景行記のヤマトタケルの物語であり、最後に神功皇后のいわゆる新羅征討の話、ならびに天之日矛渡来の話が来て中巻を終らせるという形になっている。ごく大筋を追ってみただけだが、古事記中巻がいかに構成されているか、これでほぼ見てとれるはずである。

神代の話は、「葦原中国」に王たるべきものが「高天原」から来臨する次第をかたろうとしているのにたいし、中巻は、現実のヤマトを舞台とし、そのヤマトの発展をかたろうとしているといえる。果して、神武がヤマトに都を定めて以来、カムヤマトイハレビコをはじめとして、オホヤマトクニアレヒメ、オホヤマトタラシヒコクニオシビト（孝安天皇）、オホヤマトネコヒコフトニ（孝霊天皇）、ワカヤマトネコヒコオホビビ（開化天皇）、ヤマトヒコ（崇神皇子）等、ヤマトを冠した名の続出するのが目だつ。おもに人名についてだが、これはとにかく「ヤマト」というものへの志向がきわめて強いことを示す。ヤマトヒメ・ヤマトタケルも、かかる志向を表現した名に他ならない。ヤマトヒメは伊勢に仕えた最初の斎宮であり、ヤマトタケルは日本の西と東とを討ち平らげたヤマトの英雄である。こう見てくると、ヤマトタケルの物語は、神武のヤマト奠都にはじまり、新羅の服属に終る古事記中巻の、つまりヤマト朝廷の発展をかたるというその主題が実現される上での、一つの重要な山にあたる部分であることがわかる。

そうかといって、この物語が歴史的関心によって書かれているかといえば、必ずしもそうでない。この物語とかぎらず古事記中巻全体を、歴史的時間の目盛りのなかの歴史的事件としてかたられているものと考えるならば、不覚を喫するであろう。ヤマト→日本→朝鮮という輪のひろがり様は、形としてはたしかにヤマト朝廷の歴史的発展の姿にも合致しているけれど、それは、中巻が神代とは同じではないがやはり神話的に構成されており、古事記制作時に不易と信じられていた政治的・社会的秩序のイハレをかたろうとする物語であることと何ら矛盾しないのである。この件については、もう少し本文を読んだ上であらためて考えることにし、今は注意をうながすにとどめておく。

私はいささか話を先取りした。というのは、クマソ征討に出向いたのは小碓であってヤマトタケルではないからだ。ヤマトタケルという名は、追いつめられた弟タケルが、申すことありといっていった次の言葉にもとづくとされている、「西の方に吾二人(クマソ兄弟)を除《オ》きて、建く強き人無し。然るに大倭国に、吾二人に益りて建き男は坐しけり。是を以ちて吾、御名を献らむ。今より後は、倭建御子と称ふべし」と。ところが彼にはさらにヤマトヲグナという名が今一つあった。おん身は誰ぞ、という弟タケルの問に、彼は次のように名告っている、「吾は纏向の日代宮に坐しまして、大八島国知らしめす、大帯日子淤斯呂和気天皇(景行)の御子、名は倭男具那《ヲグナ》ぞ」と。このヤマトヲグナという名を素通りするわけにゆかない。

紀に「日本童男」の字をあてているから、ヲグナが少年の意であることはわかるが、これは未詳語とされている。おそらく記紀以後の時代には不用となり、使われなくなった古語なのであろう。しかしこれが髪型と関係ある語であることはほぼ間違いなく、だからこそ景行記本文も、西征に出向く小碓が「其の御髪を額に結」っていたと特に記しているのだと思う。これには傍証がなくもない。崇峻即位前紀に「束$_{二}$髪於額$_{一}$」をヒサゴバナと訓み、さらに「古の俗、年少児の年、十五六の間は、ヒサゴバナし、十七八の間は、分けて角子《アゲマキ》にす」と注しているのがそれである。ヒサゴバナとは、その髪の形がヒサゴの花に似ていたのによる名であろう。書紀の方にも、ヤマトタケルをしてクマソを撃たしむ、時に年十六とあるから、ヲグナとは、まだアゲマキに至らぬ十五六の少年を指す語であったはずだ。そして語構成から推測すると、それはオキナ、オトナ、ヲサナ（幼）などとともに年齢階層を指示する古い言葉であったらしい。

ではヤマトヲグナとはいかなる意かといえば、それはヤマトの少年勇者という意であり、ヲグナとしてオトナになるための通過儀礼の試煉に臨もうとする姿が、この語に勇者の印象を刻印するに至ったのではあるまいか。そしてそこには、古代新羅における花郎を彷彿させるものがある。[3] 古事記ではもう一度この語は、大長谷王子（雄略天皇）がヲグナであったとき云々と出てくるが、そこでも二人の臆病な兄を打ち殺し、さらに軍を起こしてたたかうという話と連関して用いられている。また、前掲崇峻紀のヒサゴバナの主は厩戸皇子なのだが、これも物部守屋を打ち滅ぼそうとする軍に従った折のこととされている。これらの事例はどうも偶然ではなさそうだ。果せるかなヤマトヲグナは、クマソとたたかいそれを打ち平らげることによって、そのクマソが献ずるという形ではあるがヤマトタケルという新しい名を獲得する。新しい名の獲得は、いうまでもなく一つの変身を意味する。すなわち、怖るべき子供であった小碓またはヤマトヲグナは、クマソという強大な敵を倒し、今やその勇、日本国に比べるもののないヤマトタケルという名の英雄として誕生する。かくしてこれは成年式が戦士的に様式化された話と考えていいだろう。

女装の問題も、この見地から近づくことができる。女装や男装を男女両性具有（androgyny）として扱う人類学者の説によると、それは男であり女であるという日常的な特殊性を廃して原的な全体性をとりもどそうとする一種の祭式的・象徴的行為であるという。そしてそれはカーニバルだけでなく、成年式においてもしばしば演出されるという。前記、新羅花郎も、祭式的に女装し「伝粉粧飾」することがあった。[4] また江戸初期の芸能や「おかげまいり」等、日本の事例についてその意味を考えようとした人もいる。[5] 小碓の女装の話も、当然かかる見地を許容するであろう。ただ、それにあまりこだわりすぎると、物語の読みとしてはやはりこじつけになる。物語の筋では、それはあくまで相手をあざむく詐術に他ならぬからだ。しかし一方、世にもたけだけしいヲグナが優にやさしい童女に身をやつしクマソを屠るというこの両極性の交換、変身による行為が、ヤマトタケルという新しい人格の誕生を告知するにふさわしいものであることも否定できないはずである。これより後、彼は出雲に入り、こんどはイヅモタケルを殺そうとして、まず水浴びにさそい、その間、真刀と木刀とをすりかえておき、いざ勝負しようといって難なく相手をしとめるわけだが、同じ詐術であるにしても、女装の代りにたとえばこういう類の詐術がクマソタケルをやっつけるのに用いられたとしたら、いかに話のぶちこわしになるか、およそ見当がつくだろう。

さて、ヤマトタケルがイヅモタケルを撃った話は書紀にはなく、吉備津彦と武渟河別《タケヌナカハワケ》とをつかわして出雲古根を誅した記事が崇神紀にのっている。しかも、水浴びしてる間に真刀と木刀とをとりかえて云々という話は、古根がその弟飯入根《イヒイリネ》を殺したときのこととされている。古代説話とその主人公との関係がいかに可動的であったか、これによって知りうる。さらに書紀では、前にもふれたように西征の話が景行天皇とヤマトタケルとに分割されており、例の思国歌なども景行天皇西征の折の歌ということになっている。それにたいし古事記では、出雲をもふくめ西征の話はヤマトタケル一人の業績にしぼられている。古事記の方が文学的にすぐれているのも、そのことに関係するのだが、もっとちがった意味がここにはかくれていると思う。

別のところで私は、古事記の神代の物語を構成している象徴的な範疇を考察し、出雲が伊勢と対向する項であること、またクマソの棲む襲《ソ》の国が日向との関係において出雲と等価であること、逆に大和は伊勢と同類にぞくすること等を説いたが(6)、この諸関係がヤマトタケルの西征物語にもそっくりつらぬかれていることに注目しなければならない。その物語に出てくる大和、伊勢、襲、出雲という四つの項が描き出す図形の意味するところをたどってみればいい。ヤマトタケルが出雲に入ったのは、そこに建部があったからだという説をなす人もいるが(7)、どうであろうか。この出雲入りを〈贄物〉と見る津田左右吉の見解に与しがたいのは、むろんである。ヤマトタケルを出雲に説話的にひきつけた因縁は、むしろ伊勢との関係であったはずだ。現にヤマトタケルは、この出雲から大和へ、そして大和から伊勢のヤマトヒメのもとへと、またもや回帰して行くのである。一方、伊勢のヤマトヒメが彼に衣裳を授ける話と、この出雲に入る話との両方の契機が、書紀の記述からは落ちている。

さきに私は、古事記中巻が神話的に構成されていると指摘したが、これは決して中巻の物語がたんに歴史事実を記したものでないということではなく、それが独自の神話的本質を積極的にもっていることを意味したつもりである。その何であるかを知るには、基本的前提として古事記がいかなる時間構造をもっているかを明らかにしておく必要がある。中巻から歴史事実を後生大事に救出するか、さもなければこれを潤色または作為と見なす歴史主義がのさばるのも、この前提が明らかになっていないことと関連する。かんたんに図示すれば、それはおよそ次のようになると思う(8)。〈神々の時代〉は上巻に、〈英雄の時代〉は中巻に、〈その子孫の時代〉は下巻に、それぞれ相当する。上・中巻の間に太いしきりがあるのは誰の目にも明瞭だが、しかし中・下巻の間にも一つのしきりがあるのを見落してはなるまい。中巻冒頭の神武記と下巻冒頭の仁徳記の性質や調子をくらべてみるだけでもその見当がつく。仁徳は、例の国見によって人民の貧しいのを知って課役を免じ「聖帝《ヒジリノミカド》」とたたえられたとあるが、この儒教くさい理念は、神々の時代や英雄の時代の終ったことを告知するにふさわしくないか。それに仁徳記は、このことを記すとすぐさま、名だたる嫉婦イハノヒメの話へと移って行く。そして下巻には少くとも、中巻にあるような政治上、文化上、社会上の業績や制度的起源をかたろうとした話は一つものせていないのである。これは中・下巻の区分がたんにお座なりなものではなく、質的な意味を有していたことを示す。

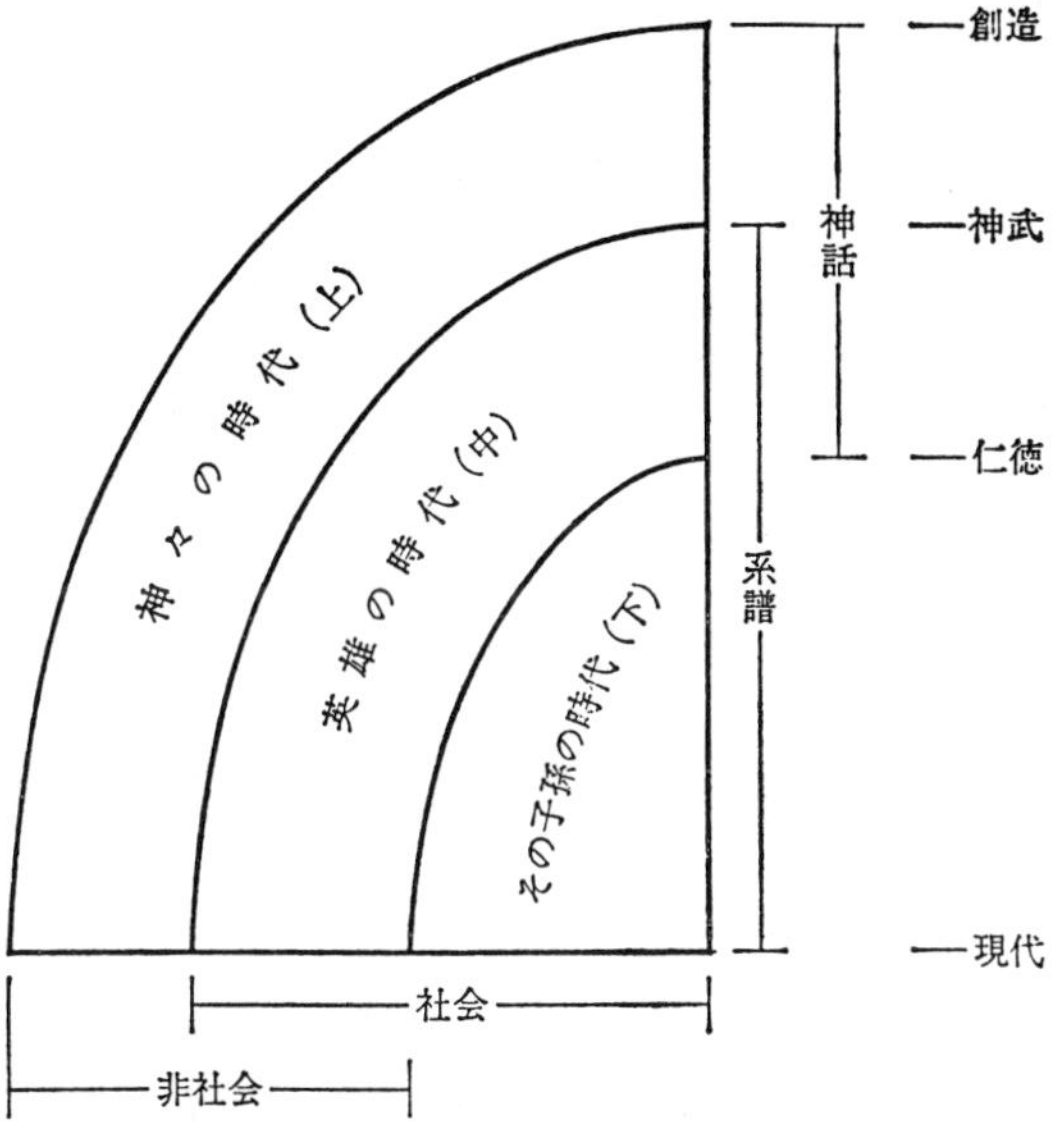

第一、神々の時代が人間の世へと直ちに無媒介に接続するというようなことは、古代人の時間意識の構造としてありえなかったのではなかろうか。神々の時代を人間の世に媒介するのが英雄の時代であった。英雄祖先《ヒーロー・アンシスター》とか文化英雄《カルチュア・ヒーロー》とかよばれるものの存在は、どの民族にもほとんど普遍的である。神神が世界を作ったとすれば、これら先祖の英雄たちは社会を作ったといってよく、そしてそれが時間意

識の構造として範疇化されたのが英雄の時代に他ならぬ。その軍事的性格をとくに重視する英雄時代《ヒロイック・エイジ》という呼称のかわりに、ここではもっとひろく英雄の時代《エイジ・オブ・ヒーローズ》と呼び、それによって右に図示したごとく神々の時代を人の世に媒介する構造上の一時代を指示する概念として使いたい。なお曖昧さをまぬがれないけれど、古事記中巻の性格を浮彫りする上には多少とも役立つと思う。英雄たちが半神であるのと見あって、中巻の物語も歴史ではなくて半ば神話で、しかもそれはその子孫の時代の経験の時間的投射としてそうなのである。

ヤマトの王権の発展過程には、当然、さまざまの歴史的事件や社会的変化が経験されたはずだが、それらは必ずしも歴史的・社会的なものとして自覚されたわけではない。現にいまある王権という神授の秩序、あるいはその基礎をなす同族的秩序は、そのなかに生きる人々にとっては、太古以来不変であり不易であると考えられていたであろうからだ。彼らにおいては、かつてあったものではなく、いまあるところの諸関係のみが正当さをもつ。そしてそれらには、それぞれそうであるべきイハレがなければならなかった。ここに、いわゆる歴史意識とはちがう神話的思考の本質がある。歴史がないのではなく歴史意識がないのである。かくしてそこで経験される重大な歴史的・社会的な事件や変化は、祭式的内転を通して王権の神話的な軸に同化されるという形をとる。神代の物語のかたる出雲と隼人の服属がすなわちそれである。

だが一方、そういう歴史的・社会的経験は、くりかえしを通して記憶の世界に蓄積され、時がたつにつれ、多くの山々の重なりであるアルプスが遠くから眺めると一つの山に見えるのと似て、あたかも一回的なできごとまたは一英雄のしわざであったかのごとく理念化・典型化される。ヤマトタケルによるクマソタケル、イヅモタケル討伐の話がそれにあたる。かくして互いに連関する二つの虚構の時間が、同一の歴史的・社会的経験から構成される。前者は時間であるより、歴史の地平をこえた無時間的祭式の世界というべく、後者は、図に示したように、時間的には神話と系譜がかさなり、空間的には非社会と社会、規範と歴史とがかさなりつつ人の世へと続く一つの過渡期をなす。それぞれの時代はそれぞれ固有な時間形式をもっているはずだが、古事記には右のごとき古代的な時間形式が表現されていると見ることができる。

（1）延喜式などにも、「熟苽参議已上四顆。五位已上二顆」（大膳下、七月廿五日節料）とか、「熟苽八顆六七八月」（内膳司、供奉雑菜）等とある。

（2）拙著『古事記の世界』第十章参照。

（3）三品彰英『朝鮮古代研究—第一部、新羅花郎の研究』参照。この点、ヤマトタケルをたんに〈皇族将軍〉という概念でとらえようとするのは、明らかに不充分である。探究さるべきは、貴族社会の成年式、それのもつ軍事的・戦士的意義ではないかと思う。

（4）（3）に同じ。

（5）山口昌男「失われた世界の復権」（『未開と文明』解説）。

（6）前掲拙著第二章参照。

（7）上田正昭『日本武尊』。ヤマトタケルの物語は建部の伝承と関係するであろうという新しい仮説が、ここには提出されている。注目すべき説であるが、ヤマトタケルが出雲に入ったのは建部があったからだというのは、あまりにも事実的次元にこだわりすぎていないだろうか。それに、ヤマトタケルの物語と建部の伝承とが、たんに関係があるというのではなくいかに関係するかが問題であろう。そのさい逆に、山部の起源が大山守命に結びつけられたように、建部の起源もヤマトタケルに結びつけられただけなのかもしれぬという点をやはり考慮しなければならないと思う。

（8）私は、アフリカの原始宗教を研究したJ. Middletonという人類学者の *Lugbara Religion* (1960) から、然るべく手直ししてこの図式を転用した。それは外の事例から古事記を説明しようとしてではなく、原始人や古代人の経験した時間（空間）構造の一般形式とでもいうべきものがここにあると見ていいのではないかと考えたからで、この点については、やや視点は異なるが拙稿「神武天皇」（本書所収）をも参照していただきたい。

三　ヤマトヒメのこと

さて、出雲から都にもどると、席の温まるひまもなく天皇は、「東の方十二道の荒ぶる神、またまつろはぬ人どもを言向《コトム》け和平《ヤハ》せ」とヤマトタケルにいいつける。命をうけタケルは伊勢神宮に詣り、そこで再びヤマトヒメに会う。大和→伊勢→襲→出雲→大和→伊勢という彼の足どりがいかなる回路に従っているかについては、すでに前述した。伊勢が東方経営の地理上の要所であったとする説があるけれど、それではクマソ西征のさい、伊勢のヤマトヒメがタケルに女の衣裳を授けたわけが、理解できないことになろう。伊勢神宮はたんに東国に対するだけでなく、もっと大きな象徴的な意味をもつ。大和宮廷の権威が全国化してゆく政治的過程とつつみあい、それを宗教的に象徴化しているのが伊勢神宮であり、ヤマトタケルという名の英雄の西征・東征物語が伊勢によって動機づけられ、その霊威を負うものとしてかたられたのも、そのためである。

それにしても、古事記で東国関係の記事が話として出てくるのは、この東征の話が最初である。せいぜい、高天の原の使者・建御雷神が大国主の子・建御名方神を信濃の諏訪に追いつめた話がある位で、神代の話は、もっぱら西方を舞台にしている。ヤマトタケルの西征譚は、したがって一種のくりかえしである。ただ神代に登場する出雲の大国主や襲の隼人が祭式的関係を通して宮廷への服従を誓うのとはちがい、ここではクマソタケル等は、その誓に叛く「礼無《ヰヤ》き人ども」として、武力によって殺されるという形をとる。それにたいし東国は、さきに、引用した命にもある通り「荒ぶる神、まつろはぬ人ども」の棲む未踏の蛮地であった。西征とはいささか様子が変り、東征に出向く彼の行くてには、当然、思いがけぬ試煉や苦難がいろいろ待ちかまえているに相違ない。

神代に東国のことが出てこないのは、東国平定の時期が神代の物語の原型の成った以後にぞくするためと考えられる。万葉集巻十四の東歌なども、東国独特の新たな服従儀礼の一部として宮廷に納められたものであらしい。が、それは今の主題に関係がない。再び伊勢のことにもどっていえば、斎宮であり叔母であるヤマトヒメに、ヤマトタケルは次のようにかたったという。

　天皇、はや、吾死ねと思ほすらむ、何しかも西の方のまつろはぬ人等を撃《ト》りに遣はして、返り参上り来しほど、まだ幾時《イクダ》もあらねば、軍衆《イクサビト》をも賜はずて、今更に東の方十二道のまつろはぬ人等を平《コトム》けに遣はすらむ。これによりて思へば、猶、吾はやも死ねと思ほしめすなり。

つとに宣長が、「さばかり武勇《タケ》く坐《マス》皇子の、如此《カク》申し給へる御心のほどを思度《ハカ》り奉るに、いと〳〵悲哀《カナ》しとも悲哀しき」言葉だといい、さらに「猶」の一語につき「左右《トニカク》に思ひ見て、終《ツヒ》に思決《サダ》めたることを云辞なり」（古事記伝）と注しているのをやはり紹介しておきたい。かくしてヤマトタケルは「患へ泣」いたとあるが、強悍勇武であるためかえってますます疎んぜられねばならぬ男の、うつぼつたる生の悲劇感とでもいうべきものの滲んだ言葉と見てよかろう。前に論じたごとく、天皇がヤマトタケルをクマソ討伐につかわしたことじたい、すでに一つの追放であった。それがほんとうにそうであるゆえんを、彼じしん今、最初は「天皇、はや、吾死ねと思ほすらむ」と推しはかり、最後に「猶、吾はやも死ねと思ほしめすなり」と思い定めるという形で、はっきりと自覚する。彼にとって景行天皇は、天皇であるだけでなく父でもあったが、そのように父でもあり天皇でもある人との間に経験された緊張関係にしいられ死ぬほかないわが身の上の自覚、これがこれ以後の彼の行動のしかたに、西征の物語に見られるのとはおのずから異なった性格を与えることになるのは当然である。

　類似の平行記事が多いにかかわらず、書紀はこの痛切な一節を欠いている。そこではヤマトタケルは天皇にまるまる従属し、天皇との間に何ら緊張関係をもたぬ申し分ない代理者として一貫している。ヤマトヒメにたいしても、書紀では彼は「今天皇が命を被りて、東に征きて諸の叛く者ども誅《ツミナ》へんとす」と公的な挨拶の言葉をかけるにすぎない。古事記のヤマトタケルの物語が伊勢神宮の霊威に動機づけられているのは事実だけれど、文学としての鑑賞をそのことが一向さまたげないのは、霊威が観念的・超越的にではなく、ヤマトヒメという一人の女性を通してひそかに放射されているからで、むしろこの女性の印象は、そういうことなど一時忘れさせるとさえいえるのではなかろうか。「猶、吾はやも死ねと思ほしめすなり」といって思い泣くタケルに彼女は草薙の剣を与え、また火打袋を手渡し、急《トミ》の事あらば、この袋の口を解きたまえ、と告げる。

　大津皇子の姉で伊勢の斎宮であった大来皇女のことをここで想起しても、あながちそう不自然ではあるまい。「大津皇子、ひそかに伊勢の神宮に下りて上り来し時」の大来皇女の歌二首が、万葉集（巻二）にある、「わが背子を大和へ遣るとさ夜ふけて暁露にわが立ちぬれし」「二人行けど行き過ぎがたき秋山をいかにか君が独り越ゆらむ」。大津皇子はこの後ほどなく謀反の罪に問われ命を断つのだから、このとき何を思って「ひそかに」伊勢に下ったか、皇女の哀韻を帯びた歌そのものが、すでにそれを暗示する。斎宮は国の最高巫女なのだが、ヤマトヒメといい大来皇女といい、巫女としてのその霊能は、たんに呪術的というより、ヤマトタケルや大津皇子の悲痛な心をいやす力であったかのごとくである。

さて草薙の剣であるが、もとよりこれは三種の神器の一つで、スサノヲが例の大蛇の尾から得たものである。ヤマトタケルの事蹟にちなんだ名であるはずのものを初めから草薙の剣と呼ぶのはおかしいようだが、それは後の称を前にまわしたものである。神代紀によるに、もと天叢雲《アメノムラクモ》の剣と呼んでいたのを、後にいい改めたのだという。それにしても、三種の神器の一つである剣——武器にとっては因縁こそ大事であった——がなぜここに突如出てくるかといえば、それは、ゆゆしい由来をもつこの神剣の威力によって東国の「荒ぶる神」や「まつろはぬ人ども」を言向けるためで、つまり、それほど東国は強烈な印象を与える新たな辺境と映っていたわけだ。そしてその神剣は尾張の熱田神宮に鎮まるべきであった。タケルが剣を尾張のミヤズヒメのところに置き忘れたという話の筋になっているけれど、ここでかたられているのは実は熱田神宮の縁起譚なのである。このことを念頭に入れておかないと、とんでもない誤読を犯す惧れがある。尾張——伊勢ではなく——は、東国の喉もとを扼し、それを睥睨する要衝であり、だからこそこの地に、草薙の剣をいつく社が千木高くうちたてられねばならなかったのだ。(1) それは後に辺境がさらに北に延びたとき、エゾの地を望むあたりに、やはり剣神たる香取、鹿嶋の大社がそびえ立つに至った事情と、揆をまったく一にする。誤解が生じるのは、そういう縁起であるものを未来形で読もうとするからである。

熱田神宮とミヤズヒメのことは何れあとで詳しく述べる。最後に順序として火打袋について一言すれば、それは火打石を入れる袋で、「武士は山野を走あるき、夜行などをもする故、火打袋を刀に付る也」（貞丈雑記）とあるのでほぼ見当がつく。これは太平記などにも出てくるのだが、うっかり見のがしがちなのは、ヤマトヒメの与えた剣と火打袋とは個々別々ではなくて一組のものであった点である。タケルが相模で野火の難に遇ったとき、この剣と火打とを同時に使っているのを見ても、そういえると思う。だが野火のことをいうには、私たちも伊勢・尾張をうち過ぎて「さねさし」相模の野へと入りこまねばならぬ。

（1） このことはすでに早く鈴木重胤によっていわれている、「天照大神の大御心と其神剣を日本武尊に授けさせ御在し坐して東国の咽喉と有る尾張国に留止らせ給ふ御事と成れるは、即其東夷を押へて朝威を万国に振はしめ給ふ神慮……」（日本書紀伝二十一巻）。いいかたは神がかっているけれど、指摘はきわめて正確である。

四　オトタチバナヒメのこと

相模の国に入ったとき、その国造いつわっていう、「この野の中に大沼あり。この沼の中に住める神、いとちはやぶる神なり」と。そこでヤマトタケルその神を見とどけに野の中に分け入ると、国造、火をその野に放って焼き殺そうとした、云々。

西征の物語と、これから見てゆこうとする東征の物語と基調がちがっていることは、西征では剛のものを見事だまして打ちとったヤマトタケルが、相模では名もしれぬ土豪に逆にだまされ危く殺されようとしたのでもわかる。もっとも、剣で草を薙ぎはらい、袋からとり出した火打でもって向火《ムカヒビ》をつけ、わずかに難をのがれ、国造どもを滅ぼしたとはあるけれど、話の力点は、相手を倒すことよりむしろ野火の難に逢うことの方におかれている。ヤマトヒメの予言した「急《トミ》のこと」とは、この野火の難のことであった。でここには、クマソ征討物語に見える「剣を尻より刺し通す」とか「熟苽《ホソチ》の如ふり析《サ》きて殺す」とかいった具体的な記述はなく、ただ「皆その国造どもを切り滅して、即ち火をつけて焼きつ」とあるのみ。それも「火をつけて」云々は、焼津の地名起源をいうためのものにすぎない。駿河の国の焼津が相模の国にあることになるが、総じて古事記の地理観念は大まかなのだから、とくに目くじらたてて論ずるには及ばない。古事記作者の関心は、もっとほかの地平に向けられていた。

西征物語と東征物語の基調のちがいにつき、前掲論文で石母田氏は、「前者はクマソタケル征討という明確な目的」をもち、したがって「尊の苛烈強武な性格が前面に端的にでている」のにたいし、後者では「尊は遍歴する英雄」であり、「苛烈な性格がかならずしも貫ぬかれてはおらず」、「尊の主観的主情的あるいは浪漫的な心情」がこれを支えているとしている。たしかにそれは東征とは名のみの神やらいであり、「軍衆《イクサビト》をも賜はずて」とあるように孤独な、そして「猶、吾はやも死ねと思ほしめすなり」という暗欝な思いののしかかる遍歴流離の旅であった。東征物語のこうした雰囲気を盛りあげるのに一役かっているのがオトタチバナヒメである。

ヤマトタケルは相模からさらに下り、走水の海を渡ろうとした。ところが、渡ることなかばにして、海神怒りを発し、波さわぎ、船ゆらいで進みかねた。ときにオトタチバナヒメ、海神の怒りをなごめんと海に入ると、さしもの荒波もおのずから静まり、船はすらすらと進んだ。その折、ヒメのよんだのが次の歌である、「さねさし、相模《サガム》の小野に、もゆる火の、火中《ホナカ》に立ちて、問ひし君はも」。相模の野に燃える火炎のなかにあって、私のことを気づかって、呼びかけてくれたあなたよ、という意になる。「さねさし」は枕詞で、そのかかりかたについていろいろ説があるが、よく分らない。よく分らぬけれど、「さねさしさがむ」とサ音がかさなり、「さがむ」を韻律的に呼びおこしているのを見逃せない。一般に、枕詞の文学上の機能は、主としてその韻律にあった。それに続く「もゆる火の火中に立ちて」も、野に炎々ともえさかる火のなかに立つ人の姿を、よく視覚化している。「問ひし君はも」のハモにつき宣長は、ハモはハヤとはややちがい「恋慕ひて、いづらと尋ね求むる意ある辞なり」(古事記伝)といっている。「問ひし君はや」なら、恋歌というよりむしろ挽歌に近づくのではなかろうか。

以上は、この歌を物語の筋に沿って解釈したのだが、物語からきりはなし一本立ちの歌として見ると、これは恐らく春の野焼を背景にした農村の恋歌で、したがって「問ひし君はも」は、安否を気づかうのではなく、私にいい寄ったあなたよ、という意になるはずである。「おもしろき野をばな焼きそ古草に新草まじり生ひば生ふるがに」(万葉集、東歌)「春日野は今日はな焼きそ若草の妻もこもれり我もこもれり」(古今集)などの例からも察せられるように、初春の野は男女合歓の場であったらしい。だがしかし、この歌とかぎらず、古事記の歌をたんなる民謡の次元にさしもどすだけでは、一向らちはあかない。国風としての民謡が宮廷に保有されていたのは確かだけれど、それらがどのように物語を生み出したり、物語とくっついたりしているかを見ないならば、実は古事記を読んだことにはなるまい。古事記の単位は、歌ではなく物語である。この歌にしても、前述したような物語的場面に挿入され、独特の地をもつことによって、一本立ちの民謡とは異なる、もっと新しい、そしてゆたかなイメージの世界を開いていると思う。火と恋とは親近の映像で、万葉にも「君が行く道の長路《ナガテ》を繰りたたね焼きほろぼさむ天の火もがも」という狭野茅上娘子の著名な歌があるが、この「さねさし相模の……」は、波だつ海に入らむとするオトタチバナヒメの歌であることにおいて、火と恋、これに死と海の映像がかさなり、東征物語のもっとも美しい場面の一つを構成する(1)。

だがそれにしても、オトタチバナヒメとは何ものか、この女性は、なぜここに突如出てくるのか。書紀は、「時に王に従ひまつる妾《ヲミナ》あり。穂積氏忍山宿祢の女なり」と系譜づけているが、これは眉唾である。オトタチバナは神話的な命名で、この女性が特異な印象を与えるのは、むしろ、系譜もなくここにほとんど妖精のように突如あらわれ、すぐ消えてゆくからである。そしてこの神話的な命名は、武蔵の国橘樹《タチバナ》郡に屯倉《ミヤケ》があったこととさりはなせない、と私は考える。

安閑紀に次のような記事がある。武蔵の国の笠原直使主《オミ》と、同族の小杵《ヲキ》とが国造を争った。小杵はひそかに上毛野君小熊というのに助けを求め使主を殺そうと謀ったが、一方、使主は朝廷に訴え出た。朝廷は使主を国造とし、小杵を誅した。で使主は横渟《ヨコヌ》、橘花《タチバナ》など四処の屯倉を献上した、と。土豪の相続争いは王位継承の争いの地方版であるが、こうした争いには、中央権力は直接介入しないのが普通であったと思われる。これは訴え出たから介入したのにちがいないが、しかし一般に、かかる内紛が土豪の宮廷に対する従属を強める機会に利用されるということは大いにありえたはずで、この場合も、国造が自己の領内から四処の屯倉を献じたのは、償いとしてであった。国造が屯倉を献じた例は他にもかれこれあるが、これら屯倉は国造の手で管理されたものと思われる。とにかくこうして武蔵の国には、中央権力の東国への進出を尖端的に記念するタチバナという名の宮廷領があった。和名抄にも、橘樹郡、高田、橘樹、御宅《ミヤケ》、県守《アガタモリ》とある。この宮廷領タチバナの放つ印象が、ヤマトタケルの東征物語におけるオトタチバナヒメという名の女性を神話的に創り出す暗々の動機としてはたらいているのではなかろうか。相模でなく武蔵であるのを気にするには及ばない。要は、それが宮廷にとって東国の拠点を神話的に象徴しうるかどうかにかかる。(2)

この宮廷領には帰化族の三宅氏が移植されていたかもしれぬ。海のあなたの常世の国からトキジクノカクノ木《コノ》実《ミ》すなわち橘を将来したのは、三宅氏の祖タヂマモリであったが、そのタヂマモリは新羅から来た天之日矛の裔である。屯倉の開発には帰化人が投入されただろうし、武蔵の宮廷領タチバナという名も、天之日矛の裔を称する人々がこの地に住していたのに由来すると見てあながち不自然でない。そして私は、東国の宮廷領タチバナの名がタヂマモリの橘とかさなり、ここにタチバナヒメという名の女性が神話的に形象されてきた過程を考える。タヂマモリの橘の話は、景行記の一つ前の垂仁記の末段にかたられているから、その余韻が残った点もあろうか。

走水の海は今の浦賀水道のこと、水が急流をなして走っているので走水という。ここから上総にわたろうとして海神の怒りにふれ、それをなごめんとしてヒメは海に入るのだが、そのさいタチバナという言葉が、白い花のように波だつ海面を喚起するのは、むろん偶然であろうが、しかしここには、私たちのまだよく気づいていない側面があるといえそうである。まず、ヒメは海に入ろうとして、「菅畳八重、皮畳八重、絁畳《キヌ》八重を波の上に敷」いてその上におりたとあるが、この表現は、かの海幸・山幸の物語でワタツミの神がホヲリを迎え、「美智《ミチ》（あしか）の皮の畳八重を敷き、また絁畳八重を敷」いてその上に坐らせたとあるのと類同である。古代には類同表現が多いのではあるが、こういう語句が海神にかんし再度使われているのはかりそめであるまい。物語地では、「妾《アレ》、御子にかはりて海の中に入らむ」とあって海神が美女を望んだ形だけれど、実はオトタチバナヒメは、豊玉姫がそうであるようにワタツミの国に帰ったのだといえなくもない。かの橘にゆかり深い常世の国の映像とワタツミの国のそれとが、ここではるかに流れあう。オトタチバナヒメという女性は、少くともこうした神話的な何ものかを放射していると思う。だからこそ、それはまた「あづまはや」の歎きとも見事こだましあうのだ。七日後、ヒメの櫛が海辺に流れよったという。

タケルはそれよりさらに進み、「荒ぶる蝦夷《エミシ》ども」や「山河の荒ぶる神ども」を降し、大和にもどろうとする途中、足柄峠の坂本に至り、しばし休んで乾飯《ホシヒ》を食った。と、目近かに坂の神、白い鹿に化してたちあらわれた。そこで食いのこしの蒜《ヒル》の片端を以て待ちうけて打てば、その目にあたり、白鹿はたちまち打ち殺された。やがて、その坂に登り立って、「あづまはや」と三たび歎いた。されば、その国をアヅマという、云々。

西征物語と東征物語との基調のちがいについてはすでに述べたが、それは、ここに至っていよいよ確かである。西征物語にも「山の神、河の神、穴戸(海峡)の神」を言向けやわしたという言葉は出てくるにはくるが、それにかんする話は何もなく、クマソタケル、イヅモタケルを撃ち取る話がもっぱら中心になっている。東征物語はそれが逆で、「荒ぶる神」を降す話が中心になっていて、人を撃ち取る話がほとんどない。相模の場合にしても、大沼に棲むという「ちはやぶる神」を見に行こうとしたのがきっかけになっており、走水では海の神の怒りに出あったのであり、足柄では白鹿と化した坂の神を打ったわけだし、さらにこの調子はこれ以後の話にもずっと持ちこされ、例の伊吹山の神を取りにゆく話まで続くのである。たんに基調のちがいというより、主題のちがいさえここにはあると見える。しかもこの点にかんするかぎり、書紀と古事記はほぼ一致するのであるから、このことを古事記の特殊性に帰せしめるわけにはゆかない。

これはやはり根本的には、大和宮廷から見て西国と東国とが異なる歴史的意味をもつ地域として受けとられていたのにもとづくはずである。東国の服従は西国のそれに、約一世紀はおくれているであろう。奈良朝になってからも、常陸、安房、伊豆等は佐渡とならび遠流の地とされていた。それだけでなく、背後に東北エミシの勢力が無気味に控えていたため、中世になるまで東国は依然と葦茂る辺土または異域であるとの印象を失わなかった。むろん、隼人の地も後々まで辺境であったことは、奈良朝に隼人征討の軍がおこされているのを以てしても知りうる。しかし、それが地理的辺境であったのに対し、東国はいわば地理的かつ歴史的辺境であり、したがって大和の宮廷にとって両者のもつ意味は質的に相当ちがっていたはずだ。これが記紀における東征物語のありかたを規定しており、三種の神器の一つである草薙の剣が出動してこざるをえぬゆえんもそのへんにあると考えられる。荒ぶる神たちを言向けやわすとは、高天の原から「葦原中国」にたいし用いられた一種の定り文句であったが、その言葉が東征物語で特徴的に再生産されるのも、東国がいわゆる王化の及ばぬ、原始的な自然の神たちの棲む未開の地と映じていたためといえる。ただ、記紀で相違するのは、紀がヤマトタケルを天皇の代理人とすることによってその王化をひどく観念的に遂行しようとしているのに対し、記はタケルの遍歴譚としてそれを表現した点である。

遍歴とはいってもしかし、たんに気ままな遍歴であったはずはない。身を用なきものにして東に流離した伊勢物語の主人公とヤマトタケルとを同日に談ずるなら、歴史の意味を軽んじすぎたことになろう。ここで構造上もっとも重要なのは、右の話が足柄の坂でのできごととして記されている点である。乾飯を食ったのは足柄の坂本であり、そのとき白鹿となってあらわれたのは坂の神——山の神でなく——であり、そしてその坂に登って「あづまはや」と歎いたのであり、かくして文勢上のアクセントがいかに「坂」というものの上におかれているかがわかる。さらに甲斐から信濃にこえ、また坂の神を言向けたことになっている。このサカはいうまでもなく境としての、つまり黄泉比良坂《ヨモツヒラ》や海坂《ウナ》の坂と同様、一つの世界を他の世界から区切る境としてのサカである。(3) とくに足柄はそういう意味での名だたる坂で、「古は、相模の国足柄の岳坂《ヤマサカ》より東の諸の県は、すべて我姫《アツマ》と称ひき」(常陸風土記)といわれ、防人なども「足柄の御坂に立《タ》して袖ふらば家なる妹は清《サヤ》に見もかも」(万葉二〇・四四二三)と、この坂に立って家郷に別れを告げた。そういう坂の神を打ちすえたことは、したがってアヅマ全体を言向け終えたことと同義であった。足柄の坂上での「あづまはや」の歎きが処をえているのも、この坂がアヅマの神話的指標であったからだ。アヅマの範囲は時によって移動があるが、西のはてなるツクシにたいして、足柄以東を指す語として次第に固定したと見てよかろう。食いのこしの蒜で打ったのは、その強い臭いが邪霊を退治させると考えていたのによるとされる。

ところで書紀の方は、碓日《ウスヒ》の坂で「吾嬬《アツマ》はや」といったことにしている。碓日も由緒ある坂だから、それはそれとして不都合なわけではないが、やはり相模の海に入ったオトタチバナヒメを偲ぶにしては、宣長もいうように碓日はいささか「もの遠い」と思う。書紀が碓日をえらんだのは、古事記にはない上野や越の国などの名を欲ばってとり込もうとしたためである。書紀はまた、焼津が駿河の地であるのと帳尻をあわせるため、かの野火の難の話をも、駿河のこととして記しており、その結果、「さねさし相模の小野に……」の歌を犠牲にせざるをえなかった。アヅマの国が主題であるかぎり、野火の話は相模であるのがふさわしく、またその相模の海で死んだ妻を偲ぶにはやはり足柄の坂でないと、まなざしは宙に拡散する。

もっとも、古事記は端的に「あづまはや」といっているのではなく、蒜を白い鹿の目(め→ま)にあつという一種の言語遊戯によってアヅマをみちびき出そうとしている。そのためこの「あづまはや」は吾嬬とは関係がないと見る人さえいるのだが、それは形式的論理主義というものである。「あづまはや」は「吾嬬はや」なのであり、ただそれが二重の言語遊戯に媒介されているにすぎない。古事記作者の好むそういう言語遊戯について述べるには、次節が恰好の場となろう。

(1) 一首として見てもこの歌のひびきには、たとえば東歌などとはちがった何ものかがあるといえないか。それは措辞においても声調においても、むしろ「斑鳩《イカルガ》の宮の甍にもゆる火の火群《ホムラ》の中に心は入りぬ」(聖徳太子伝暦)に似るといえるだろう。
(2) タチバナ郡は、今の川崎市から横浜市東北部にかけての地域にあたる。なお、この郡出身の防人の歌が万葉集に出ている。
(3) 拙著『古事記の世界』四章参照。

五　ミヤズヒメのこと

足柄から甲斐に出て、酒折宮《サカヲリミヤ》にあって、ヤマトタケル、

にひばり　筑波を過ぎて　幾夜か寝つる

と問いかけると、火焼の翁、すかさず

　かがなべて　夜には九夜《ココノヨ》　日には十日を

と答えた。すなわち、この翁を賞し、東《アツマ》の国造にした。

この酒折宮が式内社に入っていないのは不思議である。「東の国造」というのも想像上の呼称であるから、酒折宮も想像上の名である可能性が強い[1]。連歌の起源を以て目されるこの著名な問答歌が、いかなる意味をもってここに出てくるかも、自明ではない。あえていえば、この歌がここにこうして出てくるのは、カヒの起源説話としてではないだろうか。「かがなべて」は「日々並べて」で、日数かさねての意であろうが、「二日（フツカ）三日（ミカ）の「カの転のケを用いて、ケ並べてという例はあるが、カカと重ねて使うのはおかしい[2]」といわれる。で、「かがなべて」を「屈並べて」とし、指折り数えての意に解そうとする説もあるわけだが、しかし正統的に「けならべて」とせず、あえて「かがなべて」とやったのが実はこの歌のみそなのではないか。つまり初句「かがなべて」のカと、結句「ひには十日を」のヒとで、甲斐のカヒをいいあてたところに思いがけぬ妙味があり、だからこそ翁の附けをほめたのだと思う。

　ただ、厳密な仮名遣いからするなら、この説はなりたたない。甲斐の斐はいわゆる乙類であるのに「比迩波登《ヒニハト》袁加袁《ヲカヲ》」の比は甲類に属するからである。しかし、万葉集の東歌や防人歌には甲類の「ヒ」と乙類の「ヒ」を混用した例がかなりあり、また火焼の翁も東人にちがいないし、「かがなべて」がすでに標準的でないとすれば、少くとも語呂あわせとして見る分には、この説は許容されるのではなかろうか。「シラヌヒ筑紫」の「ヒ」は甲類であったが、民間語源説でそれが乙類の「ヒ」（火）に転じた例もある。つまりこれは、物の名をよみこんだ古今集の歌と同類だということになる。

歌が呼吸でもするように実生活のなかに生き、たいていのものがほとんど即興で歌をよめた古代にあっては、本にたいしたんに末を附ける位なら朝飯前のことであっただろうし、したがってそれを特に賞する理由などなかったはずだ。それが格別「東の国造」に価したのは、翁の附けがアヅマなる甲斐の語源にとにかく的中したからに相違ない。それは目にあつからアヅマの起源を説こうとしたのと同じ興味と見ることができる。

機智即興をたっとぶ問答歌においては、とりわけこうしたことがいえるはずである。たとえばシビの臣とヲケの命とが歌垣に立ったとき、シビが「大宮の、彼《ヲト》つ端手、隅かたむけり」とまずうたい、その「歌の末を乞」うたとき、ヲケは「大匠《タクミ》、拙劣《ヲヂナ》みこそ、隅かたむけれ」と答えている。一見自由に歌をたたかわせあっているかのごとくだが、実は約束、つまり初句のうたい出しをオホまたはオ音を以てするという約束のもとにこれはたたかわれているのではなかろうか。古事記ではこのときやりとりした歌六首のうち五首がこの約束に従っており、書紀でも——記と共通した歌は一首しかないが——七首中五首がやはりそうなのである。それにこれは普通の歌垣ではなく、男と男が一人の女を争って立った特殊な歌垣である。こういう場合、何がしかの作法または方式がまるでなかったとしたら、決闘と同じで歌垣そのものがなりたたないであろう。方式にかなわぬ若干の歌は恐らくは後の附加で、記紀の編者もこの歌垣の方式のことはもう忘れていたらしく、「かがなべて」の場合も、もとの意味を忘れたかのごとき書きぶりである。

さてヤマトタケルは、そこから信濃にこえ、信濃の坂の神を言向けて、尾張にもどりつき、さきに約しておいたミヤズヒメのもとに入る。

そのとき二人のとりかわしたのが次の歌である。(因みにこの歌は、書紀にはない。)

(イ)　ひさかたの　天の香具山　とかまに　さ渡る鵠《クビ》　弱細《ヒハボソ》　手弱腕《タワヤガヒナ》を　枕かむとは　我はすれど　さ寝むとは
我は思へど　汝《ナ》が著《ケ》せる　襲《オスヒ》の裾に　月立ちにけり

(ロ)　高光る　日の御子　やすみしし　我が大君　あらたまの　年が来《キ》経《フ》れば　あらたまの　月は来経往く　う
べなうべな　君待ち難《ガタ》に　吾が著《ケ》せる　襲の裾に　月立たなむよ

ミヤズヒメ、大さかづきを捧げて酒をたてまつるとき、そのオスヒ(衣裳)の裾に月水が円くついていた、それを見てタケルのよんだのが(イ)で、(ロ)はそれに和したヒメの歌。月のさわりのことをよみこんだ歌では、「最上川のぼれば下る稲舟の否にはあらぬこの月ばかり」(古今集)が著名だし、万葉東歌の「小筑波の嶺《ネ》ろに月立《ツクタ》し間《アヒダ》夜《ヨ》は多《サハダ》なりのをまた寝てむかも」などもその部類に入るらしいから(3)、この二首もそれじしんとしては格別異常な歌というわけではないけれど、こういう歌がここにこういう形で出て来るのは、やはり唐突で意外の感をまぬがれないように見える。で、これにかんし学者はたいてい口をつぐむのであるが、しかしここには古事記独自の文脈が通っていると思う。古事記はミヤズヒメ(美夜受比売)という名を、ミアハズ(見合はず)ヒメと語源解釈し、合うことの障りである月のものの歌を、かくはもってきたに他ならぬ。これはこの説話のごく自然な読みである。ものの本によるとギリシャでは、アフロディテという名のなかに、水泡の名〈アフロス〉を認めたので、この女神が海の泡から誕生したという神話を作り出すに至ったといわれるが、古代日本人がギリシャ人に勝るとも劣らぬ強い興味を民間語源説によせていたことは、風土記を一瞥するだけでも充分である。神話の源泉には言葉があり、この言葉にたいする民間語源説がしばしば神話を生み出す。さきに見たごとく、大碓・小碓を双子にしたて、景行天皇が臼にどなったのでこの名がついたというのなども、名の語源説話であった。(4)

この見地を堅めるため、古事記から今一つ好例をとり出せば、神武記に、イスケヨリヒメと大久米の命とが次のように歌で問答したとある、「あめつつ、千鳥ましとと、など黥《サ》ける利目《とめ》」「をとめに、直《タダ》にあはむと、我が黥ける利目」。難解を以て知られ、どの注釈書もほとほと参っている箇所だが、それはそこで演じられている地口に気づかないからだ。「あめつつ、……さけるとめ」「をとめに……さけるとめ」と書けば明らかなように、メの語呂あわせに、ここでの興はかけられており、そしてそれは大久米＝大来目の命のメとからんでいることに、目をとめねばならぬ。(5)イスケヨリヒメが大久米の命の黥《サ》ける利目《トメ》を見て、奇《アヤ》しと思って「あめつつ、……」と歌ったとする本文の記事の方から歌を見てはいけないわけで、むしろそれは歌を後から説明したものなのである。したがってこれを、求婚に際し目のまわりに入墨する習俗があったのだろうなどと大まじめに受けとり、いろいろセンサクするのは、とんでもない逸脱である。来目と入墨の目とが結びついたのは、多分、阿曇目《アツミメ》への連想がはたらいているせいであろう。(6)

何れにせよ古事記の言葉にはまだよく読めていない点がある。そしてそれは、口誦の言語が古代人の世界においていかに生き、いかに機能していたかに対し、私たちの感受性が鈍化しているのにもとづく場合が少なくないといえる。しかし、古代人の生きた言葉をとらえないならば、話の意味を内面的には理解できなくなる。最初にのべた兄をとり殺した話にしても、すべての単語の語義を知っていながら、私たちは従来、それらの構成している意味論的な場には、ほとんど無頓着であった。むろんそうかといって、私の所説がまちがっていないという保証はどこにもないわけだが、ただミヤズヒメをミアハズヒメとする語源解釈によって、説話的にこの二首がここに挿入されたはずだという視点は、ほぼ受納してもらえると思う。

さきにあげたように類歌はあるにはあるが、これはやはり相当、性的にあらわな歌ではある。この歌にかんするかぎり、ヤマトタケルを〈浪漫的〉とはとても呼べない。いや、古典的でさえなく、露骨で野性的なことでは、かの八千矛の神を中心とする歌謡に一脈通ずるものがあるといえる。「吾が著《ケ》せる」というように一人称に敬語を使っている点も共通しており、また饗宴のときの歌である点も同じである。八千矛の神の歌については別のところですでに述べたことがあるので再論しないが[7]、この歌も饗宴のさい滑稽猥雑な所作を以て演じられたものに相違なく、とりわけ、「うべなうべな、君待ち難に」あたりには、そういった趣が濃厚である。饗宴用のこうした古い演劇風の歌謡は、万葉巻十三などにもなおその伝統をとどめており、それがミアハズという言葉を回路にミヤズヒメ説話の一部としておびきよせられるに至ったのだろう。この話がヤマトタケル物語の全体に溶けこんでいるかどうかは疑問で、辛うじてその統一が破られていないとすれば、それは、さきに伊勢から「尾張国に到りて、尾張国造の祖、美夜受比売の家に入り坐しき。乃ち婚《マグハ》ひせむと思ほししかども、亦還り上らむ時に婚ひせむと思ほして、期《チギ》り定めて東の国」に旅立ったというふうに、これが東国遍歴譚に組みこまれているからだと思う。

さてヤマトタケルは、「ここに御合まして、その御刀《ハカシ》の草薙剣を、その美夜受比売《ミヤズヒメ》の許に置きて、伊吹の山の神を取りに」行くわけだが、これが草薙の剣をまつる熱田社の縁起にかかわるものであることは、いうまでもない。では、ミヤズヒメとはいかなる女か。さきの引用に、「尾張国造の祖、美夜受比売の家に入り坐しき」とあり、「尾張国造某の女美夜受比売」とないのに、まず注目すべきである。系譜のかかる記しかたは初期の帝紀にもあり、それは賀茂社の玉依彦・玉依姫に代表される例のヒコ(兄)・ヒメ(妹)二重制にもとづく女祖を意味するものであるらしいのだが、(8) その点、平安初期の熱田大神宮縁起が、ミヤズヒメを尾張氏の祖建稲種公の妹——縁起でこの稲種公もタケルの東征に同道したといっているのはむろん後世の仮託だが——としているのは、やはり古風を伝えたものであろう。いいかえれば、ミヤズヒメは熱田社の玉依姫であったのであり、そういうヒメにヤマトタケルが婚し、そこに神剣を置いていったという話は、土豪としての尾張氏の祀っていた一地方的な社であったにすぎぬ熱田社が——稲種という名は明らかに農業神を指示する——今や宮廷の威光を背負い、はるかに東国を睥睨する大社に格づけされた消息を示すものである。

古代の説話が歴史とつつみあいながら、しかもいかに独自の形式として表現されるかを見なければならぬ。帝紀によると、尾張氏の祖某の妹なる女が景行以前の初期宮廷(孝昭、孝元)に何人か入っているが、神剣をまつる熱田大社の創立によって逆にかかる系譜は生み出されたにちがいない。つまりこれら女性はみな個別的に系譜化されたミヤズヒメであり、地方国造らが自分の妹を采女として宮廷に献ずるならわしが、熱田社の重要性と見あい尾張国造家ではやや特殊な姿をとっていたことを、これはものがたる。何れにせよ、熱田社をいつく尾張氏の妹は宮廷にとって一つの印象深い存在で、それがミヤズヒメとして神話的に永遠化されたのだ。多分、ミヤズはミヤス(宮主)の転であるだろう。書紀は宮簀《ミヤス》媛《ヒメ》とズを清音スで示し、熱田縁起も宮酢《ミヤス》媛と記している。それが古事記では美夜受《ミヤズ》媛となり、それがさらにミアハズヒメへと説話的に進化した。それというのも、かの女が「高光る、日の御子」以外は触れることのできぬ、神女であったために他ならない。

（1）酒折宮が実在であるとすれば、それは当然式内社に入るべきものである。サカヲリのサカは酒ではなく坂であり、ヲリはツヅラヲリなどのヲリではなかろうか。足柄の坂、信濃の坂が話題となっている文脈からして、このように推測しうると思う。
（2）『日本書紀』上（日本古典文学大系）六〇一頁。
（3）土屋文明『万葉集私注』の解釈による。
（4）臼と出産にかんする民俗をさがし集めることによってこの話を説明しようとする、いわばフレイザー的なやりかたがしばしば行われているが、これが見当ちがいであることは、すでに一節で見た通りである。
（5）「をとめに」のメ（売）は甲類、それに対し「あめ……」「……とめ」久米のメ（米）はみな乙類である。また「をとめ」のト（登）と「……とめ」のト（斗）も同類でないが、この二つの「とめ」が筑波問答と同様、語呂あわせになることも考えられる。
（6）履中記に、阿曇連浜子を罪により黥したので、時の人、これを阿曇目と呼んだという記事がある。
（7）拙著『古事記の世界』七章参照。
（8）倉塚曄子「皇統譜における〈妹〉」（文学、昭和四三年六月）。

六　思国歌

ヤマトタケル、伊吹の山の神を打ちとりにいって、「この山の神は、素手でとってやろう。」といい、山にのぼり行けば、大いなること牛のような白い猪に逢った。それを見てタケル、言挙《コトアゲ》していう、「この白い猪に化けたやつは、かの神の使でこそあろう。今は殺さずとも、還り道に殺してくれよう。」かくいってのぼり行くほどに、大氷《ヒサ》雨《メ》にわかにふりかかり、タケルはその毒気にあてられ正気を失った。

山の神云々は、東征の途で沼や海や坂の荒ぶる神に出逢った話と一続きのものだが、それが伊吹山のこととされているのは、その名から神の怪しい息吹を予想してのことで、果してタケルはその毒気のためうち惑わされた。それは神武天皇の軍が熊野の山で荒ぶる神の息吹に「惑《ヲ》え」伏したのと似る。ちがうのは、神武天皇がそのさい高倉下《タカクラジ》の霊剣をえて荒ぶる神を退けたのにひきかえ、ヤマトタケルの手からは霊剣すでにはなれ、ミヤズヒメのもとにとどまっていた点である。しかも彼がこういう目にあったのは、コトアゲして神を犯したからで、ここには紛れもなく死への予感が動いている。というより、神に対しみずからこのように傲慢にふるまうことにより彼は、景行天皇との悲劇的対立のため死ぬ他ない自己の運命を、いわば引き受けるのである。神々へのこうした挑戦は、一の英雄的資質である。新撰字鏡には、「誇」を「挙言也、伊比保己留《イヒホコル》、又云太介留《タケル》」としているから、ヤマトタケルという名そのものが挙言すなわちコトアゲすることをすでに内有していたともいえるわけで、この行為が彼を破局へと導く。かくして古事記はこれより以下、主人公の病み疲れて行く姿を地名説話に托してかたる。足の「たぎたぎしく」つまりびっこになった美濃の当芸《タギ》野、杖をついてようやっと歩いた伊勢の杖衝《ツキ》坂、足が三重に曲った三重村、といったぐあいで、どれもみなとぼとぼとした足どりを想わせる話ばかりである。その間、一つ松の歌がある。

尾張に　直《タダ》に　向へる　尾津の崎なる　一つ松　あせを　一つ松　人にありせば　太刀佩《ヘ》けましを　衣着《キヌ》せましを　一つ松　あせを

もとは民謡だろうが、その情緒が物語の地によくかなうのは、海べの一つ松が主人公の孤独な心を比喩しており、しかもそれが「尾張に直に向へる」の句によってかのミヤズヒメを志向しているかのように受けとれるからであろう。さきにこの地をすぎて、ものを食った折に置き忘れた太刀、なお失せずにそこにあったので、これをうたったという本文の前書きは、歌から逆に場面を推測した説明にすぎない。「あせを」は囃言葉である。

さて三重の地から能煩《ノボ》野に至り、望郷の思いを托してうたったのが、次の「思国歌」三首である。ノボ野は何れ伊勢国鈴鹿郡の地であろうが、実名かどうか疑わしく、大和の方へのぼって行く意をあらわす想像上の野であってかまわない。

(イ)　大和は　国のまほろば　たたなづく　青垣　山ごもれる　大和しうるはし
(ロ)　命の　全けむ人は　たたみこも　平群《ヘグリ》の山の　熊白檮《クマカシ》が葉を　髻華《ウズ》に挿せ　その子
(ハ)　はしけやし　吾家《ワギヘ》の方《カタ》よ　雲居《クモヰ》たち来も

書紀は、景行天皇が筑紫に征した折、日向にあってミヤコをしのんでこの思国歌をうたったとしているが——順序も(ハ)(イ)(ロ)となっている——、これでは一向に処をえないといわざるをえない。第一、病んでいないものが「命の、全けむ人は、……」と詠ずるのはふさわないし、大和ならぬミヤコをしのんでというのも、歌意からは離れている。思国歌はやはり、古事記がそうであるように、大和を指呼の間に見さけつつ死に臨もうとしているヤマトタケルの歌であることによって、初めて生動する。その点、書紀が一貫して日本武尊と書き、古事記が倭建命と書きしるしているのは、両書のヤマトタケル観の相違を示すものといえる。むろん理屈としては、ヤマトタケルのヤマトは「日本」でいいのだけれど、日本武尊では、思国歌のもつ情緒的・経験的な大和との紐帯が切断されて行くように感じられる。思国歌はやはり倭建のものでなければなるまい。そのヤマトタケルのヤマトは、「やまとは、国のまほろば」の「やまと」と、ただちにひびきあうであろう。次にはまず、これを一おう物語からきりはなし、独立した歌として考察する。

（イ）の「国のまほろば」は、まほろばの国で、非常にすぐれた国の意と解する向きが多いけれど、これはどうかと思われる。これではホという肝腎な言葉が死んでしまう。ホは穂＝秀で稲のホ、火のホ（焔）、浪のホなどの用例からもわかるごとく、他よりも高くぬきんでていて、それが目に見える状態にあることを指す語である。国のホも、「千葉の、葛野を見れば、百千足《モモチダ》る、家庭《ヤニハ》も見ゆ、国の秀《ホ》も見ゆ」（記）とあるように、目に見えることにおいてホであったはずである。非常にすぐれた国の意とするのがまずいのは、ホという言葉のもつこうした視覚性を消し去ることになるからだ。もしそうだとすれば、「国のまほろば」のクニは、「ただよへるクニ」（神代）のクニ、あるいは国引詞章の「クニの余りありやと見れば、クニの余りあり」のクニ、つまり土地の意でなければならない。むろん、土地には人が住みついている以上、土地としてのクニは、やがて何らかの形で政治的・権力的に組織された「国」――これにもさまざまな段階や種類があるはずだが――を必然的に内包するのではあるが、

「国のまほろば」のクニは、「国」であるよりは土地の方に重きをおいた言葉であると思う。それは英語の land が soil と country の両義をふくむのに似ていなくもない。思国歌は後にもいう通り国ぼめの歌だが、国ぼめとは初春に国形を見て、その土地の精霊を祝福する歌であったはずである。

国のホがかく目に見えるものであるからこそ、「国のまほろば」が次の「たたなづく、青垣」という句を呼び起こしてくるわけで、ここにある眼なざしの働きをとらえないならば、この歌の命は台なしになる。万葉びとも「国のまほろ」という句を三回ほど使っているが、もうもとの意味を忘れ、国ぼめの慣用句として使っているにすぎない。「たたなづく」は、幾重にもかさなりあったという意(?)——この解釈には疑問があり、それについては次節にいう——で、以下、そういう青い垣のような山々にとりまかれている大和を「うるはし」とほめているわけだ。ヤマトは本来、山と因縁の深い土地がらだが、初句「やまとは」第五句「やまごもれる」結句「やまとしうるはし」と反復する音韻的共鳴によって、そういう大和の土地と、そこで生きられる生活そのものへの明暢な讃歌となっているといえよう。

(ロ)の「髻華《うず》に挿せ」のウズはカザシと同じで、生命をことほいだり、神に仕えるしるしとして花や木の葉を髪にさしたのである。天の岩屋戸の前で神がかりして踊ったウズメの命も、ウズをさした女、つまり神女・巫女の意に他ならない。この歌の場合は、生命をことほぐべく樫の葉をウズにさせという意だが、やはり何かの初春の行事が暗示されていると思う。ここに(イ)の歌との共通項があるが、発想は同じでない。「命の、全けむ人」とは、命つつがなき若ものの意、それが「その子」と呼びかけられているわけだが、では誰が呼びかけているのかということになると、よくはわからぬながらも、それは長老ではないかと推測される。「たたみこも」は平群の枕詞である。

そういえばしかし、この「たたみこも」と(イ)の「たたなづく」とが音の上でひそかに呼応しあい、(イ)と(ロ)とが思国歌として組み合わさせられる一つのきっかけをなしているのではあるまいか。むろん生命の祝福という点で、(ロ)をも国ぼめの範疇に入れることができるが、同時に音韻にかけて考えることが、前節で見た古事記の言語意識からして必要なように思われる。さらにいうなら、(イ)の「たたなづく」が、次節に見る挽歌「なづきの、田の……」の「なづき」にこだまし、それがまたさらに「浅小竹《アサジノ》原《ハラ》、腰なづむ」にはずんで行くというぐあいに、次々と歌が布置されているのではなかろうか。その意味については何れ後で考えることにするが、(ハ)の初句「はしけやし」もまた(イ)の「大和しうるはし」によって呼びおこされたのではなかろうか。偶然というにはあまりにもうまく、まるで音の連句のごとく歌々がここに布置されていることに注目してもよかろう。

「はしけやし」は「はしきよし」(紀)と同じ、ヨシは詠歎の助詞、ハシキは愛《ハ》しきで、「我が愛《ハ》し妻」(記)という句もあり、讃美をこめたなつかしさをあらわす。(イ)の結句「大和しうるはし」も、たんに客観的に美しいというより、美しいことを生活感情としてたたえたものである。かくして(イ)の「大和しうるはし」と(ハ)の「はしけやし、吾家《ワギヘ》」は、たんに音韻上の反復にとどまらず、感情の上でのレゾナンスをなす。そういう愛《ハ》しき我が家の方から雲が立ちのぼってくるというのだが、立ちのぼる雲は自然の霊の活動する姿であるといわれるから[1]、(ハ)も国ぼめの歌の資格を充分もっていることになる。もっとも古事記が、(イ)(ロ)だけを思国歌と呼び、(ハ)は片歌なりといっているのは、いささか変である。五・七・七形式の片歌は、ヤマトタケルと火焼翁の唱和に見るごとく問答体をとるのが常道なのに、ここだけはそうでなく一本立ちになっているため、とくに片歌なりとことわったまでで、あまりこだわらなくていいのであろう。

さて以上、私は思国歌とよばれる三首を本文からきりはなし、もっぱら国ぼめの歌として眺めてきた。古事記の本文と歌とは質がちがい、同化しない場合が多いのだから、これは当然の手続きであるが、しかし、たんにきりはなすだけに終るならば、前にもいったようにそれは歌を読むだけで古事記を読むことにはならない。最近の歌謡研究は、古事記本文から歌だけを抽出し、それを民謡の次元に還元するのに熱心なあまり、かえって記紀歌謡の本質をとり逃しているのではないかと危ぶまれる節がなくもない。物語を求め物語のなかに生きようとする志向を歌謡じたいがもっていたからこそ、古事記は一種の歌物語の形式をとったのであり、作者が勝手に、歌謡をぽいと物語のなかに挿しこんだのでないことは明らかである。ただ、両者の間がしばしばちぐはぐなものに終っているのは、その関係が文学的に渾然たるものに成熟するための歴史的与件に欠けるものがあったためと考えられる。たとえちぐはぐであっても、歌謡がいかなる物語的な地を与えられているかは、歌謡研究の立場そのものにとっても無視しない方がいいはずである。むろん、この分離主義は、歌をひたすら物語に従属させて怪しまなかった従来の読みに対しては一つの解放であったけれど、逆にいえばそう簡単に、つまり引っこ抜くようなぐあいに解放してはならぬということである。

では、国ぼめの歌として読んできた以上三首を、本文にあるがままヤマトタケルの歌として読むならどういうことになるか。高木市之助氏は(イ)の歌について、「他所から大和への思慕ではなく、むしろ自から大和平野の中央に立つて、青垣山こもれる周囲を見まはした誰かの郷土礼讃の声」であるとし、「この歌を通して吾々が感じうる主観は、『われ』といふより『われわれ』、俺といふよりも俺達といふに近い、非個人的な性質を持つてゐる」とされているが[2]、これには恐らく誰しも異存あるまい。ところが非個人的で、いわば集団的な性質を有するこの歌が、ヤマトタケルという一人物の歌として読んでも一向変でないばかりか、ごく自然に受納されてくるというのもまた疑えない事実である。つまり、個人的な歌として読んではならぬと禁欲的にいいきかせて読んでも、それがいつの間にか情緒的にのりこえられてしまうというわけだが、これには短歌形式のもつ特殊な性格がからんでいるのではないかと思う。

短歌は、形式が短かく一瞬にして昇華する、集約度の相対的に高い文学である。それは、短歌が、一義的に完結しておらず、むしろ多義的に開かれたまま未完結であることを意味する。厳密には短歌とかぎらずあらゆる形式についてそういえるのだけれど、とりわけ短詩型においてこれはいちじるしいはずである。つまりここでは、生産の集団性と享受の個人性との間に一種非合理な関係がひろがっているわけで、国ぼめの歌謡であるところの「大和は、国のまほろば、……」をヤマトタケル個人の詠と見ても破綻が生じないのも、短歌形式に内在することのような特質によるというべく、かりにもしこれが長歌であったら、この転移はもっと制限されざるをえないだろう。

これはしかし一般論である。「自から大和平野の中央に立つて」うたったとされるこの歌を、「他所から」する「大和への思慕」へと移してなおそれが色あせないのは、主人公が伊勢の鈴鹿郡あたりで大和を見やりながらこれを詠じていること、つまり前に指摘した「国の秀《ホ》」なるものが、外からではあるがとにかく視覚的に現存するのにもとづく。さらに(ロ)の「命の、全けむ人は、……」も、病み疲れて命の終りを予感しているものの詠にかなっているといえる。ここでも一つの転移がすべりこみ、この平群山があの平群山へと想像化される。「髻華に挿せ、その子」という呼びかけも、自分の従者たちに向っていわれたものであるかのようなひびきを今やもつ。そして最後の（八）「はしけやし、吾家《ワギヘ》の方よ、雲居たち来も」だが、雲が国ぼめや国見の景物であろうとなかろうとそれにはおかまいなく、まず「吾家」と狭くしぼられていた視線が雲居はるかに散ることによって、死に臨む主人公の境位にふさわしい新たな物語的リアリティがここに附与される。とくにそれが半端な片歌である点、息のとぎれを感じさせるとさえいえなくもない。

クニシノヒ歌という名そのものが、すでに意味の二重性をもっている。シノフには、偲ぶ、慕う意にかさなり、「黄葉《モミチ》をば取りてぞしのふ」（万葉）とあるように賞美する意とがあった。国ぼめじたいをクニシノヒとはいえなかっただろう。しかし故郷をしのぶ意でのクニシノヒ歌という名は、同時に郷土讃美の歌の意を下地に匂わすものであった。この二重性が、享受にさいしても交錯しながらはたらくわけだ。ただ、記紀がこれを歌の内容から「思国歌」と名づけているのは、他の歌曲が形式から名づけているのと異なっている。

さて、このあと病にわかになって詠じたのが次の歌である。想いは、かの剣とミヤズヒメとの上にあった。

をとめの　床《トコ》のべに　わが置きし　つるきの大刀　その大刀はや

「をとめの、床のべ」におかれた剣には、神話的類型がある。ある乙女、しかじかの矢をもち来って床のべにおくと、たちまちうるわしい男となり、ちぎって御子を生んだというセヤタタラヒメや賀茂の玉依姫の話がすなわちそれである。姿において似る剣が矢にとって代っても、同じである。前節にいったようにミヤズヒメは熱田の玉依姫であったし、そういうミヤズヒメに対してヤマトタケルは依りきたる天つ神、あるいはその霊威を象る剣そのものでもあったはずである。これまでずっと辿ってきたヤマトタケルの物語をふりかえって気づくのは、人物として印象に残るのは、クマソタケルを除けばヤマトヒメ、オトタチバナヒメ、ミヤズヒメ等みな女性である点だろう。二度の苦難も、女の力で助かった形で、これが東征譚に一種シャーマニスチックな色彩をあたえることになっている。が、右の歌から感じられるのはおもに恋愛感情であり、「をとめの、床のべ」という神話的フォーミュラにも、恋の気分がただよっている。「その大刀はや」の大刀も、もはやかの霊的な神剣などではなく、女の床のべに残した己れの地上的な分身であるかのごとくにうたわれている。かくうたい終るや否やヤマトタケルは死んだという。

（1） 土橋寛『古代歌謡と儀礼の研究』二八六頁。
（2） 高木市之助『吉野の鮎』八〇、八一頁。

七　白鳥になった話

この段は、どうしても本文を引用しなければならない。

ここに、倭に坐す后等《キサキタチ》、また御子等、諸《モロモロ》下り致りて、御陵《ミササギ》を作り、即ち其地《ソコ》のなづき田に匍匐《ハ》ひ廻《モトホ》りて、

哭《ミネナ》かしつつ歌ひたまひしく、

(イ)なづきの　田の　稲幹《イナガラ》に　稲幹に　匍ひ廻《モトホ》ろふ　野老蔓《トコロヅラ》

ここに八尋《ヤ》白智鳥《ヒロシロチドリ》になりて、天《アメ》に翔《カケ》りて浜に向きて飛び行《イ》でましき。

ここにいう「御陵」とは、おそらく殯宮のことである。そして匍いまわり云々は、殯宮での儀礼的所作を意味するものと思われる。天若彦の葬送にさいし喪屋《モヤ》つまり殯宮を作り、「日八日夜八夜を遊びき」と神代の物語にあるごとく、殯宮ではさまざまな儀礼が演じられたのであるが、匍匐と涕泣はその重要な部分であったらしい。イザナミの死にさいし、イザナキはその「御枕方《ヘ》に匍匐《ハラバ》ひ、御足方《アトヘ》に匍匐ひて哭《ナ》」いたが、その涙に成った神が泣《ナキ》沢女《サハメノ》神である。万葉集の人麿の挽歌などにも「鶉なす、い匍ひもとほり」(二・一九九)というようないいかたが見出される。

ところで、匍匐し涕泣するのは主として女の役であった。前記、天若彦の葬送のときも、雉を哭女《ナキメ》とし云々とあり、またその妻・下照姫の「哭く声、風のむた響きて天に到りき」(記)とある。この下照姫の泣き声は、いわば宇宙的なひびきをもつ。むろん哀しいから泣くのであるが、しかしそれはたんに個人的な涕泣ではなく、哀しみの祭式的な表現であった。おそらく泣女が音頭をとり、遺族の女たちも一緒に泣いたのだろうが、たえがたい個人の哀しみに、こうして社会的チャンネルが与えられたのだ。私は以前、万葉集における女の挽歌という問題を考え、人麿が出てくるまでの挽歌の作者がほとんど女であるのは、女のこの原始的涕泣の伝統を受けついだものであり、人麿が貴人の殯宮で新しい形式の挽歌を献じたのは、専門の宮廷詩人が泣女の伝統にとって代ったものに他なるまいと論じたことがある。[1] 自分でいうのもちょっとおかしいけれど、この着眼は的中しているのではないかという気がする。後でわかったのだが、古代ギリシャなどでもほぼ同じ道筋をたどっていっているようである。

「なづきの田」についてはいろいろいわれており、墓のそばの田と解する向きが多い。が、後に見るごとくこれは絶対、水につかった田の意にとるべきである。[2]「稲幹」は稲の茎。「野老蔓」はトコロの蔓、トコロはヤマイモ科の蔓草。かくしてこの一首、水にひたった田んぼの稲の茎に這いまつわっている芋の蔓という意になり、前記の匍匐儀礼とぴったり対応した歌であることがわかる。というより「其地のなづき田に匍匐《ハ》ひ廻りて」という地の文は、歌に「なづきの田の、……」とあるのを移したものである。したがって、実際にナヅキ田のなかを這いまわったのではなく、それは招魂のための儀礼的匍匐である。この匍匐とはどんな所作かよくわからぬが、腰をまげ鳥のような恰好をして歩行し舞踏するのではないかと推測される。[3] 何れにせよ日常とはちがった儀礼的なmimic（擬態）であったはずで、すでに指摘されているように、これは礼記にいわゆる「哭踊」に相当すると見てまちがいない。[4]「婦人は袒すべからず。故に胷《ムネ》を発《ヒラ》き心《ムネ》を撃ちて、爵踊すること殷殷田田たり。……壊牆の如く然り。悲哀痛疾の至れるなり。其の往き送るときは、望望然、汲汲然たり。追うことあって及ばざるが如し。其の反哭するときは、皇皇然たり。求むることありて得ざるが如し。」（問喪）爵踊とは雀踊、すなわち雀の躍る如く足を地より離さずに踊ることと注されているが、全体として古事記のこの段を彷彿せしめるものがあるといえよう。「野老蔓《トコロヅラ》」もたんに這うことの比喩でなく、探し求める意をもつものである。それは「ところづら、尋《ト》め行きければ」（万葉、九・一八〇九）とあるによって明らかである。

「白智鳥」は、白千鳥だが、書紀には白鳥とあり、古事記にも白鳥の御陵とあるから、たんに白鳥でもいいわけで、それが「白智鳥」になったのは、後出の「浜つ千鳥、……」という歌にひかれたのだろう。千鳥はちっちゃい鳥だから「八尋白智鳥」はおかしいと考え、「白智鳥」は白千鳥→白ッ鳥、つまり白鳥のことだと、チを格助詞ッの転音と解して帳尻をあわせようとするのは、うがち過ぎである。白鳥といっても、シラトリという名の鳥ではなく白い水鳥を指すのだろうし、それにこれは一種の幻視であるはずだから、「八尋白智鳥」で一向おかしくないばかりか、かえって幻想味が増大する。それは、匍匐し涕泣しつつ一時的狂気にとりつかれた女たちの目にだけ見えたのだ。「青旗の木旗《コハタ》の上を通ふとは目には見れども直《タダ》に逢はぬかも」（万葉、二・一四八）と、天智天皇の崩じたとき倭太后は歌っている。

魂が鳥と化す話はほとんど世界的にひろがっているらしいが、[5]この場面が格別印象深いのは、まず、高木氏のいうごとく、「運命の桎梏」を負うたヤマトタケルの「謂はば囚はれた魂が、その死によつて始めて完全に解放された時、遙な大和から下り着きたまふた后や御子達の御嘆をよそに白鳥と化し翔り去り給ふたといふ事は奇蹟といふにはあまりに真実必然な出来事」[6]だと感じられるからである。美濃のタギ野に至ったとき、「吾が心、恒に虚《ソラ》より翔り行かむと念ひつ。然るに今吾が足え歩まず、たぎたぎしくなりぬ」といったというみずからの希求の、それは死による完成でもあった。かの「猶、吾はやも死ねと思ほしめすなり」という言葉とともに彼は死を覚悟し、というより覚悟することをえらんだのであり、かくして荒ぶる神々とたたかい、ついにはそれを犯すという形で、自己の運命としての死をたぐりよせる。死は事件ではなく行為であった。だからこそ、死後その魂が白鳥と化して天翔って行く姿に、私たちは一種の自由を感じとるのである。

だが、たんにそれだけではない。私は姿といったけれど、それがひどく鮮明に映るのは、まさしく白鳥であるによってである。白という色がいかなるシンボルであるか、ここでちょっと考えておこう。ヤマトタケルの物語に即していうなら、まず足柄の坂の神が「白き鹿」に化してあらわれた。次いで、伊吹山の神が「白猪《シロキ》」となってあらわれた。そして今、物語の主人公の魂は八尋の白鳥と化して天翔る。これらの例を見ても白が、神的なもの、霊的なもののあらわれ出ること、顕現することの色彩シンボルであったのを知りうる。今でも幽霊は白装束であらわれるが、語源的にもシロは、目にたつとか顕著とかを意味するイチシロシ（いちじるしい）、シルシと関係がある。それは黒色がクラシ、赤色がアカシ（明るい）と関係するのと同じで、何れも光の射映のしかたにもとづいている。色彩のシンボリズムには、中国文化渡来以前と以後とにわけてもっと考究すべき問題があるが、とにかくこの場面が世にも鮮かな印象を残すのは、それが白鳥であること、しかも八尋の白鳥であることによって、日本語のシロという言葉の原的な意味が無意識のうちにここで追体験されるからではなかろうか。

一般に soul-animal はかなり多種多様で、飛ぶものとして、鳥のほか蜜蜂、蝶、コウモリ等があり、這うものとして、蛇、ガマ、蟹などがあり、またトカゲ、イタチ等もそうだといわれる。しかしそのなかでもっとも美しくかつ自然な空想は、やはり魂が鳥と化す場合である。鳥をなぜ魂と見る空想が生れるかというと、魂（外来魂）は死者の体から逃げ去る、また飛び立つと考えていたからだろう。鳥の姿となって魂が死者の口から飛び立つところを描いた古代ギリシャの壺（ブリティッシュ・ミュージアム蔵）があるが、これは人類のほぼ普遍的な空想の形象化と見てよさそうだ。

さてまた本文にもどるが、ここにはさらに三つの歌が並んでいる。すなわち、「ここにその后また御子等、そ

の小竹の苅杙《カリクヒ》に、足きり破るれども、その痛きを忘れて哭きて追ふ」、その時の歌が、

(ロ)浅小竹原《シノ》　腰なづむ　空は行かず　足よ行くな

であり、また「その海塩に入りて、なづみ行く」時の歌が、

(ハ)海処《ウミガ》行けば　腰なづむ　大河原の　植ゑ草　海処はいさよふ

であり、さらに「又飛びてその磯に居るとき」の歌が、

(ニ)浜つ千鳥　浜よは行かず　磯伝ふ

である。こう見てくると、これらの歌が一の連環をなしており、あるいは小竹原《シノ》、あるいは海、あるいは磯と、后たちが白鳥のあとを「腰なづみ」つつ追って行った趣を歌ったものであることがわかる。礼記のいわゆる「望望然、汲汲然たり。追うことあって及ばざるが如し」に、それはあたる。ここにいう「腰なづむ」は、前にいった匍匐とは同じでないにしても、やはりそれに似た葬《ハフ》りの場における儀礼的所作であり、鳥と化した魂を涕泣しつつ追っかける擬態であっただろう、と私は解釈する。これらの歌を民謡または童謡に還元しようとする向きが

多いけれど、まず必要なのは、歌をそれが生きている現場、すなわち葬りの歌として理解することであるはずである。かくして、「浅小竹原、腰なづむ、云々」とあるからといって、実際にシノの切株に足を傷つけながら追っかけたわけではない。その部分は、(イ)の場合にそうであったのと同様、(ロ)の歌にかんする古事記作者または記者の解題——ただしなかなか適切な——に他ならず、実際におこなわれたのは、シノ原を「腰なづみ」つつ足で行くもの真似であっただろう。同じように(ハ)の「海処行けば、腰なづむ、云々」も実際水につかったわけではなく、海草が海を「いさよふ」ごとき所作が演じられたのに相違ない。(ニ)の歌も例外でない。イソは、ハマが砂浜であるのに対し、石や岩が多くて足場の悪い水際をいう。

ところがさらに(イ)の「なづきの田」のナヅキも実は、「腰なづむ」のナヅムと同語であるらしい。やや細かいことにわたるが、これはこの段の理解のしかたを決める大事な言葉なのだから、やむをえない。まず新撰字鏡に「漚漬也、漸也、浮也、清也、奈津久《ナツク》、又比太須《ヒタス》又水尓豆久《ミヌニツク》、又宇留保須《ウルホス》也」とあるのに注目しよう。これでナヅキが、「漬」つまり水につける意のナヅクの名詞形であることが確認できるばかりでなく、ナヅクとナヅムとの関係もほぼ透けて見えてくる。「漸」は速行でなく漸進、いいかえれば、ようようにして行く意、つまりナヅムことに他ならない。ヒタス、ウルホスも、どかっと水に入れるのではなく、徐々にゆっくりと濡らすことを意味するはずで、今もその語感はほとんど変っていない。「浮」には問題がない。「……おきになづさふ」(万葉)などのナヅサフは「浮」に近いといえよう。問題は「清」であるが、これはきよめる方でなく、水につけてやわらげること、つまり柔の意だと思われる。ナヅムとナヅクを自動詞と他動詞の関係と見ていいかどうか知らぬが、少くともこの両語が同根であり、意味上の続き柄も遠くないことは確かである。

もしそうだとすると、ここで思国歌の(イ)の「たたなづく、青垣」という句があらためて問題になる。タタナヅクの意は、ふつういわれているように、山が重なってくっついていることでいいとしても、たとえば峨々たる山並みをタタナヅクといえたかといえば、それはいえなかったはずである。ナヅクという柔を内包する言葉がそれを拒否するからである。従来、「たたなづく、柔膚《ニキハダ》」(万葉)の続き柄が不明とされているが、ナヅクが柔を意味する点を考慮すれば、この疑問は解けるのではなかろうか。「たたなづく、青垣」も、たんに山々がかさなり合っているのではなく、山はただの柔かさが印象として前面にあるわけで、だからこそそういう山々にかこまれた大和を「うるはし」と呼べたのだと思う。

ところで前節に私は、この「たたなづく、青垣」が、(イ)の「なづきの田の」にこだまし、さらにそれが(ロ)の「浅小竹原、腰なづむ」へ、また(ハ)の「海処行けば、腰なづむ」へと順次こだましていっていることを指摘した。口誦言語の世界に生きる人々が言葉の音に対し敏感であった点も前述した。東征物語についていえば、焼津やアヅマの起源説話以来、地口や語呂あわせの興味が一貫しており、話の本筋の流れとかかる言語的脱線との奇妙な交錯、統一によって物語が構成されている。それは決して附けたりなんぞではなく、物語の不可欠の構造的な部分をなす。歌の場合も、ほぼ同じようなことがいえるであろう。かつて吉野裕氏は防人歌を研究し、出身の国別にまとめられているその歌群が発想や語彙を通して鎖状につながっていっている姿を析出し、そこに存する歌の場を解き明かしたが、[7]記紀の歌謡でも、歌が集っている場合には、何らかのかたちでやはり場がそこに形成されていると見なければならぬ。

かくして私は、思国歌三首の内部においても、また思国歌とこの葬歌との間においても、音の上での連鎖がそれらを群に形成する一つのきっかけになっていると考える。強説というかも知れぬ。が少くとも、ヤマトタケルの物語として思国歌とこの葬歌とがひとつらなりになったについては、前者の「たたなづく」が後者の「なづきの田の」を、おびきよせたのだということだけは、古事記の言語意識からしてほとんど疑えない。いわばそれが転轍機の役を果すことによって、突如そこに世界がひらけてきたというかたちである。だから原理的には、ミヤズヒメがミアハズヒメへと転轍され、そこにあの唱和歌の世界が突如ひらかれたのと、それは変らない。違っているとすれば、その唱和の方はいささか脱線気味であったのに対し、「なづきの田の」以下の歌はヤマトタケルの物語をしあげるのにまことにふさわしい点睛となっている点である。

この四歌は今に至るまで「天皇の大御《ミ》葬《ハフリ》に歌ふなり」と古事記にいわれているにかかわらず、書紀にこれをのせていないのはなぜであろうか。これら葬歌は、かなり古い伝承をもつと見てよかろう。形式は短歌形式のまだととのわぬ時期のものにぞくしているし、歌いぶりも朴直、表現も舌足らずである。「哭」がすでにして一種の歌のようなものであった(8)。そういう「哭」が言語表現としての歌にまだ充分に分節化するに至っていない状況をこれは示すものだが、おそらくこうした古い姿のままこれらの歌、というより歌舞は宮廷に伝承され、天皇の殯事に用いられていたのであろう。その伝承者は、殯事や造陵のことにあたる遊部や土師部であったと推定される。古事記によると、白鳥はかの地からさらに飛び翔り河内の国の志幾に留った、でその地に御陵を造った、これを白鳥の御陵というとあるが、ここは土師氏の本貫でもあるから、この推定はおそらく的中している(9)。

だが一方、殯宮が国家的に荘厳化され、人麿のような宮廷詩人が堂々たる挽歌を献じたりする世になるにつれ、これらの伝承が古くさく感じられるようになるのは当然である。書紀の立っている官僚的見地からすれば、もはやそれは女どものたずさわる私的側面にすぎなかった。その上、文武朝に火葬が導入されるに及んで、殯宮の制もすたれてしまった。これら葬歌を書紀が棄てたのには、こうした事情がはたらいていたと思う。そしてそれは書紀が、ヤマトタケルを景行天皇の代理人としてずっと描いてきた態度と合致する。第一、死にぎわに臨んで例のノボ野で「……豈、身の亡びむことを惜まむや。唯愁ふらくは、まのあたりつかへまつらずなりぬることのみ」といい、また景行天皇に「今より後、誰とともにか鴻業《アマツヒツギ》を経綸《ヲサ》めむ」といわせた、そういう国家的な人物の死は、この葬歌四首のあらわす女たちの涕泣と匍匐の世界からはすでにほど遠いといわねばならぬ。

　さて白鳥は「其地より更に天《アメ》に翔りて飛び行きぬ」と古事記は語っている。書紀の方も「遂に高く翔りて天に上りぬ」となっていて、文句としては大して変らないのだが、全体の文脈からすると、これはめでたく昇天した意にしか読みとれないのに対し、古事記では無限のかなたへこの地上からあくがれ出たけしきである。古事記のヤマトタケルの物語の文学性を根本的にささえているのが、父であり天皇であるオホタラシヒコとその皇子・小碓との、前にいったような対立・緊張の関係に他ならぬゆえんを、ここでもはっきりと認めることができる。王権が国家権力として制度的・機構的にみずからを確立しようとする過程には、こうした悲劇が経験されざるをえなかったはずだが、紀と記とのちがいは、前者が、すでに確立した国家的・官僚的王権の立場からこれを現代風に合理化したとすれば、後者はこの過去の経験を核として把持しつつ、それに一つの美しい物語的統一を与えた点にあるといってよかろう。

（1）　拙稿「柿本人麿」（『詩の発生』所収）。
（2）　『時代別国語大辞典』参照。

（3） 前記、天若彦の殯葬のさい、河雁をキサリモチ、鷺を掃持、翠鳥《ソニ》を御食人、雀を碓女、雉を哭女としたとあるのや、また前引の「鶉なす、いはひもとほり」（万葉）等、鳥の比喩がしきりに用いられていることから、かく推測したのであるが、なお注(4)をも参照。

（4） 田中比佐夫『二上山』六〇頁参照。世界の民族誌をしらべたら、さまざまな類の哭踊をあげることができるはずである。すでに古いものだが、J. Hastings 編『宗教・倫理百科辞典』にも、女たちが髪をふり乱して海辺で泣いたり、逆立ちしたり、泥やほこりのなかを転げまわって泣いたり等々いくつかの例が報告されている。なお、中山太郎『日本民俗学辞典』にも、これに似た日本の事例をあげている。

（5） 鳥と魂との関係を示す例は枚挙にいとまないほどあるはずだが、ここには、琉歌一首をあげておく、「御船《オホ》の高艫《タカトモ》に　白鳥《シラトヤ》が居ちよん　白鳥やあらぬ　おみなりおすじ」。伊波普猷の訳は、以下のごとくである、「船の高艫に、白い鳥が止まっている、白い鳥ではない、姉妹の生御魂だ」（『をなり神の島』四頁）。

（6） 前掲『吉野の鮎』三五頁。

（7） 『防人歌の基礎構造』参照。

（8） 哭は泣や涕とはちがい、二つの口があるによって分るように、大口をあけて発する哀声である。准南子の注に、「哭、猶ㇾ歌」とあるのは、この点すこぶる暗示的である。これにもとづいて私は次に「分節化」という言葉を使ったのである。

（9） 吉井巌「ヤマトタケルの物語と土師氏」（前掲書所収）参照。

（初稿　「文学」昭和四四年一一月号）

古事記研究史の反省

——一つの報告——

〔一〕　古事記のような永い、しかも相当波瀾にとんだ研究史をもつ古典を扱おうとするには、自分たちがどういう学問的状況のなかにいるかを知ることがとくに大切で、先行した数世代の人々の見解とまったく無関係に、いわば素手でそれを研究することは不可能である。それらの見解に同調するにせよ、しないにせよ、とにかくそれらは私たちの研究の所与条件であり、したがってそれらを正確に評価することが、これからの研究を進めて行く上に必要になる。ここに研究史なるものの意義があるわけで、そしてこのことはほとんど自明の道理に属する。が、さて、その研究史をどのように把握するか、それをどのような目で反省するかという段になると、問題は必ずしもすらすらとは片づかない。

第一、古事記研究といっても、文学的研究だけでなく、訓詁やテキストに関する国語学的または文献学的研究、さらに神話学的または民俗学的研究や歴史学的研究等、実にさまざまな領域にわたっており、それらはそれぞれ異なる視野のもとにあれこれの水準または側面を扱っているから、その全財産目録をひとまとめにすると、ゆうに一冊の本になる。現に『古事記大成』には研究史篇一冊があり、諸家の論考が収められている。それを一人でやり直すのは大変なだけでなく馬鹿げているし、皆さんにしても、かかる財産目録の列挙を私に期待しているわけではないと思う。

　私は、財産目録などにあまりこだわらないですむようなやりかたで問題を出して行きたい。さいわいここに、遺産相続に目がくらみすぎると見えなくなりがちな一つの真理がある。それは、側面や部分は永遠に側面や部分であり、側面や部分をいくらよせあつめ、つなぎあわせても、しょせん全体にはなりえないということ、したがって全体の把握には側面研究とはちがう独自の次元が要請されるということである。右にいう全体の把握とは、古事記の諸側面・諸部分を片端から残らず研究する——これは不可能であろう——というのではなく、古事記を内的構造を有する一つの作品として取扱うことによってその本質を根源的に解明しようとする態度を指す。ふつう、部分を部分として研究し、それをつみ重ねさえすれば、道はおのずと全体に通ずるかのように考えがちである。また同じことだが、さまざまの側面研究の成果を研究史として整序すれば、未来の展望が潤然と開かれるはずだと期待しがちである。しかしこれは一つの錯覚で、主題とすべき核心はむしろ、古事記研究において今まで何がその本質を蔽いかくしてきたか、その蔽いをとりのぞくには方法的にどういう転換が必要かという点にあるのではないかと思う。

〔二〕　さて古事記の本質を照らし出すための戦略的拠点として私は、古事記本文のなかから「葦原《ノ》中《ツ》国」という一語をとり出し、これが古来の注釈や研究でどのように解されてきているか吟味するという形で論を進めよう。

ちなみに、この語は古事記で十五回ほど使われている。その頻度だけからでも、これが古事記を解する上に非常に大事なことばの一つであることがわかるが、私はそういうことだけではなく、それが戦略的価値をもつ語であること、したがってその解釈史が古事記研究史の実態を象徴するに足るものと考えて、これをえらんだ。

(1)　本居宣長。「葦原ノ中ツ国とは、もと天つ神代に、高天原よりいへる号《ナ》にして、此御国ながらいへる号にはあらず。さて此号の意は、いと〱上つ代には、四方《ヨモ》の海べたは、こと〲く葦原にて、其中に国処は在て、上《カミツ》方《カタ》より見《ミ》下《クダ》せば、葦原のめぐれる中に見える故に、高天原よりかくは名づけたるなり。かれ古事記書紀に、此号はおほく天《アメ》上にしていふ言にのみ見えたり。」(国号考) 国学者は多くこの説に従っているようである。

(2)　次田潤。「我が国の古名。海辺に葦が繁つてゐて、其の中に五穀の豊穣する沃土がある国の義で、我が国の上古の状態を最も適切に想はしめる語である。」(『古事記新講』、大正13年)

(3)　松岡静雄。「太古海岸一帯がなほ開墾せられず、葦が繁茂して居た光景によつて名を負うたのであらう。勿論高天原人の命名であるが、本初は日本国土中或る部分の呼称であつたと思はれる。」(『日本古語大辞典』、昭和4年)

(4)　白鳥庫吉。「葦には食ふべき実もなく、今日では荒蕪地に……沢山生へてゐる。かやうな草木が繁茂してゐる処は決して豊饒な処とは言はれない。……／葦が穀物の豊饒を意味するのは、其の物の実用から来たのではなく、葦の発生力の旺盛なのに対する上代人の信仰である。殊に漢土の陰陽説によると、葦や蓬は桑桃等の樹木の如く生成、発生力の最も盛な処から、陽気を多量に含有する植物と信ぜられたのである。故に此の説によると葦原ノ中ツ国は、漢土で不老不死の国と信ぜられた神仙郷たる蓬萊山の如きものである。／葦原ノ中ツ国といふ中ツ国は、葦原の中にあるといふ意味でないのは勿論であるが、万国の中に於いて、その中央に位する国といふ意味で

もなく、それは高天原と夜見ノ国の中間に位するといふ意味である。」(『神代史の新研究』昭和3年講義、昭和29年出版)

(5) 岩波古典文学大系。「高天の原及び黄泉国に対する一つの世界で、生きとし生けるものの住む現実の国である。」(『古事記・祝詞』昭和33年)

(6) 朝日古典全書。「日本国の古称。葦の芽に生命力の象徴を求めた観念と関連する。ナカツクニは、ウハツクニ・シタツクニに対応する概念であらうが、それだけに観念的で、この称の成立の事情を暗示してゐる。」(『古事記』昭和37年)

(なお、津田左右吉『日本古典の研究』、松村武雄『日本神話の研究』等は、この語についてとくに言及していない)。

以上はむろんすべてをつくしていないけれど、従来の見解はほぼ右の枠内におさまると見ていい。さてこれを一覧して指摘できるのは、どの解釈も不充分であり、かつ宣長のものを除き、的を大きく外れてさえいるということである。以下、私は、それらがいかに的を外れているか、またそうした的外れがなぜ生じるかを明らかにするとともに、できれば的中した解釈を定め、それを方法の問題として提起したい。

まず、宣長の誤りが訂されている点のあることをいっておく。宣長が「中国」を葦原の茂るなかにある国と説いたのに対し、(4)以下が、上・中・下の中つ国であるとしている点だが、上つ瀬、中つ瀬、下つ瀬とか、上枝《ホツエ》、中つ枝、下枝《シツエ》等の例からしても、この訂正はきわめて当然である。つまり葦原の中つ国は葦原なる中つ国であり、それは高天の原、黄泉の国を結ぶ垂直の秩序における中つ国である。右の一覧ではその初出が(4)の白鳥庫吉になるけれど、調べてみればこの訂正はもっと早い時期に行われているのではないかと推測される。私はそれを調べる余裕がないので、今はしばらくこのままにしておく。またこの上中下の三重層が何を意味するか、すこぶる興味ある問題ではあるが、行きずりに処理できることがらではなさそうなので、やはりふれずにおく。ここで注目すべきは、(4)が宣長説を訂正しつつも――事実この一文は宣長説の批判として書かれているのだが――、同時に他方、一そう深刻な誤りに落ちこんでいる点である。それは(4)の前半の部分、すなわち、葦が荒蕪地に繁るものとすれば、「豊葦原瑞穂国」という風に豊饒をあらわすことばとしてそれが出てくるのは不合理だとし、「葦が穀物の豊饒を意味するのは、其の物の実用から来たのではなく葦の発生力の旺盛なのに対する上代人の信仰」にもとづくとし、さらに漢土の神仙郷に言及している点である。神仙郷云々は愛嬌としても、一般に古事記のことば、神話の言語をこのように処理しようとするやりかたに、私は疑問を感ずる。一見、帳尻はうまく合ったかの如くに見えるけれど、実はそこにはとんでもない逸脱と歪曲とが起ってきているといえる。

具体的には、「葦原中国」とは「高天原よりいへる号」であるとした宣長の発見が捨てられてしまったことである。(4)のみならず、(2)以下でこれがみな捨てられている。(3)に僅かにその痕跡が残っているが、それもひどく歪められたものとなっている。なぜこのことがそんなに重大かといえば、宣長説にもとづかないかぎり、「葦原中国」ということばは方位を失い、死んだ、抽象的なことばになってしまうからである。あらゆることばは方位をもつ。つまりそれは、特定の文脈、特定の世界において発せられたところの表現として生きている。宣長の説がすぐれているのは、「葦原中国」ということばのこうした方位を正確にとらえている点である。もっとも、宣長も実は躓いている。さきにふれた「中ッ国」の解釈だけでなく、この国土が「葦原中国」とよばれたのは、高天の原からの肉眼的鳥瞰によると解した点でも躓いているといえるだろう。彼は経験主義の肉眼派であり、そのかぎりで知的「さかしら」から自由ではあったが、事実の次元をこえた想像の世界にたいしては盲《めしい》であったように思う。それにしてもしかし、「葦原中国」が高天の原からの呼び名であるという指摘は重要で、この一点を見おとすならば、現に近代の注釈がそのようになっているのだが、この語の解釈はすべて的外れとなり、ひいては古事記そのものの理解も蔽われざるをえない。ではなぜ近代の学問においてこのような現象が起ってくるか。

〔三〕 それを論ずる前に、「葦原中国」なる呼び名の意味を、記紀本文に即し一おう明らかにしておくのが順序であろう。

(1) 「天照大神の命以ちて『豊葦原之千秋長五百秋之水穂国は、我が御子、正勝吾勝勝速日天忍穂耳命の知らさむ国ぞ』とことよさし賜ひて天降したまひき。是に天忍穂耳命、天の浮橋にたたしてのりたまひしく、『豊葦原之千秋長五百秋之水穂国は、いたくさやぎてありなり』と告りたまひて、更に還り上りて天照大神に請したまひき。ここに高御産巣日神・天照大神の命以ちて、天安河の河原に、八百万の神を神集へて、思金神に思はしめて詔りたまひしく、『此の葦原中国は、我が御子の知らさむ国とことよさしたまへる国なり。故、此の国にちはやぶる国つ神ども多《サハ》なりと以為《オモ》ほす。これ何れの神を使はして言《コト》むけむ』とのりたまひき。ここに思金神及《マタ》八百万の神、議り白ししく、『天菩比神、是れ遣はすべし』とまをしき。云々。」(古事記)

(2) 「天照大神の子、正哉吾勝勝速日天忍穂耳尊、高皇産霊《タカミムスヒ》尊の女栲幡千千姫を娶《メ》して、天津彦彦火瓊瓊杵尊を生みたまふ。故、皇祖《ミオヤ》高皇産霊尊、特《コト》に憐愛《イツクシミ》を鍾《オ》きて崇養《カタテヒタ》したまふ。遂に皇孫天津彦彦火瓊瓊杵尊を立てて葦原中国の主《キミ》と為むと欲《オモホ》せども、その地《クニ》に多に螢火の光《カカヤ》く神、また蠅声《サバヘナ》す邪ぶる神あり。また草木みな能く言語《コトド》ふことあり。故、高皇産霊尊、八十諸神《カミタチ》を召し集へて、問ひてのりたまひしく、『吾、中国の邪ぶる鬼《モノ》を撥ひ平《ム》けしめむと欲ふを、誰を遣はしてば宜けむ。惟《ネガ》はくは、爾《イマシ》諸神、知らむ所をな隠しそ』とのりたまひしかば、みな曰さく、『天穂日命は神の傑れたるものなり。試みたまはざらめや』とまをす。云々。」(日本書紀)

(3)「天照大神、思兼神の妹《イロト》万幡豊秋津媛命を正哉吾勝勝速日天忍穂耳尊に配《アハ》して妃《ミメ》と為て、葦原中国に降《アモ》らしめたまふ。この時に勝速日天忍穂耳尊、天の浮橋に立たして臨睨《オセ》りてのりたまはく、『その地《クニ》は未平《サヤ》げり、いなかぶし醜めき国かも』とのりたまひて、また還り登らして具に降りたまはざる状を陳《マヲ》したまひき。」(書紀一書)

この国土の海べや河べにかつて葦が生い繁っていたのは確かだし、また古代の農業は、かかる湿地帯を切り拓いて次第に発展していったものと思われるが、しかし、だからといって、「葦原中国」の「葦原」が、こうした自然的景観や生活事実をたんにそのまま写しとったことばであるとはかぎらない。「葦原」とは葦の生い繁った未開の地という意であり、まさにそういう未開の地として高天の原から名づけられ、またその故にそれはいわゆる天孫によってことむけられるべき世界であるとされていたことが、これで分る。

一般に名づけることは対象を存在せしめ、かつ所有することであるが、高天の原からこの国土が「葦原中国」と名づけられたことは、それが高天の原との関係において存在し、かつ高天の原によって所有されることであった。しかもその命名が、ここではとくに祭式的・魔術的に行われている。神話とは名づけることを魔術的に拡大したものであるともいえるわけで、そのへんの消息が、天孫降臨の段にさきだつ右の三つの引用文にそれぞれ読みとれるはずである。すなわち、「葦原中国」は、(1)によれば「ちはやぶる国つ神ども」の多に蟠居する国であり、(2)によれば、「螢火の光く神、また蝿声す邪ぶる神」が居て、「草木みな能く言語ふ」蛮地であり、(3)によれば「いなかぶし醜めき国」であった。

さらに(1)にこの国が「いたくさやぎてありなり」といわれている点に、目をとめねばならない。(3)にも「未平」をサヤグとよませている。この句は実はもう一ヵ所、記紀に出てくる。神武東征の段で高倉下が夢のなかで、天照大神が建御雷神を下そうとするにさいし「葦原中国はいたくさやぎてありなり」といったとあるのがそれである。この句をどの注釈書も、たんに、「ひどく騒いでいることである」というだけですましているが、これが葦の葉のサヤギと関連して呼びおこされた句であることを見逃すならば、この句の本義を解したことにならないだろう。ちなみに「さやぐ」の用例を古代の文献に徴するに、その多くが草木の「さやぎ」についていわれていることが判明する。

狭井河よ　雲たちわたり　畝火山　木の葉さやぎぬ　風吹かむとす
畝火山　ひるは雲とゐ　夕されば　風吹かむとぞ　木の葉さやげる

この古事記の二首は、神武天皇の死後、庶兄タギシミミがその弟たちを殺そうと謀ったとき、イスケヨリヒメが歌でそのことを知らせたもので、「木の葉さやぎぬ」はここの文脈では不吉な反乱を予言する句となっている。万葉から例をとれば、人麿の「笹の葉はみ山もさやにさやげども吾は妹思ふ別れ来ぬれば」(巻二)がある。その第三句にはいろいろの訓みがあるが、通説通り「さやぐ」とすれば、それが「乱」の字を以て書き記されているのに注目する必要がある。何れにせよサヤグは、木の葉が無気味にざわざわと音たてるのを意味しており、ここには荒寥たる未開の自然にとりかこまれた世界に生きた古代人の生活経験がこだましていると見てまちがいあるまい。「葦原中国はいたくさやぎてありなり」も、葦原の茂みが風に乱れざわめく音にたいする古代人の経験にもとづくもので、しかもこのざわめきを無気味な、ほとんどデモーニッシュなものと感じていたからこそ、「蝿《サバヘ》声《ナ》す邪ぶる神、云々」とか「草木みな能く言語ふ」とかいう表現は喚起されるのである。すなわち「葦原中国」は高天の原から見るならば、(3)にいわゆる「邪ぶる鬼《モノ》」、つまりデーモンどもの生棲する未開の地、混沌の世界であった。そしてこの世界を代表する棟梁が大国主神、すなわち葦原醜男であった。「醜めき国」の棟梁である故、高天の原からそれはかく名づけられたに他ならない。

「葦原中国」はかくして「日本国の古称」などではなく、その名そのもののなかに、それが高天の原によってことむけられるべき地であることがすでに予想されているところの一の独自な神話上の国であった。いいかえればそれは、記紀の世界において高天の原からかく名づけられたかぎりにおいて存在したのであり、歴史的に実在したわけではない。

〔四〕私は僅か一語に、あまりにもこだわりすぎたかのように見える。しかし、どの学問でも多かれ少かれそうだが、全体的な構造が発見できるのはミクロの水準においてであり、決していきなりマクロの水準においてではない。現に「葦原中国」という戦略的な価値をもつ一語の分析を通し古事記が構造として、メロディーとして、今までよりは一そう明確に開示されつつあると私は考える。これは、たんに頻度の多いことばというより、古事記を読み解く上におろそかにできぬ重要なことばの一つであり、したがってこの語をどう解するかに、古事記研究の態度が集約されていると見ても不当ではなく、そしていま私はその解釈において、江戸時代の宣長のみが正しい方向に向かい、近代の研究がほとんど軒並み間違っているという、かなり意外な驚くべき事実に直面したわけである。偶然の例外でないかというかも知れぬが、他のいくつかの語に関してもほぼ同様の結果が出てくるから、ここには少くとも古事記研究の態度にかかわる一つの根本的な問題がかくされているものと見て誤るまい。

宣長について時枝誠記氏は『国語学原論』で次のようにいったことがある、「本居宣長が、源氏物語（私はいまこれを古事記におきかえる）を解釈するには、物語中に用いられた語の意味を以てすべきであることを主張したのは、前代の主体的立場を無視した観察的立場に対して、主体的立場を力説したことに他ならない」。このことを言語学者の服部四郎氏は次のように批判的にいい直している、「私に従えば、そのような〈観察的立場〉は源氏物語の単語を適当な現代語の単語の意義素で解釈しようとしたもので、誤りを犯す可能性の非常に大きいものであり、宣長の研究方法は、私の言葉で言えば、共時論的方法により源氏物語の諸単語を把握しようと努力したものである。宣長の研究態度の方が一層正しいことは言うまでもない」。

言語学のことはよく分らないが、「葦原中国」の解釈で近代の注釈が軒並み的外れとなったのは、とにかく宣長において実行されていた、この「主体的」とか「共時論的」とかいわれる方法が見失われてしまったために違いない。つまり、そこでは、ことばを、それの発せられた世界や、それに固有な社会的・心理的文脈からきりはなし、「適当な現代語の意義素で解釈しよう」とする傾向が支配的になったわけで、古事記にかぎらず、最近の多くの古典注釈書を見ても、ことばが特定の世界での社会的・個人的表現であることを軽んじ、また意味の充満をきりすてたり、うすめたりして、それを文法的権威や辞典的平均値の水準で処理しようとしているのが圧倒的に多い。文法や辞典が不要というのではなく、それらに帰属しえない「話し手」の次元をたえず考慮することが、ことばの解釈には要請されるということである。

数年前、「思想と文体」という主題がこの学界で提出されたのは、おそらく右のような類の古典注釈の流行に対する不満によるところがあったと思われるが、この問題の出しかたに私はいささか疑問をもっている。少くとも文体というものの生きる場をとらえようとせぬかぎり、こうした発想では思想が容易に実体化され、ことばを超越するであろう。そして思想がことばを超越するならば、それは、ことばという容器のなかに意味が内在しているとする文献学的な考えの完全な裏がえしでしかない。ことばは、前以てある思想を翻訳するのではなく、あるいは流動する情緒のプールがことば以前にあるわけでもなく、それらは特定の状況のなかで発せられることばにおいてあらわれるのである。

社会学者や人類学者は必ずフィールド・ワークに従事し、土着の人間と同じ生活状況を経験し、そのなかで対話しつつ研究するが、古典研究も一種のフィールド・ワークに擬することができよう。古事記を研究しようとするものは、古事記の世界を想像的に経験することによって、古代人と共時的に対話できなければならない。それは、日本文化史の最辺境地帯への困難な旅となるはずである。（だがそれにしても、なぜそのような旅に出かけなければならないのか、ということが当然問題になるが、今それにふれることは保留したい。）

さて以上のごとく「葦原」がサヤグや醜男と独自に連結している事実から、私たちは、ことばが生活的に類別され、それが範疇をなしていた消息を推測できる。たとえば「葦原」に今一つの用語例がある。それは神武天皇の「葦原の、しけしき小屋に、菅畳、いや清《サヤ》しきて、我が二人寐し」(記)という歌であるが、このシケシは新撰字鏡に「蕪」を志介志《シケシ》と訓じ「穢也、荒也」と注しているから、この「葦原」も「葦原醜男」と表現的に同じ範疇に属していることが分る。これにたいし土橋寛氏は『古代歌謡集』(古典大系)でシケシは「ひそかにこもる」意だろうとの新説を出しているけれど、しかしそうなると右にいう範疇がずれるから、これはやはり無理だということになる。言語にかかる範疇のあるのを認めることによって、今まで曖昧であったものを、はっきりさせることができる。いわゆる上代特殊仮名遣の発見は、音韻論上の革命であったが、これで万事片づいたわけではなく、私たちの当面しているのは、むしろ表現の問題であるということができる。

右は、この論題にかかわりあるごく狭い範囲から例をえらんだにすぎない。どの国語でも、多くの可能な音のなかからごく少数の音がえらばれ、その組み合わせによって言語体系が作られている以上、経験が分類され、その意味や表現が範疇化されるのは当然である。また国語を異にするにしたがって、この範疇や分類の原理がちがってくるのも当然である。F・ボアズによると、エスキモー語では水は飲み水のみをさし、海水は別の範疇に属するといわれ、またアザラシについて、日光浴しているとか氷片に乗って浮んでいるとか、メスとかオスとかその状態に応じて実に幾種類ものことばがあるといわれるのなど、もっとも著しい例であろう。一つの国語ではこんな違いはありえないが、しかしそれでも古代語と現代語はその範疇が必ずしも同じでないことは、現代人が身体の状態とする病気を、古代人は悪しき神のしわざと考えていたという周知の一事を以てしても推測できるはずである。これは、古代人が現代人とは経験の分類のしかたがちがい、思考の範疇において同じでなかったことを示すものである。とくに神話のことばには、かんたんに現代語におきかえられぬ独自の意味的範疇組織があるわけで、私たちの古事記のよみが浅薄なのも、これをつかみそこねているためと思われる。

宣長は「己が心を信ずる」(玉くしげ)こと、すなわち主観や自我の実体化から「さかしら」は生じるといっている。そして彼は、たとえば高天の原を常陸だとか大和だとか特定の地域に見立てようとする「さかしら」を強く斥け、高天の原は古事記に記されてあるがままの高天の原だと主張したわけだが、しかし、右に述べた通り「葦原中国」を「日本国の古称」とする解釈がまだ一般的であるところから見ると、今日の古事記理解はある面で、宣長以前に逆もどりしているといっても過言であるまい。少くとも、「葦原中国」の解釈に躓くことは、これを命名した「高天原」の解釈に躓くことであり、「高天原」に躓くとすれば、それはもう古事記そのものに躓くも同然である。この誤読は、神話の言語を現代語に還元しつつ古事記を読もうとするところに生じる。「高天原」と「葦原中国」との関係を現実の大和と出雲との関係に無媒介に翻訳してはならないし、またそれは翻訳できない。古事記の世界では、現実の大和は出雲とともに「葦原中国」の一部であり、そして「高天原」は大和をふくむ「葦原中国」にたいする天上の他界であった。しかも神代の物語の座標軸となっているのは、他界としてのこの「高天原」であって大和ではないわけで、「葦原中国」を高天の原からの呼び名とする宣長の解釈が古事記の構造そのものにかなっているのも、このためである。逆に大和に座標を置いて神代の物語を解こうとする歴史主義が有効でないゆえんも、ここにある。神代の物語の神話的展開を、一の仮面劇にたとえることができるとすれば、近代の学者は舞台を楽屋の方からのぞき、仮面をもっぱら素顔にひきもどそうと腐心したといっていい。宣長はとにかくこれを正面から見た。ただ、劇としてではなく、神的真理の顕現として。

さて周知のように、「葦原中国」をことむける話が大国主による国譲りであり、これに続き例の天孫降臨が行われたことになっているのだが、ここはこれらの解明を行うべき場所でないので省略する。ただ一言いわせてもらうならば、天子の即位式である大嘗祭がこれらの物語にふかく投射していると私は見るのだが、それもたんに、神話の基礎に祭式があるとする一つの命題の証明としてではなく、それとの関係を考慮に入れないと、これらの物語を表現として理解することができなくなるからで、たとえば天の浮橋の上での「葦原中国はさやぎてありなり」という発言、また、「草木みな能く言語ふ」とか邪ぶる神どもが「蝿声《サバヘナ》す」わきあがるとかいう混沌のあらわしかたなども、明らかに一つの様式であり、そしてその様式は祭式的に創造さるべき秩序に対抗する世界をさすものであった。その点、さきにいった仮面劇云々は、実はたんなる比喩以上の意味をもつ。事実、大嘗祭は、高天の原で行われる一つの祭式劇であったわけで、ここに私たちは祭式と神話の弁証法を見ることができる。

さて今一つ片づけねばならぬことが残っている。それは「葦原中国」と「豊葦原瑞穂国」とがいかに関係づけられるかということである。すでに見たように、白鳥庫吉は、「豊葦原」という名を、荒蕪地に茂る葦ではなく葦の発生力の旺んなことへの信仰を以て説こうとしたが、この考えはどうであろうか。邪ぶる神の棲む未開の地たる「葦原中国」は、国譲り、天孫降臨において、今や豊饒を予祝された「豊葦原瑞穂国」へと呪的に転化するのであり、葦という語が文脈に応じて変ってゆくその動態をつかむことが大切なわけで、荒蕪地の葦か、生命力旺んな葦かといった機械論はすてねばなるまい。荒地といっても葦原は、人間の生活にすぐ境を接し、やがて切り拓かるべき地であったはずだから、この転化は生活経験上も不自然でない。とにかくこうして「葦原」の意味は転化または両義化する。そしてそれが、初めにもどされ、いわゆる天地始発の段に反響するとき、「国稚《ワカ》く浮きし脂の如くして、くらげなすただよへる時、葦牙《カビ》の如く萌えあがる物に因りて成れる神の名は、うましあしかびひこぢの神、次に、云々」といういいかたを生むのだと思う。

〔五〕「葦原中国」という一語の解釈史を以て全てを推すには、むろん慎重でなければならないが、その解釈のしかたそのものに、研究の根本態度ともいうべきものが、象徴的にあらわれているのは否めない。それを一般化すれば、明治以後の研究の関心は、主として古事記を非神話化する方向にむけられていたといえよう。古事記が絶対的天皇制の神典として聖化され、国民倫理的な教説の支柱の一つとなっていた時代を考慮すれば、これは当然のことであった。もっとも、この非神話化が何も日本だけのことでなく、ひろい意味で近代の学問そのものの方向であったことは、ヨーロッパにおける聖書の非神話化の過程とにらみあわせて見ても分る。創世記にいう天地創造の行われたのは、紀元前四千年十月二十三日午前九時の事件であったと、ひどく細かい計算を出した人物さえ、十八世紀にはあらわれた。そして『セム族の宗教』の著で有名なロバートソン・スミスなどは、聖書に関するある論文が、ふとどきというのでヘブライ語の教授の椅子を奪われたのである。ただ大きく違うのは、久米邦武事件や津田左右吉事件に見られたごとき国家権力の介入がそこにはなく、それはあくまで教団内部の出来事であった点である。

ところで、古事記の非神話化の問題を考える上に見のがせぬ資料は、チェンバレンの英訳古事記（明治十六年）の序であろう。人類学の祖といわれるタイラーなどをすでに読み、近代実証主義を身につけたこの有能なコスモポリタンの目には、国学以来の日本の古典学にいわば貼りついている精神上また方法上の偏狭さはまる見えであったわけだが、この英訳古事記の序が『日本上古史評論』（明治二十一年）という名の小冊子として翻訳されている。この小冊子に興味があるのは、たんなる翻訳ではなく、当時の日本の代表的な古典学者である田中頼庸、小中村清矩、栗田寛、木村正辞、黒川真頼、飯田武郷などの、チェンバレンの意見に対する評語を頭注にかかげている点である。たとえば栗田寛は、チェンバレンが産屋や喪屋の制が今も蝦夷、琉球、八丈島に残っていることと古事記のなかの話とを関連させたり、天の岩屋戸を穴居の遺風ならんと説明したりするのを「にくむべき口つきなり」と評するといった具合で、とにかく半ばおどろき、半ば反撥し、むかついているかのごときこの頭注の評語は、古事記非神話化の道行の劇的表現であるとさえ見られよう。後に山田孝雄『古事記概説』(昭和十五年)が、チェンバレンやアストンなど外国人の考えかたに追随した学者が多いため古事記の本義が見失われるに至ったとしているのも、このへんの消息をかたるものである。しかもこれら国学者たちの批判が一面あたっていなくもない点に、問題の厄介さがあるといえる。

ところでこの非神話化は、怪力乱神を語らぬ儒者、たとえば新井白石などにより、すでに手がけられていたわけだが、それを一の極点にまでおし進めたのが津田左右吉の記紀研究であることはよく知られている。その学問的勇気はたたえらるべきであり、事実それは古い神道主義を打ちくだいた近代的古典研究の記念碑というにふさわしいものであった。だが、近代的であるが故にまさに現代的でないという逆転を敢行することが今や必要なのではなかろうかと私には思われる。少くとも、古事記を神典として聖化した政治的圧力の課する緊張の解けたところで——もっともこの緊張をたえず人工的に再生産したり、津田さんの仕事を伝記の方から意味づけようとしたりしている向きも多いが——読んでみると、玉ねぎの皮でもむくように、「潤色」や「述作」と称される部分をひたすら剝ぎとって行くそのやりかたには、いささか死体解剖を思わせるものがある。そこには分析があって綜合がなく、あってもそれは原初的・経験的綜合とは無関係な観念による綜合でしかない。皮を剝いで行けば原型が見つかるだろうとする、つまり現象のかなたに本体がかくれているとする実体主義にもそれは通ずるだろう。

古事記に層の重なりがあるのは事実としても、その重なりは構造的統一として存するのだから、ばらすだけではラチはあかないはずである。他ですでに言及したことがあるが、津田さんにあって、古代人の経験の独自な表現であるはずの神話が「思想」のあらわれであるという単純かつ極端なインテレクチュアリズムによって説明されるのも、こういった方法と関連する。

前に、近代の古事記解釈でことばが方位を失っていることを指摘したが、これは古典の世界と共存関係に入らずに、それをもっぱら知的対象として定立し、論理でそれを支配しようとするのにもとづく。一般に、私たちがそのなかに、またはそれとともに生きていることから絶縁された抽象的な空間においては方向というものが存在しない。古事記のことばが近代の学問で方位を失ったのも、これと全く同じ抽象性にもとづくといえそうである。しかし今や、屍体ではなく内的構造を有する一つの作品として古事記を扱い、その意味を解明する方向へとむきを変えねばならないと思う。それにはまず古事記を神話として——上巻のみならず中・下巻をも——よみ、神話としてそれを理解することが必要である。敗戦とともに古事記は突如、政治的屍体となったが、これは逆に神話としてそれを自由に、つまり神学の圧迫をうけずによみうる時がきたことを意味するだろう。といって、私は決して古事記を神話学的によむべきだといっているのではない。神話学は今もってアマチュアの学問だといわれるが、これは、十九世紀に穴だらけの大風呂敷をひろげて挫折して以来、まだ学問としての方法的厳密さを樹立していないという意味である。たとえば古事記のなかから或る一つの話をとり出し、その起源を求めると称して、ミクロネシア、メラネシアはいいとしてもアフリカあたりまで遊戈漫歩するといったやりかたは、学問としてはいささか愉快すぎるのではあるまいか。私たちの陥りやすい学問的鎖国を破るためにも、また日本の現象をより広い視野から眺めるためにも、外国との比較は絶対に必要である。だが比較という作業が学問的に有効となるには、まず範囲が限定されねばならないし、また生の素材の水準においてではなく、素材の生きる文脈をふくんだ構造のレベルにおいてそれがなされねばなるまい。松村武雄氏のすぐれた業績である『日本神話の研究』にしても、経験的データの水準での横すべりが多く、一つの話の記紀のなかでの意味を解明するという点が、ひどく薄弱である。その点、津田さんもそうだがこの松村さんも、さきに論じた「葦原中国」ということばを自明であるかのようにやりすごしているのは、偶然でないと思われる。先輩の学問にケチをつけているのでは、もとよりない。これまでの業蹟は、そのたんなる延長線でではなく、方法の転換によって一層よく生かされるはずだといいたいまでである。

したがって、素朴な自然的態度へ復帰せよ、と私はいっているのでもない。影山正治『古事記要講』(昭和十六年)から、ここに一節を引用する。「神話を……合理主義、実証主義で割り切ってしまおうとする行き方は神話を殺してしまうことにほかならぬ。もっと心を空しうして素直に神話をうけいれねば駄目だ。まず信じ、まず感じ、まず悟らねば駄目だ。云々」。これは津田左右吉をはじめ従来の学者たちの歴史学的、神話学的、文献学的研究を難じ、宣長の立場を賞揚し、良しとした本なのだが、右にいわゆる「合理主義、実証主義」がその対極にこうした非合理主義、情緒主義を必然的に生み出したのだとすれば、研究史の反省にさいして、やはり除外するわけに行くまい。それに、これは、イデオロギーのいかんにかかわらずかなり一般受けする考えかたであるともいえるのではないかと思う。なぜなら神話を認識の対象としてのみ扱う「合理主義、実証主義」は、人間の素朴な経験に反するからである。だが宣長の態度とこの考えとの間には決定的な開きがある。前者においては信仰や情緒が古事記をことばにおいて読むことと不可分に結合していたのにたいし、後者では信仰や情緒がやすやすとことばを超越して実体となり、〈神話の復活〉という哲学が、古事記を本文に即して読むという経験に優先した。いわゆる「素直に」とか「心を空しうして」とかは、実は一種の独我論であり、自然と見まがうばかりに制度化されたさまざまの偏見や迷信を丸がかえにしていることが多い。従来の「合理主義、実証主義」が駄目だからといって合理性や科学性まですててしまうならば、元も子もなくなる。科学的＝論理的＝数学的という図式にもとづく科学性が問題なのだ。一般に合理派においては思想がことばを、浪漫派においては情念がことばを超越する。だがそれはしばしば同物異名、または楯の裏表である。こういう一切の超越に無効を宣し、古事記をことばにおいて根源的によみ直すこと、そのための方法的転換が何であるかを、私は不充分ながら探ろうとして以上のようなことを報告したわけだが、その善し悪しは皆さんの忌憚ない批判にゆだねたいと思う。

（初稿「日本文学」昭和四一年九月号）

あとがき

本書はもともと『日本古代王権の研究』と題されるはずであった。気の早い未来社の出版目録は十年以上も前からそう予告してくれていたし、私にしてもむろんその所存で、まず「大嘗祭の構造」「神武天皇」を書いたのである。さらにそのあと「王権の劇」「王権の基礎構造」と続く手順になっていた。ところがなかなか思うようにはゆかぬもので、途中で微妙なずれが生じ、私の関心は古事記を作品としてどう解読するかという方向に傾いていった。そして本書に収めたごとき論考をあれこれと試みる次第となったわけだが、けだしこれは、古代王権の研究が身丈にあまる主題であることが分り、古典研究という固有の領域に私が突きもどされたことを意味するだろう。この経験はむしろためになったと思う。爾来、私は自分の仕事を古典研究の領域に自覚的に根づかせ、限定するようになった。本書の題名を『古事記研究』と改めたゆえんである。

だが一方、古事記研究と名のるからにはもっと充実した内容のものでなければならぬ、という願望や要求がここに当然生じてくる。一つ一つはそれなりに心をこめ、ねんごろに書いたつもりでも、こうして眺めてみると、本書はせいぜい「古事記覚え書」もしくは「古事記試論」といった程度のものでしかないことが、否応なく、はっきりする。不整合で穴ぼこだらけで、徹底性に欠けるところがある。第一、あちこちの雑誌に載せたものを集めて本にするというのが不心得であった。全面的な考察は将来にゆだねるとし、いささか虫のいい話だがさしあたっては、本書の姉妹篇『古事記の世界』(岩波新書)、『古代人と夢』(平凡選書)などと突きあわせて読んでもらう他ない。せめて、後者中の一章「黄泉の国と根の国」だけは併読してほしい気がする。これは実は本書の柱の一つたるべく前もって秘かに温存していたものだが、ふとした化学変化を起しあっちに行ってしまったのである。もっとも、その方が結局ところをえたのかも知れない。

私のただ一つの安らぎは、未来社との古い約束をこれで何とか果し了せたことである。永い永い怠慢をここにおわびする。

一九七三年三月一日

著　者

人名・神名・書名索引

ア　行

カ　行

サ　行

ナ　行

ハ　行

ラ　行

ワ　行

事項索引

ア　行

カ　行

サ　行

タ　行

ナ　行

ハ　行

マ　行

ヤ　行

ラ　行

ワ　行

（作製＝編集部）

古事記研究

一九七三年七月一〇日　第一刷発行
二〇二一年五月二〇日　復刊第二刷発行

定価（本体四八〇〇円＋税）

発行者　西谷　能英

発行所　株式会社　未　來　社
東京都世田谷区船橋一の一八の九
電話　〇三(六四三二)六二八一　代表
営業部　〇四八(四五〇)〇六八一〜二
http://www.miraisha.co.jp
info@miraisha.co.jp
振替・〇〇一七〇―三―八七三八五番

印刷・製本＝萩原印刷